공무원 33년의 이야기

공무원 33년의 이야기

초판 1쇄 발행 2017년 5월 15일

지 은 이	구본수
발 행 인	권선복
편 집	천훈민
디 자 인	최새롬
전 자 책	천훈민
마 케 팅	권보송
발 행 처	행복한에너지
출판등록	제315-2011-000035호
주 소	(07679) 서울특별시 강서구 화곡로 232
전 화	0505-613-6133
팩 스	0303-0799-1560
홈페이지	www.happybook.or.kr
이 메 일	ksbdata@daum.net

값 15,000원
ISBN 979-11-86673-82-9 03810

행복한에너지는 독자 여러분의 아이디어와 원고 투고를 기다립니다. 책으로 만들기를 원하는 콘텐츠가 있으신 분은 이메일이나 홈페이지를 통해 간단한 기획서와 기획의도, 연락처 등을 보내주십시오. 행복한에너지의 문은 언제나 활짝 열려 있습니다.

한 전직 공무원이 일선 행정과 삶에 대해 쓴 유장한 기록들

공무원 33년의 이야기

구본수 지음

행복한에너지

나는 썼습니다. 나는 나를 썼습니다. 나는 공무원 33년을 썼습니다. 나는 공무원 33년의 이야기를 썼습니다.

대단치 않은 자가 글을 쓰자니 두려웠습니다. 글을 쓰는 시간은 두려움과 싸우며 두려움을 이겨내는 여정이었습니다.

괜한 짓을 하고 있다는 부정적인 말과 벗하며 살았습니다. 그런데도 글쓰기를 멈추지 않은 것은 써야지 살 수 있을 것 같아서였습니다.

글을 쓰는 시간은 도전의 시간이기도 했습니다. 도전은 벅차고 힘겹고 불안하고 위험한 것이지만, 어떤 경우에도 무모하지 않으며, 가능성이 있으며, 정당하며, 위대하다고 생각했습니다. 쓸데없이 왜 도전했지 하는 후회는 나중 문제고, 우선은 발을 내딛는 것이 중요하다고 생각했습니다.

이 글은 한 공무원이 겪은 일선 행정과 삶에 대한 이야기입니다. 공무원이 희망이고 공무원이란 말이 신뢰란 말과 동의어가 되는 세상을 꿈꿨던 한 인간이 무슨 생각을 하고 어떤 일을 했는지를 기록한 글입니다. 공직을 떠나면서 찬찬히 뒤를 돌아본 글입니다.

　나라는 존재는 나와 관계 맺은 사람들을 빼면 이야기할 수가 없습니다. 나는 공직생활 동안 선후배와 동료들로부터 많은 것을 배우고 도움을 받았습니다. 그들이 잘하면 나도 잘해야지 하며 그들을 스승으로, 거울로 삼아 나를 갈고 닦았습니다. 실로 그들은 나라는 인간을 갈아 쓰임새 있게 만들어준 숫돌과 같은 고마운 분들입니다.

　하여 이 글은 소소한 개인사지만 나와 관계를 맺었던 이들의 삶 또한 녹아 있는 글이기도 합니다. 따라서 이 글을 통해 나와 함께한 이들의 삶을 미루어 짐작할 수 있고 엿볼 수 있습니다. 즉 이 글은 나의 이야기지만 나와 함께 오랫동안 길을 걸었던 이들의 이야기이기도 한 것입니다. 한 개인의 발자취가 집단과 지역의 발자취, 시대의 발자취일 수 있다는 생각으로 쓴 글입니다. 나와 함께했던 이들과 잔잔히 나눌 수 있다면 더없는 기쁨이겠습니다.

후배들과의 약속을 지킬 수 있게 되어 다행이라는 생각을 합니다. 내가 생활하며 겪었던 이야기를 들려주겠다는 약속은 참으로 엄중했습니다. 내 글이 후배들의 눈에 어떻게 보일지 나는 모릅니다. 바라는 것은 그들이 일을 하다가 어려움에 처하게 될 때, 앞서 숱한 난관을 헤치며 공직의 길을 걸은 선배를 생각했으면 합니다. 욕심이겠지만, 내 글이 뒤따라오는 사람, 그가 어둠에 갇혔을 때 조심조심 길을 비추는 작은 등불 같은 글이었으면 좋겠습니다.

어둡고 혼란스러운 시절이 지나, 푸르고 화사한 계절에 책이 나오게 된 것을 기쁘게 생각하며, 꼭꼭 숨어 있던 나를 세상 밖으로 꺼내는 지난한 시간을 견딜 수 있도록 힘이 되어준 이들의 이름을 하나하나 되뇌어 불러봅니다.

고맙습니다. 믿고 성원해준 그대 덕분입니다!

여러 가지 사정이 안 좋음에도 빛을 못 보고 사장되면 안 된

다며 부족한 글을 선뜻 책으로 엮어주신 도서출판 행복에너지
권선복 대표님과 임직원 여러분께 감사를 드립니다.
문득 세상이 아름답게 느껴지고, 아름답게 보입니다.

2017년 5월
구본수

목차

PART5

공무원 생활을 **마무리하며**

서쪽 하늘에 해가 떨어져 더 어두워지기 전에 가는 길을 서둘러야 할 나그네. 발걸음을 옮기지 못하고 노을 진 하늘을 바라보고 있다. 주위를 둘러보니 바삐 걷는 사람들뿐. 누구도 붉은 하늘을 바라보고 있지 않다. 나그네는 멈춰 서서 생각한다. 그에게도 가야 할 길이 있지만 노을을 바라보며 지나온 길을 잠시 되돌아보는 것이 무의미한 일만은 아닐 것이라고.

서쪽 하늘에 해가 졌다. 해가 진 서쪽 하늘이 처연하게 물들었다. 해는 졌지만 하늘은 금세 어두워지지 않았다. 어두워지기 전 붉어졌다. 방금 떠난 사람의 뒷모습도 이와 같으리. 캄캄해져서 그의 모습이 보이지 않게 되기 전까지 잠깐, 그의 뒷모습은 붉게 물든 노을 같으리. 그는 어둠 속으로 사라지기 전, 그가 걸어온 이야기 몇 개를 노을 속에 남겨놓고 싶어 하리.

S!

그대를 부른다. 마음속으로 그대 이름을 부른다. 나중에 S, 그대가 누군지 아는 사람은 알 것이다.

32년 6개월의 공직생활을 끝내고 공로연수를 위해 직장을 떠나기 30분 전, 그대는 헐레벌떡 나를 찾아왔다. 아! 그대를 보자 내 입에서 탄성이 터져 나왔다. 그대가 나를 찾아오리라고는 생각하지 못했다. 마침 내 방에 몇몇 사람이 와 있어 그대와 차 한잔 나누지 못했다. 서서 어정쩡하게 몇 마디 했을 뿐이다. 그대는 조용히 말했다. 안녕히 가세요. 나의 떠남을 아쉬워하며 또 나의 앞날에 축복이 있기를 바라는 그대의 마음을 읽을 수 있었다. 나는 간신히 입을 열었다. 와 줘서 고마워요. 떠나도 기억할게요.

S!

우리가 만났던 날들을 기억하고 있겠지. 2004년이었다. 그해 1월 나는 그대가 일하고 있던 곳으로 갔다. 신규인 그대에 비해 나는 20년 경력의 중견이었다. 나는 새내기인 그대의 일하는 모습을 보고 얼마나 놀랐는지 모른다. 그때의 느낌과 감정을 나는 글로 썼었다. 오래도록 함께했으면 싶었지만 얼마 안 있다가 그대는 그곳을 떠났다. 그리고 12년이 흘렀다. 나는 퇴직의 길로 들어섰고, 그대는 믿음직한 일꾼이 되어 있었다.

오늘 그대를 부르는 것은 내가 사무실을 떠나기 직전 나를 찾아온 그대를 새삼 떠올렸기 때문이고, 그대에게 내 이야기를 들려주고 싶기 때문이다. 이것은 그대가 조금도 원하지 않는 것인지 모른다. 그냥 말없이 사라져야 하는 자가 무슨 미련이라도 있는 듯 머뭇거리며 주절거리는 못난 짓인지 모른다.

나는 직장생활을 하면서 많은 선배들을 만났다. 선배들에게서 전설 같은 이야기를 들었다. 만날 때마다 같은 이야기를 반복해서 말하는 선배도 있다.

선배들은 세상이 변했음을 알고 있다. 그들이 겪은 일이 다시는 재생이 안 되는 과거의 일임을 알고 있다. 그럼에도 그들이 후배들을 만난 자리에서 옛이야기를 하는 것은 지난날을 잊을 수 없기 때문이다. 남에게는 사소하게 보이는 것들이 그들에게는 일생일대의 사건이었기 때문이다. 그래서 그들은 후배들과의 자리에서 그들이 겪었던 일을 애써 감추지 못하고, 나지막하게, 때로 목소리를 높여 마치 방금 전에 있었던 일인 양 이야기를 하는 것이다.

그러나 선배들은 자신들이 겪었던 일을 기록하지 않았다. 왜 기록하지 않을까. 그것은 그들이 겪은 일이 대단하다고 여기지 않기 때문일 것이다. 제가 뭘요, 하는 심정일 것이다. 매일 놀라운 일이 수없이 일어나는데 그것들에 비하면 자신이 겪은 것은 내세울 게 별로 없다고 여기기 때문일 것이다. 설혹 기록한다 해도 허망함으로 끝날지 모른다는 두려움 때문일 것이다. 그럼에도 그들은 자신이 겪은 일이 인상적이라고 생각한다. 하찮아도 인상적이라고 느끼는 혼란스러운 모순! 세상에 드러내지는 못하지만, 평생을 바쳤기에 나 여기 있소, 하며 존재를 알리고 싶은 욕망 또한 있는 것이다.

청와대에서 일어나는 일만이 중요한 것인가. 청와대 외에 얼마나 많은 행정기관이 있는가. 중앙정부만 있는가. 지방정부는 또 얼마나 많은가. 서울시 등 15개 광역자치단체와 제주특별자치도, 세종특별자치시, 226개 시·군·구 기초자치단체, 전국 3,500여 곳의 읍면동 사무소. 그중에 으뜸은 청와대이므로 청와대가 뉴스의 머리를 차지하는 것에 이의를 달 생각은 없다. 그렇다고 해서 226개의 시·군·구와 220개의 읍, 1,193개의 면, 2,089개의 동에서 일어나는 일들은 가치가 없고 중요하지 않은 것인가.

S!

그대는 어떻게 생각하는가?

선배들은 그들의 삶을 기록으로 남기는 것을 왜 주저했을까. 비밀엄수의 의무 때문이었을까. 현대사의 숱한 사건과 함께한 선배들. 그들이 지나간 길이 역사가 되었다. 그런데 역사의 길에 선배들은 익명과 무명으로 숨어 있을 뿐이다.

S!

그래서 나는 말하려 한다. 선후배들과 함께 겪은 것들을 이야기함으로써 내가 머물렀던 현장에 이름과 의미를 부여하려는 것이다. 어찌 나에게 두려움이 없겠는가. 내 이야기가 사사로움에 불과하고, 변방의 이야기일 뿐이라는 두려움이 어찌 없겠는가.

나는 높은 자리에 있지 않았고, 뭇사람의 주목을 받지 못했고, 시대의 중앙을 관통해 오지 않았다. 특별한 업적을 남기지도 않은, 보통의 삶을 살아온 자에 불과하다. 그런데 내가 이야기를 하려고 한다.

내 이야기에는 선배들이 술자리에서 들려주는 이야기처럼 허풍과

착각이 섞여 있을지도 모른다. 아니 솔직하게 말하자. 어느 때부터인지 나는 같은 얘기를 반복해서 말하는 선배들의 전철을 밟고 있었다. 말을 하다가 이런 사실을 깨닫고 얼굴을 붉힐 때가 있다.

나는 지난날들을 기억의 상자에서 꺼내 씨줄과 날줄로 엮어보려는 것이다. 지나온 시간들을 성찰하고 다가오는 날들을 새롭게 바라보고 싶은 것이다. 내 이야기가 케케묵은 빛바랜 이야기로 들릴 것이다. 그런데 내 이야기는 겨우 30년 전부터의 이야기일 뿐이다. 사소한 이야기지만 세월에 묻힌 이야기를 꺼내와 역사의 한 페이지에 조심스럽게 새기려 한다. 그때 이런 일이 있었노라고.

S!

공직을 떠나기 전 잠시 숨을 고를 시간이 주어졌다. 나는 그 시간이 노을의 시간이라고 생각했다. 나는 서쪽 하늘 노을을 바라보며 잠시 걸음을 멈춰 섰다. 장엄하구나! 한 사람의 삶도 이와 같으리. 한 사람의 삶의 무게는 결코 가볍지 않으리. 한 사람의 기록은 때로 무심히 흘러가는 시간에 대한 뜨거운 증언이며, 시간이 헛되이 사라지지 않도록 지난 시간을 묶고 가둬두는 행위이리. 한 사람의 이야기는 사실 얼마나 어마어마한가. 모든 삶은 들여다보면 다 깊고 유장하고 장엄하다!

S!

내가 들려주는 이야기는 남루하고 때로 비루하기까지 하다. 그런데 어쩌랴. 그게 내 이야기인 것을. 남루하고 비루하기까지 하나 어느 순간에도 양심을 팔지 않았고 비굴하지 않으려고 했다. 나를 무릎 꿇게 하거나 휘어잡으려는 세상과 피를 흘리며 싸웠다. 그런 삶이었다.

S!

걷던 발걸음을 돌려 지난날의 숲 속으로 걸어 들어가 본다. 지난 시절 쫓기듯 허겁지겁 닫아버린 시간의 문을 열어 과거 한때 무슨 일이 있었는지 찬찬히 둘러보고, 그만 챙기지 못하고 놓고 왔던, 잃어버린 사랑 한 조각을 찾아 만난다면, 얼굴 부비며 그리워했노라고 말할 것이다.

S!

나는 한 세월을 걸었다. 애증의 긴 시간이었다. 걸음마다 눈물이고 기쁨이었다. 세상은 지나갔고 시간은 흘러갔다. 지난날들은 다 허무인 줄 알았는데, 오늘 알았다. 뜨거운 사랑, 뜨거운 노래는 끝나도 흐른다는 것을.

S!

내 손을 잡지 않겠나. 함께 시간여행을 떠나보지 않겠나. 동행의 시간들. 내가 만난 사람들, 머물렀던 일터와 지역, 살았던 시대와 함께한 시간들. 갈등과 번뇌, 실패와 좌절, 고뇌의 시간들. 온갖 간난을 견뎌내고 마침내 이룬 성과와 환희, 보람의 시간들. 나는 그 시간들과 동행하였거니. 어둠이 밀려오기 전 붉은 노을 속으로 함께 걸어가 보지 않으려나.

나에겐 아련한 추억이지만 역사는 큰 것만
기록한다. 작은 것들은 먼지처럼 사라진다.
많은 것이 사라지고 잊혔지만, 기억 속에 머
물고 있는 몇 개의 이야기를 조심스럽게 꺼
내본다.

PART1

공무원 생활의 **시작**

01

2016년 10월, 낙엽 떨어지는 길목에서

"이번 교육이 선배님들의 마지막 집합교육입니다. 그리고 이렇게 서울시와 자치구가 함께하는 교육은 올해가 마지막입니다. 내년부터 는 서울시는 서울시대로 자치구는 자치구대로 합니다." 수료식을 진 행하는 인재양성과의 팀장이 말했다. 연수대상 219명(자치구 163, 시·사업소 56/남191, 여28)에 대한 2주간의 미래설계과정 교육이 끝나고 수료 식을 하는데, 사회를 보는 이모작양성팀장의 입에서 나온 '마지막'이 란 말이 귀에 꽂혔다. 2016년 10월 21일 오전 10시 40분이었다.

교육 마지막 날이라고 2시간만 하고 끝나는구나, 아무 생각 없이 강당(세종홀) 의자에 편한 자세로 앉아 있던 나는 화들짝 놀라고 말았 다. 그렇다. 마지막인 것이다. 1984년 4월에 처음 왔던 곳, 서울시인 재개발원(서울시공무원교육원)에서 받는 마지막 교육인 것이다. 서울특별 시 서초구 남부순환로 340길 58, 해발 293m 우면산 자락에 자리 잡 고 있는 유서 깊은 이곳에 다시는 올 수가 없는 것이다. 이제 정말로 공직생활이 끝나는 것이다. 지난 6월 30일, 오랫동안 몸담았던 직장을 떠날 때 느꼈던 감정과는 또 다른 감정이 물결치며 나를 덮쳤다. 나는 순간 숙연해졌다. 아쉽다는 생각이 강하게 들었다. 알 수 없는 안타까움이 눈앞에서 어른거렸다. 지난 6월 30일에는 그저 나도 앞서 간 선배들처럼 때가 되어 떠나가는구나 하는 생각뿐이었는데(그때는 6개월의 공로연수 기간이 남아 있다는 어떤 안도감이 있었다), 이번에는 착잡하고 슬프기까지 했다. 다시 올 수 없다는 사실이 마음을 아리게 만들었다. 돌아올 수 없다는 것, 그것은 나의 한 시대가 막을 내렸다는 것이다.

　퇴직 2개월여를 앞두고 공로연수 기간에 인재개발원(교육원)에서 받은 집합교육의 수료식을 마치고 이런저런 생각을 하며 터벅터벅 걸어 나오는 길, 면접을 보는 젊은이들이 벤치에 앉아 학습을 하고 있는 모습이 보였다. 면접시험에도 알아야 할 것이 많이 있나 보다고 생각했다. 떠나는 자들과 들어오려는 자들이 길목에서 만난다. 과거와 미래가 교차한다. 아버지 세대의 퇴장, 아들 세대의 등장. 하나는 작은 발원지에서 시작된 물이 마침내 바다에 이른 것이고, 다른 하나는 이제 발원지에서 멀고 먼 곳을 향해 대장정의 길을 떠나려고 하는 것이다.
　서울시인재개발원 문을 나서자 뒹구는 낙엽이 눈에 들어왔다. 나뭇잎은 오색으로 물들어가고 있었고 성급한 것들은 서둘러 떨어졌다. 한 잎 두 잎 떨어져 뒹구는 낙엽도 한 시절 푸름을 자랑했을 것이다. 용솟음치는 뜨거움을 어쩌지 못하며 씩씩거리던 시절을 살았을 것이다. 시간이 되자 색이 바래지고 더 이상 나무에 머물지 못하고 돌아갈 곳을 아는 양 땅으로 떨어지는 것이다. 뒹구는 낙엽이 꼭 내

모습 같다는 생각이 들었다. 시간의 흐름에 순종하는 존재. 시간의 흐름을 거역하지 못하는 존재. 더는 나무에 머물러 있지 못하고 떨어지는 존재. 그러나 나뭇잎과 달리 짙게 물들지 못하고 어설프게 물든, 아직은 더 나무에 매달려 있어도 될 것 같은, 여전히 푸름을 간직하고 있다고 생각하는 존재. 세월에 떠밀려 강제로 나무에서 떨어진 존재.

낙엽이 뒹구는 길을 늙수그레한 사람들이 걸어가고 맞은편에서 면접시험을 보기 위해 단정한 차림의 젊은이들이 걸어오고 있다. 길목에서 그들은 임무를 주고받는다. 그들 젊은이들은 소임을 다한 선배들이 떠나간 자리에서 30년 이상을 일할 것이다. 그리고 30년 후 그들이 떠나는 날, 아직 태어나지 않은, 태어났다 해도 어리기만 한 이들이 자라 낙엽이 뒹구는 길목에서 또 지금처럼 교차하며 만날 것이다.

내가 2주간의 교육을 받기 전인 2016년 9월, 서울시인재개발원에서 사회복지 9급 신규공무원을 대상으로 신임리더 과정(2주) 교육이 있었다. 나는 인재개발원 홈페이지에서 그들의 교육과정을 소개한 동영상을 보았다. 동영상 속 교육을 받는 신규공무원들은 하나같이 발랄하고, 활기차고, 아름답고, 늠름했다.

나에게도 저들과 같은 시절이 있었을까. 내가 신규자였을 때 모든 것은 어두웠다. 궁핍했고 억압적이었다. 싱그러움, 발랄함 그런 것은 없었다(아니 조금은 있었는지 모른다). 지금의 신규공무원들 모습이 얼마나 부럽던지.

나는 젊은 날 절박한 상태에서 공무원이 되었다. 내가 공무원이 된 것을 아는 사람들은 다행이라고 말할 뿐 잘됐다고 박수를 쳐주지 않았다. 지금 신규공무원들은 다르다. 지금은 공무원이란 직업이 선망의 대상이 되었다. 높은 경쟁률을 통과해야 공무원이 될 수 있다.

내가 살아왔던 세상과 그들이 살아갈 세상은 비교할 수 없을 정도로 다르다. 신규공무원들은 경쾌하게 길을 걸어갈 것이다. 그 길은, 나와 동료들이 30년이 넘는 세월 동안 고심하고 투쟁하며 닦아놓은 길이기도 하다. 나는 어둡고 추운 길을 걸어왔지만 후배들은 밝고 따뜻한 길을 걸어가야 한다. 멋지게 공무원 생활을 해야 한다. 고통스럽지 않고 기쁨이어야 한다.

나와 동행한 시간들은 거칠기 짝이 없었다. 늘 신산의 시간과 계절이 함께했다. 그들은 달라야 한다.

혹 신규공무원들을 만난다면 나는 무슨 말을 해줄 수 있을까. 고리타분한 얘기가 아닌 가슴 설레는 얘기를 해줄 수 있을까. 그들은 내 이야기를 들어줄까. 그들은 나를 보며 구차하고 고단한 삶을 살아왔다고 비웃지 않을까. 자기들은 나와는 다른 길을 걸을 것이므로 시대의 유물 같은 내 이야기에 귀 기울일 필요가 없다고 여기지 않을까.

2주간의 교육을 받고 막 공무원 생활의 첫발을 내딛은 그들은 알까. 그들보다 30여 년 전 이곳에서 신규자 교육을 받았던 한 선배가 그들의 첫 교육을 애잔한 마음으로 엿보았음을. 공직이라는 생업을 온전히 마치기 위해 그들도 나처럼 자주 교육을 받아야 함을. 교육을 받을 때마다 굵고 힘찬 마디 하나가 생겨난다는 것을. 그러면서 자기만의 숲을 이루게 된다는 것을. 불끈불끈 생기던 마디가 더는 생기지 않는 날, 그날이 떠나는 날이라는 것을. 떠나는 날, 공직자로 일생을 바치며 이룬 숲이 비로소 잠든다는 것을. 잠든 숲은 그러나 영원히 잠들지 못하고, 바람이 불 때마다 흔들리며, 그리움의 울음을 토해낸다는 것을.

S!

10월, 떠나는 자와 시작하는 자가 만나는 길목에 서서 생각한다. 그들이 내 이야기를 외면할지 모른다. 그러나 나는 그런 것이 중요하지 않다고 생각한다. 그들 중 갑작스럽게 어둠에 갇혀 어찌할 바 모르고 쩔쩔매던 어느 한 사람이 내 시린 이야기에 조용히 귀를 갖다 댈지 모른다. 앞서 한 시대를 치열하게 살았던 선배의 소곤거리는 이야기를 듣고 위로를 받아 다시 힘차게 길을 걸어갈지 모른다. 나는 그런 한 사람을 위해 이야기를 하는 것이다.

공문서에 시詩의 눈물을 적실 줄 알았던 한 공무원의 이야기. 그 이야기를 들어주는 사람을 위해 나는 머나먼 이야기 길을 떠나는 것이다. 사랑과 회한이 첩첩이 쌓여 있는 길을 천천히 걸어가는 것이다.

02

1984년 1월,
아현동에서 첫발을 내딛다

S!

그대는 정년 때까지 많은 곳을 돌아다니게 된다. 인사발령장이라는 종이 한 장의 위력을 절감하게 된다. 가라고 하는데 안 갈 수 없는 것이 조직이다. 그런 가운데 끝끝내 잊히지 않는 곳이 있으니 그곳은 첫 발령지다. 그대가 내 마지막 날 직장을 떠나기 직전, 나를 찾아온 것은 내가 그대의 첫 발령지 상사였기 때문이리라. 같이 근무한 기간은 짧았지만 최초였기 때문에 잊을 수 없었던 것이리라.

모든 강은 발원지를 갖고 있다. 어떤 큰 강도 발원지는 작고 볼품 없다. 흘러가면서 서서히 큰 강을 이루는 것이다. 사람의 삶도 다르지 않다. 공무원 생활도 마찬가지다. 첫 발령지에서의 생활은 얼마나 초라했던가. 그러나 발원지를 빼고 강을 이야기할 수 없다. 발원지인 최초 근무지는 고향 같은 곳이다.

나에게도 최초 근무지가 있다. 그곳 시절은 어둡기에 돌아보는 데 주저하게 된다. 오래전 그때의 이야기가 고리타분하게 여겨질지 모르겠다. 현실감이 떨어지는 흘러간 이야기, 무감동일지 모른다. 그럼에도 그곳에서의 시절을 묻어둘 수 없는 것은 그곳이 나를 키운 둥지였기 때문이다. 밝건 어둡건 그곳 생활은 대나무의 마디처럼 내 생의 한 부분을 형성한 것이다.

최초 근무지에서 나는 5년 2개월을 근무했다. 62개월! 나는 그곳에서 세상을 보았고 세상을 꿈꿨다. 그곳에서 86년 아시안게임과 88년 올림픽을 치렀다. 두 개의 국가적 큰일 때문에 나는 다른 곳으로 가지 못하고 그곳에 갇혀 있었다.

그곳은 추웠다. 1984년 1월 4일, 발령장을 받고 그곳을 찾아가던 날, 길은 눈길이었다. 처음으로 발을 내디뎌 걷는 길이 미끄러운 길이라니. 호기심 반 두려움 반으로 첫 근무지를 찾아갔다.

나는 내가 몸담게 될 조직에 대해 아무런 지식과 정보를 제공받지 못한 채 던져졌다. 나는 내던져진 존재였다. 살 수 있으면 살고, 죽어도 어쩔 수 없는 존재로 첫발을 내딛은 것이다.

아현3동. 지금은 동 통폐합과 재개발로 사라진 곳. 수몰된 지역과 같은 곳. 수몰지역은 물 밑에 흔적이라도 있지, 흔적조차 없는 곳. 마포로변에 있는 마포경찰서와 12층 혜성아파트만이 과거 한때 그곳이 아현3동이었음을 알려주고 있는 곳.

최초 근무지에서 일하는 동안 많은 일이 있었다. 나에겐 아련한 추억이지만 역사는 큰 것만 기록한다. 작은 것들은 먼지처럼 사라진다. 그때의 일들은 시간의 강을 따라 멀리 흘러갔다. 뒤늦게 기억의 상자를 열어 무엇하겠는가. 누가 희미한 옛이야기에 귀를 기울이겠는가.

다 말할 수 없을 것이다. 많은 것이 사라지고 잊혔지만, 기억 속에 머물고 있는 몇 개의 이야기를 조심스럽게 꺼내본다.

나는 서울시 공무원입니다

공무원 생활 3개월 만에 나는 서울시공무원교육원으로 신규자 교육을 갔다. 햇살이 따사롭고 울긋불긋 꽃이 피는 1984년 4월 초였다. 4주간의 교육, 첫 1주일은 합숙교육이었다. 합숙교육은 정신교육이라고 했고 새마을교육이라고도 했다. 교육생은 서울시 각 구에서 온 신규공무원들이었다. 숙소가 배정되었고 단체복이 주어졌고 십여 개의 분임조로 나눠졌다. 어떻게 하다 보니 내가 한 분임의 분임장이 되었다. 분임장은 분임토의를 책임지고 분임을 대표해서 토의결과를 발표해야 했다.

아침에 그날의 교육을 시작하기 전 강당에 모여 사례를 발표하는 시간이 있었다. 그때 교육원에서는 서울시 9급 신규공무원들과 중앙부처 6, 7급 공무원들이 교육을 받았는데 아침 시간에는 강당에 다 모였다. 월요일 입교식을 하고 화요일, 수요일에 보니까 아침 시간에 중앙부처 공무원들이 사례를 발표하는 것이었다. 나는 의아한 생각이 들었다. 서울시공무원교육원이고, 서울시 공무원이 함께 교육을 받고 있는데 어째서 중앙부처 공무원들만 사례를 발표하는지. 나는 좀 이상하다는 생각이 들었고 약간은 분개하여 교무과를 찾아가 서울시 공무원은 사례 발표를 안 하느냐고 물어보았다. 답변은 임용을 받은 지 얼마 되지 않은 신규공무원들이 무슨 발표할 사례가 있느냐는 것이었다. 그래서 중앙부처 공무원들만 사례를 발표한다는 것이었다. 나는 말했다. "내가 사례를 발표하겠습니다!" 담당직원은 눈이 똥그래져서 나를 쳐다보았다. 나는 힘주어 말했다. 이곳은 서울시공무원교육원인데 서울시 공무원이 배제되는 것은 말이 안 된다고. 자존심 문제라고. 담당직원은 나를 한참 쳐다보더니 윗분과 상의한 후 나에게 좋다고 승낙을 했다. 사례발표일은 바로 다음 날이고 발표 시간은 20분이었다.

막상 하라고 하니 덜컥 겁이 났다. 내가 지금 무슨 짓을 한 건가. 젊은 혈기에 쓸데없이 객기를 부리는 것은 아닌가. 만용은 아닌가. 20분 동안 발표를 해야 하는데 무슨 얘기를 해야 하는가. 공무원 경력 3개월짜리가 경험을 해야 얼마나 했겠는가. 무슨 할 말이 있는가. 수백 명 앞에서 무슨 말을 해야 하는가. 이미 물은 엎질러졌고 화살은 시위를 떠났다. 뱉은 말을 주워 담을 수 없었다. "아이구, 생각해보니 도저히 못 하겠습니다. 잠깐 제가 잘못 생각했습니다. 아무래도 발표할 능력이 안 되는 것 같습니다." 이렇게 말할 수는 없었다. 나는 어떻게든지 해보자고 손을 불끈 쥐었다. 그리고 밤늦도록 발표할 자료를 만들었다. 머리를 쥐어짰다. 3개월이라는 기간이었지만 인상적으로 겪은 일들을 정성을 들여 엮었다. 마지못해 하는 발표가 아니라 이왕이면 감동을 주는 발표여야 한다고 생각했다. 짧은 시간이었지만 원고를 고치고 또 고쳤다. 그중 기억나는 것은 도시락과 촌지에 관한 이야기다.

"저는 발령장을 받고 다음 날 출근하면서, 실제적으로 첫 출근을 하는 날이었지요, 도시락을 싸갖고 갔습니다. 눈 딱 감고 도시락을 갖고 간 것입니다. 제 머릿속에는 어떻게든지 박봉을 이겨내야 한다는 생각밖에 없었습니다. 점심 사먹을 돈을 아껴야 했습니다. 그래서 도시락을 싸간 것입니다. 직원들 모두 놀란 눈으로 저를 쳐다봤습니다. 희한한 놈이라는 표정들이었지요. 점심시간이 되자 직원들은 주전자에 라면을 끓이는 것이었습니다. 주전자는 상당히 컸고 라면은 창고에 얼마든지 있었습니다. 라면은 어려운 이들에게 배급해야 할 라면이었지요. 주전자에 라면을 끓여 먹는데 김치도 없었습니다. 밖의 식당을 이용하기에는 모두 주머니 사정이 안 좋았습니다. 숙직실에서 라면을 먹는 모습이라니! 나에게는 그 모습이 충격이었습니다. 안쓰럽고 안타까운 모습으로 보였습니다.

다음 날 나는 도시락을 두 개 싸가지고 갔습니다. 나누어 먹고 싶었습니다. 나는 직원들이 식당에서 식사를 하는 줄 알았지, 라면을 끓여 먹는다고는 생각하지 못했습니다. 그것도 김치도 없이 말입니다. 사무실에 이상한 녀석이 왔다는 시선이 없지 않았지만 신경 쓰지 않았습니다. 나는 라면보다는 도시락이 낫지 않느냐고 말없이 설득했습니다. 나는 도시락을 싸가기로 마음을 먹은 순간 굳게 결심했기에 물러나지 않았습니다.

3개월이 지나자 9명이 도시락을 싸왔습니다. 직원의 반 이상이 도시락을 싸오게 된 것입니다. 연탄난로 위에 커다란 주전자를 올려놓고 라면을 끓이지 않아도 되었습니다. 어려운 이들에게 돌아갈 라면에 손을 대지 않아도 되었습니다. 지금은 도시락을 싸오지만 형편이 좋아지면 식당을 이용할 것입니다. 오순도순 둘러앉아 도시락을 먹는 점심시간은 즐겁습니다. 사무실의 작은 변화, 그것의 시작은 도시락이었습니다. 아니 진정한 시작은 인간답게 살고 싶은 욕망이었습니다."

촌지에 관한 이야기도 했다.

"저는 사무실에서 민원대에 앉아 민원업무를 보고 있습니다. 지난 2월 초였습니다. 한 여인으로부터 애로사항을 들었습니다. 전출을 가야 하는데 전출신고서에 통장의 도장을 받을 수 없다는 것이었습니다. 도장을 안 찍어준다는 것이었습니다(1984년 당시에는 전출입 시 통장의 확인(통장의 날인)이 있어야 했다). 마침 제가 맡고 있는 통의 주민이었습니다. 자세히 알아보니 그 민원인은 자기의 의사와 관계없이 한 남자의 주민등록표에 동거인으로 올려져 있는 것을 알게 되었고, 그것을 원하지 않아 전출하고자 한 것이었습니다. 그런데 통장이 세대주로부터 무슨 부탁을 받았는지 전출신고서에 통장 확인(날인)을 안 해주는 것이었습니다.

나는 통장에게 거주의 자유에 대해 얘기하고, 통장이 확인을 안 해주는 것은 잘못된 것이다, 협조하지 않으면 직권으로 전출을 시키겠다고 말했습니다. 다소의 우여곡절이 있었습니다만 그 민원인은 원하던 대로 전출을 가게 되었습니다. 그런데 그 민원인이 고맙다고 하며 지폐를 내밀고 가는 것이었습니다. 순식간에 일어난 일이어서 지폐를 돌려줄 기회를 잡지 못했습니다. 저는 난데없는 상황을 맞아 당황하지 않을 수 없었습니다. 어떻게 해야 하나 고민을 했습니다. 많지 않은 돈이었지만 그 돈을 받을 이유를 찾을 수가 없었습니다. 나는 돈을 받아서는 안 되었습니다. 그것은 비록 9급 말단 공무원이지만 자존심에 관한 문제였습니다. 나는 첫 번째 촌지가 매우 중요하다고 생각했습니다. 처음부터 거절하는 것을 습관화해야지 한 번 받으면 다음에 또 받게 된다, 이렇게 생각했습니다. 앞으로도 수없이 촌지 같은 것과 부닥칠 텐데 확실하게 하자, 이렇게 마음먹었습니다.

마침 사무실에서 한강에 있는 밤섬의 철새들을 위해 겨울철 철새 모이 주기 사업을 하고 있었습니다. 나는 그 돈으로 모이를 사서 철새 모이 주기 사업에 보탰습니다. 그리고 그 민원인에게 편지를 썼습니다. 귀하의 고마워하는 마음을 충분히 이해한다. 어려움이 있었지만 전출을 가게 되어 나도 기쁘다. 그러나 일련의 일들은 마땅히 내가 하여야 할 일이었다. 나는 아무런 대가를 받아서는 안 되는 공무원이다. 귀하가 준 돈으로 잠시 흔들렸던 것은 사실이다. 그 돈을 돌려주는 방법이 마땅치 않아 새 모이를 샀다. 이 겨울 굶주리고 있는 철새들을 위한 밤섬 모이 주기 사업에 보탰다. 그 돈은 귀하게 쓰였다. 감사하게 생각한다. 이런 내용이었습니다. 나는 편지를 복사하여 수첩에 붙여놓았습니다. 앞으로 갈 길을 밝혀줄 등불 하나를 세워놓은 것입니다. 유혹이 나를 덮치려 할 때 이 편지글이 나를 지켜줄 것이라고 여겼습니다. 나는 첫 번째 촌지를 극복한 마음으로 앞으로도 촌지와의 싸움에서 이겨나갈 것입니다. 첫 번째가 중요합니다. 초심이니까요."

나는 이런저런 사례를 묶어 무사히 발표를 마쳤는데 반응은 의외로 괜찮았다. 끝나고 깊은 안도의 숨을 쉬었다. 분임조 발표에서도 1등을 하는 기쁨을 맛보았다. 1984년 4월이었다.

쾌적한 사무실을 조성하다

나는 공무원 생활 2년 3개월 만에 한 조직의 총무(서무)를 맡게 되었다. 지금은 동에서 총무라는 말을 안 쓰고 서무주임이라고 하는데 그 당시는 총무라는 말을 썼다. '동사무소'의 전신은 '동회洞會'다. 동회는 행정조직이 아닌 주민자치조직이었다. 1955년 동회가 동사무소로 명칭이 변경되면서 행정기구가 되었지만, 총무란 말은 살아 있었다. 나이 드신 어른들은 동장을 '동회장'이라고 불렀다.

내가 동의 총무가 된 이유는 간단했다. 내 위로 고참이 한 명뿐이었는데, 그는 몸이 약했다. 그래서 내가 총무가 된 것이다. 시보(신규직원)가 우글우글한 사무실. 내가 총무가 되기 전에 서울시 주요부서 중 하나인 행정과 출신이 사무장(6급)으로 왔는데 성격이 대단히 괄괄했다. 서울시 행정과 서무주임 출신으로 행정에 대해서 꽤나 많이 아는 분이었는데, 동사무소에 와서 보니 엉터리도 이런 엉터리가 없었던 것이다. 그래서 끊임없이 직원들을 닦달하고 질책하며 행정을 향상시키려고 했다. 뜻은 좋았으나 직원들이 받아들이지 않았다. 직원들은 버티지 못하고 살길을 찾아 떠나갔다. 다른 곳으로 가는 방법을 모르던 나 같은 자만 남게 되었다. 나 역시 그분에게 혹독한 훈련을 받았는데, 나중에는 나를 인정해 주었다. 인정을 받아 일할 맛 난다고 생각하자마자 그분은 발령을 받고 딴 곳으로 갔다.

하여튼 나는 서무(총무)가 되었는데 나로서는 매우 엄중한 자리였다. 서무의 임무는 회계를 담당하며 위로 사무장과 동장을 보좌하고 직원들이 일을 잘하도록 지원하는 것이다. 나는 서무가 되자 첫 번째로 사무실 환경을 개선하고자 했다. 그간 사무실로 찾아오는 지인들을 인근 다방에서 만났다. 사무실로 못 오게 했다. 사무실 모습을 보여주고 싶지 않았다. 내가 침침한 곳에서 근무하고 있다는 사실을 숨기고 싶었다. 어렵게 얻은 직장이 겨우 이런 곳이냐, 그런 말을 듣고 싶지 않았다. 그래서 서무가 되자마자 사무실을 밝게 만들겠다고 마음먹었다.

나는 6개월이라는 기간을 정했다. 나는 일요일마다 사무실에 나와 닦고 칠하기 시작했다. 예산을 쓰는 데 서툴러 많은 예산으로 환경정비를 하지 못했다. 대신 적은 예산과 몸으로 했다. 심혈을 기울였다. 노력한 결과가 나타나기 시작했다. 직원들이 반응을 보였다. 월요일마다 직원들이 변한 사무실에 놀라며 감탄하는 모습을 보는 재미에 나는 몸이 힘든 것도 잊고 맹렬하게 사무실을 바꿔 나갔다.

화장실에 화장지와 수건과 비누를 비치했다. 그간 화장실에는 화장지가 없었고 수건도 없었고 비누는 빨랫비누였다. 나는 빨랫비누로 손을 씻을 때마다 내가 사람이 아니고 걸레인가 하는 생각을 했었다. 나는 세숫비누를 갖다 놓았고, 수건과 화장지도 비치했다. 가끔 화장지와 수건이 사라졌지만 그때마다 다시 갖다 놓았다. 없어진다고 멈춰서는 안 되었다. 정착되기까지 꾸준히 이어가야 할 것이었다.

그런데 이런 나의 행위에 제동이 걸렸다. 직원회의 때 동장이 나를 질타했다. "총무면 알뜰살뜰 살림을 해야지 낭비벽이 심하다. 사무실을 좋게 만들겠다는 충정은 이해하나 화장실에 화장지와 수건을 비치하는 것은 잘못됐다. 그것들이 얼마나 가나. 사람들이 집어가지 않는가. 엉뚱한 데 돈 쓰지 말라!"

나는 충격을 받았다. 근무환경을 좋게 만들려는 소박한 시도가 예산 낭비며 엉뚱한 일로 폄하되다니! 사실 일부 사람들이 화장실에 있는 물품을 가져가는 것은 사실이었다. 자주 있는 일은 아니었다. 그렇다고 예전으로 돌아가야 하는가. 나는 주저하며 멈칫했다. 동장으로부터 심한 질책을 당했기에 그만 위축되어버렸다. 내 행위에 대해서도 과연 잘하고 있는 것인지, 쓸데없는 일을 하고 있는 것은 아닌지 회의가 들었다. 그래서 화장실에 물품을 비치하지 못했다. 그것들은 예산으로 구매해야 하는 것들인데 동장이 회계서류에 결재를 해주지 않을 것이었다. 좌절이었다. 무참한 좌절!

다시 화장실은 옛날로 돌아가야 하리라. 화장실에 갈 때마다 화장지를 가져가야 하고 빨랫비누에 손을 씻어야 하리라. 미개한 세계로 돌아가야 하리라. 예산을 쓰지 못하면서 어떻게 일을 할 수 있는가. 다 끝났다! 나는 심히 낙담했다.

그런데 생각지도 않은 일이 일어났다. 분명 화장실에 화장지는 없어야 하고 수건은 걸려 있지 않아야 하며 빨랫비누가 놓여 있어야 했다. 그런데 화장지, 수건, 세숫비누가 놓여 있었다! 누군지 모르나 한 명인지 두 명인지 직원들이 가져와 비치해 놓은 것이었다. 직원들은 사무실 환경을 개선해 나가는 나에게 무언의 응원을 보내주고 있었는데, 내가 동장으로부터 질책을 받고 멈칫하는 것을 보고 나를 도와준 것이다.

나는 울었다. 직원들이 나를 믿고 있었구나. 직원들이 돈키호테 같은 나를 성원해주고 있었구나. 직원들도 사무실이 변하고 있는 것을 좋아하고 있었구나. 같이 동행하는 마음이었구나. 나는 생각했다. 직원들의 마음을 저버려서는 안 된다고. 난관은 돌파하라고 있는 것이라고. 이제 시작일 뿐이라고. 가야 할 길은 아득히 멀다고. 지금 좌절하면 아무것도 못 한다고. 뚫고 나가야 한다고. 직원들과 어깨를 끼고 인간다운 세상으로 나아가야 한다고. 물러서거나 낙담하거나 포기해서는 안 된다고. 정의는 끝내 이긴다고. 더 강해져야 한다고. 그래야 서무라고!

6개월 후 나는 사무실로 지인들을 불렀다. 지인들은 이구동성으로 내가 쾌적한 사무실에서 근무하고 있다고 좋아했다. 1986년이었다.

1987년 그해, 봄에서 여름 사이

1987년 4월부터 가장 중점적으로 한 일은 4.13 호헌조치 홍보였다. 정국은 극도의 혼란 속으로 빠져 들어가고 있었다. 변방의 작은 동사무소도 어김없이 영향을 받았다. 1987년 4월 13일 전두환 대통령은 다음 해 2월 25일 본인의 임기 만료와 더불어 후임자에게 정부를 이양한다는, 즉 현행 헌법을 그대로 유지한다는 4.13 호헌조치를 선언했다. 이에 따라 동사무소에서는 통반장, 직능단체, 주민들을 대상으로 4.13 호헌조치 홍보에 열을 올려야 했다. 매일 추진실적을 구에 보고했다. 4.13 호헌조치를 철폐하려는 국민들의 항거는 꺾일 줄을 몰랐다. 그해 5월 18일 박종철 고문치사 사건이 폭로되었고, 6월 9일에는 이한열 연세대생이 최루탄에 맞아 피를 흘리며 쓰러졌다. 6월 10일에는 '6.10 민주화 항쟁'으로 불리는 대규모 시위가 벌어졌다. 6월 10일 이날 국민운동본부는 박종철 고문 살인 규탄 및 호헌철폐국민대회를 전국에서 동시다발적으로 개최했다.

정국은 한 치 앞을 내다볼 수 없을 정도로 불안했다. 낮에 4.13 호헌조치 홍보를 하고 일과 후에는 언제 끝날지 모르는 비상근무를 했다. 퇴근하지 못하고 늦은 시간까지 사무실에서 대기하는 날이 이어졌다. 금세 무슨 일이라도 터질 것 같았다. 모든 것이 혼돈이었다.

나는 1987년 1월부터 명동성당으로 예비자 교육을 받으러 다녔다. 일과가 끝나면 사무실을 빠져나와 성당에 가서 교육을 받고 다시 사무실로 들어오곤 했다. 그런데 하루가 다르게 성당에 가기가 위태로워졌다. 6월 들어서는 아현동에서 명동으로 가는 길이 살얼음판 같았다. 경찰에게 폭행을 당하지는 않을까 하는 두려움. 시위하는 성난 사람들의 엄청난 대열. 맵고 따갑고 매캐한 최루탄가스. 나는 무엇이 옳은 것인지 혼란스러웠다. 특히 내가 예비자교육을 받는 명동성당은 민주화의 성지였다. 매일매일 안개 같은 불안한 정국을 타개하기 위한 '6.29 선언'이 그해 6월에 있었다. 국민과 역사에 대한 깨끗한 항복이었다.

그해 어느 시절

그해 어느 시절
무작정 대기는 끝없이 이어졌고
장기판 두 벌에 직원들은 달라붙어
지루한 긴 시간을 견뎌내야 했다
장이야 멍이야 소리가 공허하게 울렸고
장기 좋아하는 사무장의 너털웃음만이
메마른 부초처럼 떠다녔다
이놈의 대기는 언제 끝나는 것이냐고
그 누구도 언성을 높여 묻지 않았다
연일 통반장회의를 열어
4.13 호헌조치를 홍보하고
뻥튀기한 실적을 시간 맞춰 보고하고
가끔 하늘이 꾸물꾸물한 날은
사무실 앞 슈퍼에 앉아
시대의 흐름을 해독하며 맥주를 홀짝거렸다
어디 좀 다녀오겠노라고
사무실을 어렵게 빠져나와
6개월 교리 과정을 배우러
성당을 향해 잰걸음으로 가는 길
어둠이 밀물져오는 거리에

호헌철폐 호헌철폐

낯선 구호가 폭풍처럼 몰아쳤고

최루탄가스에 눈이 아팠다

무엇이 옳은 것인지 혼란스러웠던 시절

성당을 향해 서둘러 횡단보도를 건널 때

수상하다는 듯 나를 뚫어지게 쳐다보던

헬멧을 쓰고 방패를 들고 서 있는 제복의 사람들

그리고 하얀 와이셔츠의 성난 사람들

1987년 그해 봄에서 여름 사이

4.13에서 6.29까지

함성과 최루가스에 거리가 비틀거렸던

내가 아현동에서 동 서기로 근무하던 시절

교리 공부를 위해 명동성당으로 향하던 길목에서

난해한 암호 같은 막막한 시대의 얼굴을 보았지만

그 무엇으로도 막을 수 없었던

거리의 아우성이 무서운 징소리로 변해

붉은 천둥처럼 울려 퍼지던

그해 어느 시절.

나는 거리의 인간 마네킹이었다

1988년 서울에서 올림픽이 개최되었다. 2년 전 아시안게임을 성공적으로 치른 정부는 88올림픽을 매우 중요하게 여기고 있었다. 우리나라에서 개최되는 최초의 세계적인 행사였다.

나는 초임지인 동에서 4년을 근무했지만 발령을 받지 못했다. 승진을 하여 발령대상이라서 짐까지 쌌지만 발령자 명단에 내 이름은 없었다. 많이 지쳐 있었고 새로운 경험을 하고 싶었는데 조직은 나의 바람을 허용하지 않았다. 입사 동기는 구청에서 이름을 날리고 있는데 나는 변두리에 묻혀 있었다. 올림픽이 눈앞에 와 있었다. 나는 안타까운 마음으로 쌌던 짐을 풀었다. 88서울올림픽대회는 잠실경기장을 주경기장으로 하여 1988년 9월 17일부터 10월 2일까지 개최되었다.

올림픽이 답이며 정의였다. 모든 길은 올림픽으로 통했다. 나는 올림픽을 맞아 거리의 상점 간판을 닦고, 벽에 붙은 광고물을 떼어내고, 홍보 현수막을 달고, 애드벌룬을 띄우는 일을 했지만, 가장 많이 한 것은 질서 캠페인이었다. 매일 아침 일과시간 전 1시간 동안 횡단보도에서 캠페인을 했다. 1시간 동안 움직이지 않고 서 있는 것은 고역이었다. 누가 나를 알아볼세라 모자를 깊이 눌러 쓰고 질서를 계도하는 일. 나는 하나의 부속품, 인간 마네킹이었다.

부끄러웠다. 지나가는 사람 중에 나를 아는 사람이 있을지도 모른다는 생각을 했다. "뭐야 쟤, 공무원 됐다고 하더니 기껏 이런 (유치한) 일이나 하는 거야?" 웃음소리가 들리는 듯했다. 매일 아침 내 청춘은 횡단보도 앞에서 고문당했다. 그러다가 나중에는 마음을 달리 먹었다. 사람들이 질서를 지켜주었으면 했다. 그래야 아침마다 반복되는 일 같지 않은 일에서 벗어날 수 있을 것 같았다. 기초질서를 지키지 않는 사람들이 원망스러웠다. 그래서 가끔, "질서를 지킵시다!" 뜬금

없이 허공에 대고 소리를 질렀다. 소리에 울음이 섞여 있었다.

여느 날과 다름없이 캠페인을 하고 있었다. 아마 올림픽이 열린 날이 아니었나 싶다. 갑작스럽게 일본 NHK방송에서 나를 인터뷰했다. 나는 예기치 못한 상황에 당황했다. NHK방송의 무작위 거리 인터뷰였다.

당시 서울시에서는 교통혼잡을 줄이기 위해 승용차 짝홀수제(격일제)를 실시했는데 서울시장이 제도를 어겼다고 언론에 보도되었다. 나는 그 보도에 신경을 쓰지 않았다. 그런데 NHK 기자가 서울시장의 행위에 대해 어떻게 생각하느냐고 물었다. 나는 순간적으로 어떤 답변이 옳은 것인지 생각하고 이렇게 말했다. "서울시장은 올림픽을 개최한 도시의 시장으로 매우 바쁜 사람이다. 서울시에서 대대적으로 시행하는 승용차 짝홀수제를 지키지 않아 다소 못마땅하게 생각하는 사람들이 있는 것 같다. 제도를 준수하였으면 좋았을 것을 아쉽게 생각한다. 그러나 서울시장은 대단히 바쁜 사람이므로 충분히 이해할 수 있다."

그리고 인터뷰한 내용을 구에 보고했다. 그런데 얼마 있다가 구청의 힘이 센 과장으로부터 호된 질책이 떨어졌다. 시장이 한 행위에 대해 무조건 잘한 일이라고 답변해야지, 제도를 준수했으면 좋았을 텐데 아쉽게 생각한다, 그런 쓸데없는 말을 왜 했느냐는 것이다. 그러면서 서울시 공무원이 그렇게 무책임하게 말할 수 있느냐는 것이었다.

나는 어안이 벙벙했다. 아니 내가 무슨 잘못을 했다고. 내가 잘못

말한 것인가. 하위직 공무원은 무조건 윗사람의 행위가 옳다고 말해야 하는가. 생각하지 않는 꼭두각시가 되라는 것인가. 시키면 시킨 대로 아무 말 없이 복종하라는 것인가.

나는 구청 과장의 질책을 불쾌해했다. 인터뷰 내용에 별다른 잘못이 없으면 넘어갈 일이지, 엉뚱한 답변을 했다고 다그치면 되는 일인가. 밑의 사람은 생각도 없이 맹종해야 하는 존재인가. 높은 자리에 있다고 강압적으로 대하면 되는가. 오래도록 이 인터뷰 사건은 뇌리에서 떠나지 않았다.

성공적인 88올림픽. 그것은 불편을 감수하면서도 자발적으로 함께 해준 서울시민들의 참여와 협조, 그리고 곳곳에서 질서 확립을 위해 매일 아침 자동차 매연을 마셔가며 기꺼이 인간 마네킹이 되어준 수많은 직능단체원과 동사무소 직원들의 노고 덕분은 아니었는지.

망원동 수해와 고지대 수해

1984년 8월 31일 나는 숙직을 했다. 동사무소 숙직은 직원과 청부(사무실 청소와 숙직을 전담하는 비정규직 직원) 둘이서 했다. 그때는 직원들이 숙직실에서 자주 화투(고스톱)를 쳤다.

월말에는 한 달 여비 등 약간의 수당이 나왔다. 몇 만 원을 손에 쥔 직원들은 숙직실에서 화투를 했다. 1984년 8월 31일도 예외는 아니었다. 화투로 밤을 샜다. 나는 일찌감치 갖고 있던 돈을 다 잃어 잠도 못 자고 처량하게 남들이 치는 화투를 구경하고 있었다.

밤새 비가 세상을 집어삼킬 듯이 쏟아졌다. 쏴쏴, 타다닥 타다닥! 줄기차게 내리는 빗소리가 예사롭지 않았다. 누군가가 뭔 일이 날 것 같다고 중얼거렸다. 그렇지만 모두 화투판에서 눈을 떼지 않았다.

나는 직원들이 다른 사람의 잠자리를 빼앗고 밤을 새워 노는 것에 다소 불만이 있었지만 아무 말도 할 수 없었다. 어쩌면 나는 그 분위기를 즐기는 한통속에 불과한 존재였는지 모른다.

1984년 9월 1일 새벽 6시, 건설담당이(1984년에는 동에 토목, 건축을 담당하는 기술직 직원이 있었다) 급한 발걸음으로 출근을 했다. 뒤이어 동장이 출근했다. 동장은 출근하자마자 비 피해가 발생했는지 살펴보라고 지시를 했다. 건설담당이 가장 먼저 밖으로 뛰쳐나갔다.

어수선한 시간이 끝나고 일과가 시작되자 동장이 상황을 파악하기 위해 직원들을 찾았다. 그런데 직원들 다수가 보이지 않았다. 밤새 화투를 하고 어디서 쉬고 있었다. 비상상황 같은 것은 안중에 없었다.

1984년 8월 31일 밤새도록 퍼부은 비를 잊지 못한다. 이날 비로 인해 망원동 수문이 터져 그 유명한 망원동 수해가 발생했다. 망원동 일대가 물에 잠겼고 수천 명의 이재민이 생겼다(망원동 수해 사건은 『전태일 평전』을 쓴 인권 변호사였던 조영래 변호사가 정부를 상대로 한 망원동 수해주민 집단 손해 배상소송의 변론을 맡아 승소한 것으로도 유명하다. 또한 1984년 9월 29일 북한 적십자사가 쌀 5만 석, 천 50만 미터, 시멘트 10만 톤, 의약품 등 수해 지원 물자를 지원한 것으로도 유명하다.).

나는 망원동 지역으로 복구 작업을 나갔다. 물이 할퀴고 간 망원동은 처참했다. 담마다 어른 키보다 높게 물에 잠긴 자국이 선명했다.

나는 당시 수해를 입은 망원동 주민들이 어떻게 행동했는지 상세히 알지 못한다. 성난 주민들이 구청으로 몰려갔고, 구청장은 봉변을 당하고 피신했다가 곧 구청장 자리에서 물러나는 등 소요가 대단했다는 사실을 뒤늦게 알았다. 한참 후에 현기영 선생이 쓴 소설 『망원동 일기』를 읽고 실감을 했다. 내가 일하던 아현동에서 수해가 난 망원동은 가깝지 않았다. 자세한 정보를 얻기가 쉽지 않았다. 그때는 그랬다.

나중에 내가 구청에서 일을 할 때 여름에 수해를 입은 주민들이 몰려와 집단으로 항의를 하는 상황을 몇 번 겪으면서 1984년 당시는 얼마나 대단했을까 어렴풋이 짐작할 뿐이었다.

망원동 수해 사건은 한강 인근 상습적인 침수지역을 해결하는 계기가 되었다. 해마다 노력을 기울인 결과 망원동이 상습 침수지역이라는 오명에서 벗어날 수 있게 되었다.

침수는 저지대에서만 일어나는 것인가. 내 경험상 그렇지 않다. 1987년쯤일 것이다. 비가 억수로 퍼부었다. 오후 3시경 전화를 받았다. 집으로 물이 들이닥치고 있다는 화급한 전화였다. 전화를 받은 나는 슬리퍼를 신은 채 비를 뚫고 그곳으로 뛰어갔다. 막다른 골목이었다. 갑작스럽게 불어난 빗물이 하수구로 빠지지 못하고 골목에 있는 반지하방으로 쏟아져 들어갔다. 나는 으르렁거리며 막다른 골목으로 치닫는 물길을 보고 너무 놀라 긴급 상황을 알리기 위해 동사무소를 향해 뛰어 내려갔다. 슬리퍼가 발에서 미끄러졌다. 나는 2층 동장실로 뛰어올라갔다. 동장실 문을 열고 숨넘어가는 목소리로 말했다. "저기요, 동장님! 3통 지역에서 물이, 집으로 들어가고 있습니다! 막다른 골목에 있는 집인데, 물이 하수구로 빠져나가지 못하고(헉헉), 반지하 집이 침수되어서… 큰일났습니다!(빨리 나가봐야 하고 대책을 강구해야 합니다!)"

나는 숨이 넘어갈 듯 헉헉거리며 보고했다. 그런데, 어디야! 나가보자! 하며 자리를 박차고 일어날 줄 알았던 동장은 나를 빤히 쳐다보더니 이렇게 말하는 것이었다. "그래서? 내가 어떻게 해!(1984년 망원동 수해가 났을 때의 동장이 아니고 다른 분이었다.)"

나는 할 말을 잃고 말았다. 나는 동장의 태도를 이해할 수 없었다. 동장이 직원을 보고 나 어떻게 해, 라고 말하다니! 공무원 맞아? 동장 맞아?

얼마 있다가 침수를 당한 사람들이 분기탱천한 상태로 동사무소에 몰려왔다. 수해 예방을 태만히 한 동장은 책임을 지라고 격렬하게 항의했다. 그런데 그 자리에 있어야 할 담당공무원(건설담당)과 동장은 보이지 않았다.

나는 사무장과 함께 침수를 당한 이들을 위로하고 수습했다. 상황을 구에 보고하고, 적십자사에 연락해 침구 등 구호물품을 지원받았다.

고지대에서도 수해가 난다. 색다른 경험이었다. 지역과 주민이 위기에 처하면 최선을 다해 빠른 시간 내 조치를 취해야 하는 것이 공무원일진대, 적극적으로 대처하지 않고 상황이 안 좋다고, 수모를 당할지 모른다고 자리를 피해버리는 행태를 보며, 나는 나만은 그래서는 안 된다는 생각을 했다. 주민들의 재산과 생명을 보호하는 것이 공무원의 임무다. 공무원이라면 끝끝내 주민들과 함께해야 한다고 새삼 깊이 생각하였다.

세금 납부 독려 대신 야동을

부끄러움으로 이 글을 쓴다. 내가 지나온 길이다. 1984년 하반기 때 이야기다. 당시 세금 징수는 동사무소의 중요 업무였다. 특히 체납된 세금을 열심히 독려해야 했다. 매주 구청에서 열리는 동장회의 시 체납 징수 실적을 순위 매기며 강하게 압박했다. 세금은 주민세와 재산세, 면허세 등이었다. 직원들은 지역에 나가 체납된 가구나 업체를 방문하여 세금 납부를 일일이 독려했다.

체납 독려 기간이 끝나가고 있는 어느 날이었다. 사무장이 직원들에게 사무실에 있지 말고 전부 밖에 나가 밀린 세금을 거두어 오라고 말했다. 민원대 업무는 사무장과 민원주임, 그리고 여직원 한 명이서 하겠다고 하는 것이었다. 민원주임은 의족을 한 장애 공무원으로 나이도 많았다. 몸이 불편하다 보니 줄곧 자리에 앉아 있는 편이었다.

다 나가라는 말에 직원들이 우르르 밖으로 나갔다. 이제 각자 자신들이 맡고 있는 구역으로 나가면 된다. 그리고 퇴근하기 전에 사무실에 들어오면 된다. 그런데 직원 중 하나가 비디오를 보러 가자고 말했다. 사연인즉 이랬다. 얼마 전 한 직원이 자기 집에 좋은 테이프가 있다고 자랑을 했다. 그 얘기를 들은 누군가가 잊지 않고 있다가 그 비디오를 보러 가자고 말한 것이다. 좋은 비디오테이프를 가지고 있다고 말한 직원의 집은 멀지 않은 곳에 있었다. 그럽시다, 그러자고. 분위기가 잡혀 칠팔 명의 직원들이 비디오를 보러 직원 집으로 몰려갔다.

체납된 세금을 독려해야 할 시간에 직원들은 한곳에 모여 야동을 보고 있다. 침을 꿀꺽꿀꺽 삼키고 있다. 퇴근시간이 가까울 무렵 시간 차이를 두고 하나 둘 사무실로 들어간다. 그리고 돌아다니느라고 발이 아팠다며 너스레를 떤다. 상사는 수고했다고 말한다.

나는 생각했다. 내가 있어야 할 자리에 있는 것인가. 직원들은 떼를 지어 하라는 일은 안 하고 엉뚱한 짓을 하고 있다. 사무실에서는 사무장과 다리를 절뚝거리는 민원주임이 민원업무를 보고 있다. 직원들이 열심히 체납을 독려하여 좋은 실적을 내기를 기대하고 있다.

이게 뭔가? 나는 혼란스러웠다. 집단의 힘. 모두가 이쪽으로 가자고 할 때 이의를 달지 않고 같이 가는 것이 옳은 것인가. 혼자 떨어져 나오면 외톨이가 될 것 같아 두려운 것인가. 집단에 어울리지 못하는 것이 무서운 것인가.

내 머릿속에서 다리를 절며 불편한 몸으로 민원업무를 보고 있는 상사의 모습이 떠나지 않았다. 나는 고개를 흔들었다. 이래서는 안 된다는 생각을 했다. 나는 자리에서 일어나 그곳을 빠져나왔다. 남아 있는 직원들의 따가운 시선이 느껴졌다. 직원들이 말하는 소리가 들리는 것 같았다. 야, 이 사람아, 같이 행동해야지, 혼자만 빠져나가면 돼? 의리 없게!

나는 담당지역에 가서 조금 일을 한 다음 사무실에 왔다. 역시 상상했던 대로였다. 사무장과 민원주임이 바쁘게 민원을 보고 있었다. 민원주임이 나를 힐끗 쳐다보더니, 수고했다고 한마디 했다. 나는 민망했다. 나는 사무장과 민원주임에게 이제 자리에 가 앉으시라고 말했다. 민원업무는 젊은 내가 맡겠다고.

이날 일은 나에게 적지 않은 충격을 주었다. 이 일을 겪고 난 후 나는 양화를 구축하는 악화의 힘에 밀리지 않고 대항하는 것이 정의라고 생각하게 되었다. 잘못된 것에 편승하는 것은 잠깐 동안 마음이 편할지 몰라도 오랫동안 마음을 불편하게 한다는 것을 알았다. 결국은 몰락의 길로 가는 것이니 잘못된 것에는 맞서야 한다고 생각했다. 잘못된 집단의 힘, 잘못된 다수에 밀리거나 눌리지 말자고 생각했다. 무엇보다 부끄럽지 않아야 했다.

이날 있었던 일은 내 젊은 날의 한 모습이다. 이날 나는 많이 반성했다. 나는 하찮은 동 직원, 오합지졸에 불과했다. 새로워져야 한다고, 거듭나야 한다고, 자존감을 찾아야 한다고 마음을 모질게 고쳐먹었다.

나는 17번 가로등 담당이었다

1984년 9월 6일에서 8일까지 대통령이 일본을 방문했다. 일본 방문을 기념하기 위해 대로변 가로등에 태극기와 일장기를 달았다.

역사적인 일본 방문이었는지 몰라도 동 직원에게는 대통령이 일본을 방문한 3일간이 고통스러운 시간이었다. 반일감정으로 인해 가로등에 걸린 일장기가 훼손되거나 분실될 염려가 있었다. 급기야 위에서 가로등 담당제를 지시했다. 가로등마다 번호를 매기고 공무원들을 책임자로 지정했다. 일장기가 분실되거나 훼손되면 엄중 문책할 것이라고 엄포를 놓았다. 나는 마포대로 마포경찰서 쪽 17번 가로등 담당자가 되었다.

종일 책임을 진 가로등 옆에 있을 수 없었지만, 수시로 나가 보았다. 그러면서 생각했다. 대체 내가 지금 무슨 일을 하고 있는 것인가. 나는 내가 거대한 조직의 아주 작은 나사처럼 느껴졌다. 존재가 미미한, 쓰고 닳으면 버리면 그뿐인 존재. 나는 동 직원이었고, 일장기 분실 방지를 책임진 마포대로 17번 가로등 담당이었다. 1984년 9월이었다.

너만 그런 것이 아니다, 다 그런다

공무원 생활 2년여 만에 나는 동의 서무가 되었다. 서무는 살림을 하는 자, 예산회계를 다루는 자다. 그런데 서무가 되자 나는 갈등과 회의에 어쩔 줄 몰라 했다. 비자금 때문이었다. 물건을 살 때 허위로 회계서류를 만들어 비자금을 만드는 것이다. 동장이 결재를 하는 장부는 두 개였다. 하나는 공식적인 장부, 하나는 비자금 장부(수첩). 이렇게 모은 비자금으로 동장이 필요하다고 할 때마다 동장에게 주고 필요시 상납을 하고 동장과 함께하는 술자리의 술값으로 나갔다.

사람들은 비자금을 만드는 일이 조직을 운영하기 위한 필요악이라고 했다. 서무는 늘 얼마 정도의 비자금을 갖고 있어야 한다고 했다. 비자금은 조직을 잘 돌아가게 하는 윤활유라고 했다. 소리 안 나게 비자금을 조성하고 관리해야 유능한 서무라고 했다.

나는 비자금의 필요성에 대해 어느 정도 인정하면서도 괴로워했다. 내가 생각하기에 회계 조작은 범죄였다. 서무를 못 하겠다고 하자니 사무실 환경을 개선할 절호의 기회를 잡았는데 그냥 포기해야 하는 게 아쉽게 느껴졌다.

누구 말대로 비자금을 만지면 손에 떡고물이라도 떨어지는지 모르겠다. 어떻게 하면 동장의 손아귀에서 벗어나나, 비자금 장부 같은 것 만지지 않고 생활을 하나, 하루하루가 고민이었다.

동장은 자주 술자리에 나를 데려갔는데 술값 처리는 내가 했다. 어느 날 안 되겠다는 생각이 들어 동장보다 술을 더 마시고 취한 척했다(정말 취한 것인지 모르겠지만 주정 비슷한 것도 했다). 이 일이 있고 나서 동장은 술자리에 나를 데려가지 않았다.

하나의 고역에서는 벗어났지만 문제는 비자금 수첩이었다. 동장이 비자금의 지출 여부를 확인하고 수첩에 사인할 때마다 나는 비참함을 느꼈다. 이것도 없애야 했다. 동장과 또 한판 승부를 해야 했다. 자칫하면 내가 한 방에 나가떨어질지 모른다. 그래도 나는 승부를 걸었다. 나는 정직하게 일을 하기 시작했다. 물건을 사고 허위로 서류를 꾸미는 일을 하지 않았다. 최악의 경우 서무 자리를 그만두면 되는 것 아닌가 하는 생각이 들었다. 동장과의 갈등이 본격적으로 시작될 무렵 동장이 다른 곳으로 발령이 났다. 천만다행이었다. 동장이 떠나면서 한 말이 귀에서 맴돌았다. 너 참 이상하다. 너만 그런 것이 아니다, 다 그런다.

나는 서무가 되자마자 갖고 있던 직원들 도장을 모두 없앴다. 그간 업무편의란 핑계로 서무는 직원들 도장을 갖고 있었다. 직원들은 자기들 도장이 자기들도 모르게 서류에 마구 찍히는 것을 알지 못했다. 나는 도장을 없애고 직원들 수당 지급조서 등의 서류에는 직원들이 직접 날인을 하게 했다. 조금이라도 투명하게 하고자 했다.

세상이 다 그러해도 나는 그러지 말자. 나부터 바꿔나가자. 나부터 변하자. 그러나 이런 생각을 하는 나는 가끔은 외로워서 바보처럼 울었다. 맑은 물에서는 고기가 살 수 없다는데. 그렇다면 조금 흐려져라. 많이는 말고 조금. 세상 너무 무겁고 심각하게 살지 말고 조금 가벼워져라. 적당히 세상과 타협하라. 그러나 그게 잘 안 되었다. 나는 그저 뒤뚱거렸다.

17통 윤기현 통장님

한 동에 오래 근무하다 보니까 주민들과 정이 들었다. 특히 통장들과는 각별히 정이 들었다. 아현3동에 근무할 때는 통 담당제가 있어서 직원은 적게는 한 개 통에서 많게는 서너 개 통을 담당했다. 때문에 일을 잘 도와주는 통장이 직원들에게 인기가 있었고 존경을 받았다.

그중 한 분을 잊을 수가 없다. 윤기현 17통장님. 철도공무원 출신이었는데 정년퇴직을 하고 통장이 되셨다. 주로 활동성이 약한 여직원들이 17통 담당을 했다. 17통 윤기현 통장님은 주민들 집에 수저가 몇 개 있는지까지 아는 분이었다. 통에 어려운 가정이 생기면 팔을 걷어붙이고 도와주곤 하셨다. 헌신봉사의 화신이었다. 정말로 존경의 대상이었다. 행정의 보조자로서 더할 수 없이 성실하셨다. 아마지금은 고인이 되셨는지도 모르겠지만, 그분의 부지런하고 인자한 모습이 눈에 선하다.

내가 윤기현 17통장님에 대해 간단하게나마 이야기하는 것은 이 땅의 수많은 통장님, 이장님들에게 수고하신다는 감사의 마음을 다소나마 드리고 싶어서다. 동사무소와 떼려야 뗄 수 없는 관계인 통장님들. 지역의 봉사자로서 늘 보람되게 활동하시기를!

초임지에서 만난 은혜로운 사람들

성격적으로 썩 원만하지 않았던 내가 초임지에서 근무할 수 있었던 것은 그곳에서 기술직(토목직) 공무원이었던 초등학교 동창생을 만났기 때문이다. 낯설고 물설었던 그곳에서 나는 귀인을 만난 것이다. 나보다 3년 먼저 그곳에 온 그는 기꺼이 나의 멘토가 되어 주었다. 나는 처음 많은 순간 그에게 의지했다. 그로부터 조언을 듣고 업무와 분위기를 익히며 조심스럽게 공무원 세계에 발을 들여놓았다. 그는 미욱한 나를 대하면서 한 번도 짜증을 내지 않았다. 그와 같이 있었던 기간은 1년이 채 안 되었지만 나는 그를 지렛대 삼아 힘겨운 시간을 이겨나갈 수 있었다. 길들여지지 않은, 엉뚱하기 짝이 없던 나를 이상하게 보지 않고 믿어주었던 동료며 친구. 얼마나 고마운지 모른다. 사람은 혼자 살 수 없다. 서로 의지하고 도우며 살아가는 것이다. 그런 삶을 가르쳐준 동창생 용철, 잊을 수가 없다.

1986년 4월 나는 서무가 되었는데, 9급이 서무가 되었으니 힘이 있을 리 없었다. 그저 열심히 한다는 것밖에 없었다. 간혹 직원들 중에 완력이 센 직원들이 나를 무시하곤 했다. 그럴 때마다 나를 대신해서 싸우는 직원이 있었다. 그는 누가 나에게 뭐라고 하면 나 대신 사납게 달려들었다. 고마운 호위무사라고 할까.

1988년 3월에 승진시험이 있었는데, 나는 일에 채여 도무지 공부할 여력이 없었다. 그때 사무실의 병사담당은 나보다 실력이 있었다. 그리고 업무적으로 한가해 공부할 시간이 충분했다. 내가 일에 허덕일 때 그는 여유롭게 책을 보았다. 하루 일을 끝내고 숙직실에 모여 모의시험을 보면 그는 만점에 가까웠는데 나는 번번이 60점을 넘지 못했다. 그가 붙고 내가 떨어진다면! 사람들은 말할 것이다. "일 열심히 해봐야 소용없어. 죽어라고 일해야 자기만 손해지. 봐, 업무적으로 널널한 병사담당은 시험에 되고 바쁘게 일만 하던 서무는 떨어졌잖아. 어떤 게 현명한 거야?" 나는 고개를 흔들었다. 그런 상황만은 피해야 한다고 생각했다. 그런데 공부할 시간이 나지 않았다. 시험일은 다가오는데 초조했다. 그때 그가 나섰다. 그가 문서고에 책상을 마련하고 반 강제적으로 나를 그곳에 집어넣었다. 일주일 동안 업무 같은 것 잊고 책을 보라는 것이었다. 일은 자기와 동료들이 대신 해 주겠다는 것이었다. 나는 그의 이런 제의에 마음이 뜨거워졌다. 그의 도움을 받아 나는 일과시간 중 틈을 내어 공부를 할 수 있었고, 시험 이라는 벽을 뚫을 수 있었다. 잊지 못할 후배 주영, 고마웠어요!

그는 서울시 공무원이었다. 그는 1975년 동대문구 이문1동에서 공 무원 생활을 시작했는데 1976년부터 동사무소 2층 공간을 활용해 야 학을 했다. 당시 중랑천변 일대에 중학교에 진학하지 못한 ^{(시골에서 상} ^{경한)} 근로청소년들이 많은 것을 알고 배움터를 마련한 것이다. 노동 자였던 나는 1976년 가을 어쩌다가 그곳 야학과 인연을 맺었고, 그 를 만났다. 통행금지가 있던 시절이라 술이라도 한잔 하는 날이면 차 를 놓쳐 그의 집^(방)에서 신세를 지곤 했다. 그때 그의 집 서가에 가득 꽂혀 있는 책을 보고 말단 공무원도 책을 읽으며 생활할 수가 있구나 생각했다. 그를 통해 하위직 공무원의 삶도 의미 있을 수 있다는 것 을 알았다. 그러니까 그는 알게 모르게 나를 공무원 세계로 이끈 사 람이다. 1999년 명예퇴직 식장에서 비취색 한복을 입고 자유를 찾아 훨훨 날아간 그^(상록야학 최대천 선생님)는 동지며 선배로, 나를 공무원의 길로 인도해준 길잡이였다.

친구는 내가 실직 상태에서 힘들게 지내고 있을 때 나를 무척 걱 정해주었다. 직장을 구하지 못한 채 몸이 아파 빌빌거리고 있는 내가 안쓰러웠는지 어느 날 그는 학원증을 끊어가지고 나를 찾아왔다. 나에게 서울시 9급 공무원 시험을 보라고 권유하며 학원증을 내밀었다. 친구 덕분에 잠깐이나마 학원에 다니며 공부의 맥을 찾을 수 있었고, 시험에 합격했다. 밥 문제를 해결한 것이다. 친구 대범, 고마웠다!

첫 봉급을 받은 날 위의 최 선생과 친구가 봉급 탄 것을 축하한다고(대견스럽다고, 다행이라고), 저녁을 사겠다며 사무실에 왔다. 나는 첫 봉급명세서를 찢어버렸다. 봉급명세서를 받고 눈을 의심했다. 명세서를 움켜쥔 손이 떨렸다. 어느 정도 예상을 하고 각오를 했지만 봉급이 너무 적었다. 적은 봉급으로 살아갈 자신이 없었다. 좌절하고 있을 때, 두 사람이 찾아와 첫 봉급을 탄 것을 축하해 주었다. 그들의 진심 어린 격려와 성원에 힘입어 나는 공무원 생활을 계속할 수 있었다. 그리고 첫 봉급을 탄 날, 나는 어머니에게 드릴 빨간 내복을 샀다.

나는 첫 번째 받은 봉급명세서가 없다. 이후부터는 봉급이 오르기를 간절히 바라면서 봉급명세서를 차곡차곡 보관했다.

03

둥지를 박차고
오르다

S!

5년이 넘는 세월을 동에서 근무하면서 얼마나 떠나고 싶어 했는지. 바다를 꿈꾸듯 큰물을 그리워했다. 휘젓고 싶었다. 능력을 펼치고 싶었다. 88올림픽이 끝나, 나는 마침내 질긴 족쇄에서 벗어나게 되었다. 초임지 근무 62개월 만에 떠날 기회가 온 것이다.

1989년 3월 나는 총무과로 발령이 났다. 나는 작은 둥지를 박차고 오른 것이다. 구는 동과 비교할 수가 없었다. 숨이 막힐 것 같은 분위기, 경직된 질서, 항상 늦은 퇴근이 특징이었다. 나는 동사무소 행정을 관장하는 동정계(당시는 '팀'이 아니고 '계'로 불렀다)로 배치되었다. 동사무소와 관계없는 곳에서 일하고 싶었는데, 아쉬웠다.

업무분장을 한다기에 계에서 어떤 일을 하나 살펴보니 대부분의 업무가 눈에 익은데 하나가 낯설었다. '부동산중개업' 업무였다. 나는 낯선 업무면 새로운 기분으로 일할 수 있을 것 같아 부동산중개업 관련 업무를 하고 싶다고 말했다. 정말 아무것도 모르는 상태였다. 결과적으로 나는 얼떨결에 호랑이 등에 올라탄 것이었다.

이상하게 전임자가 서류를 넘겨주지 않았다. 업무가 분장되면 당연히 인수인계가 이루어지는 것인데, 전임자는 이렇다 저렇다 아무 말을 하지 않았고 서류를 넘겨주지도 않았다. 참으로 의아스러웠다.

부동산중개업 담당이 되어

당시 부동산중개업소는 '정수제'였다. 무한대로 허가를 내주는 것이 아니라 정해진 숫자까지만 허가를 내주었다. 그리고 공인중개사 제도가 본격적으로 도입되던 시기였다(1985년 9월 22일 제1회 공인중개사 시험 시행). 부동산중개업소란 말 대신 '복덕방'이란 말이 친숙하던 시절이었다.

전국적으로 부동산 붐이 일어 부동산중개업 허가를 받으려는 사람들이 줄을 섰다. 정수제인 만큼 폐업하거나 허가가 취소되는 업소가 생겨야 신규 허가가 가능했다.

또한 부동산중개업이 신고제에서 허가제로 바뀐 후 5년이 경과하여 일제갱신을 해야 했다. 수백 개의 업소가 일제갱신 대상이었다. 일제갱신은 제출한 서류에 이상이 없으면 갱신을 해주면 되었다. 그런데 상사는 나에게 현장에 나가볼 것, 업소 사진을 찍을 것, 업소 위치를 도면으로 작성할 것, 건축물관리대장을 첨부할 것을 지시했다. 이런 업무 방식을 갱신업무뿐 아니라 신규허가, 이전 등 일체의 업무에 적용하도록 했다. 모든 업무는 법으로 정해진 기간 내에 처리해야 하는 유기한민원업무였다. 어떤 업무는 즉시, 어떤 업무는 1일, 어떤 업무는 3일, 가장 긴 업무는 1주일의 기한이 정해졌다. 실로 시간을 다투는, 살인적인 업무량이었다. 어느 날은 하루에 수십 군데의 업소를 돌아다니다가 다리가 아프고 너무 힘들어 가로등을 붙잡고 눈물을 흘린 적도 있다. 공무원이 되어 어쩌다가 이런 업무를 맡게 되었느냐고 하늘을 향해 하소연을 하기도 했다.

업무를 맡은 지 두어 달쯤 되는 날 사무실로 경찰이 들이닥쳐 전임자를 연행해 갔다. 놀랄 만한 사건이었다. 상황은 이러했다. 전임자가 허가 신청을 낸 민원인으로부터 허가를 내주겠다고 하며 향응과 금품을 제공받았다는 것이다. 전임자는 나에게 아무 얘기를 하지 않았다. 새로 바뀐 상사와 내가 워낙 철저하게 업무를 처리하자 그만 얘기할 엄두를 내지 못한 것인지 모른다. 전임자로부터 아무런 언질을 받지 않은 나는 그 민원인의 허가 건을 처리하는 과정에서 미흡사항을 발견하여 불가 처리를 했다. 그러자 허가가 날 것으로 믿고 있었던 민원인이 전임자를 경찰에 신고해버린 것이었다. 경찰서로 연행되었던 전임자는 구속되지 않고 다행스럽게 풀려나왔지만, 이 일이 빌미가 된 듯 얼마 되지 않아 공직을 떠났다. 나는 전임자가 옷을 벗은 것이 나 때문이 아닌가 하여 괴로워했다. 무슨 수야 있었겠느냐만 전임자가 나에게 사전에 얘기라도 했다면 이리저리 살펴볼 수는 있었을 것이다.

생소하기만 했던 부동산중개업 업무는 벅찬 업무였다. 하루빨리 손에서 떼고 싶은 업무였다. 업소가 들어간 건물의 상당수가 부적격이었다. 적지 않은 업소가 주차장 자리 등 불법 건축물에 위치해 있었다. 그런 업소들은 갱신을 할 수 없었다. 건축물 용도 변경이 안 되는 업소에 대해서는 허가를 취소했다. 취소를 당한 이들이 아우성을 쳤다. 협박을 하기도 하고 읍소를 하기도 했다. 내 손에 피가 흥건했다. 못할 짓이었다. 사무실의 모든 전화가 나를 찾을 때도 있었다. 하도 전화를 많이 받아 귀가 아파 전화기를 귀에 댈 수 없을 때도 많았다. 전화기 속에서 폭언이 벼락을 치며 불덩이처럼 쏟아질 때도 있었다. 출장을 나갔다가 규정에 안 맞는 사실을 발견하자 업주가 나를 감금하기도 했다. 돈을 받아야 보내주겠다는 것이었다. 나는 완강하게 버텼고 그리고 슬펐다.

서울서부지방검찰청에서 관련 서류를 갖고 들어오라고 했다. 나는 시간을 지키지 못했다. 일이 너무 많아 제시간에 서류를 싸들고 지청에 들어갈 수 없었다. 인근 구청 담당이 걱정이 되어 나에게 전화를 했다. 지청 수사관이 화가 몹시 나서 나를 죽이겠다고 난리가 아니라는 것이다. 나는 그 얘기를 듣고도 두렵지 않았다. 나는 별로 잘못한 것이 없었다. 털면 먼지야 나오겠지만, 나는 지쳐 있을 뿐이었다.

추석 연휴 전날이었다. 서랍을 연 나는 깜짝 놀랐다. 흰 봉투가 눈에 띈 것이다. 누가 볼세라 얼른 서랍을 닫았다. 가슴이 쿵쾅거렸다. 퇴근할 때 봉투를 조심스럽게 주머니에 넣었다. 추석 내내 봉투만 생각했다. 추석 연휴가 끝나 출근하여 나는 봉투를 놓고 간 이에게 전화를 걸었다. 왜 서랍에 돈 봉투를 놓고 갔냐고. 액수가 큰데 어떤 생각으로 그 금액을 주려고 했냐고. 상대방이 말했다. 직전 영업을 했던 지역에서 통용되는 액수라고. 나는 당장 달려와 갖고 가라고 소리쳤다. 그리고 덧붙였다. 당신 때문에 즐거워야 할 추석을 다 망쳤다. 더 이상 돈 갖고 장난치지 마라. 가난한 공무원 희롱하지 마라!

칠십이 넘으신 친구의 아버님은 복덕방을 하고 계셨다. 그런데 업소의 건축물 용도가 맞지 않았다. 취소 대상이었다. 아침마다 친구 아버님이 구청으로 오셔서 나를 찾았다. 나는 몇 번이나 지하 매점으로 내려가 어르신을 맞이했다. 여보, 담당 선생, 내가 이 일을 해야 얼마나 하겠소. 이 일을 하면서 내가 떼돈을 벌겠소? 그저 심심하니 코딱지만 한 데서 담뱃값이라도 벌며 시간을 보내려고 하는 것인데… 너무 빡빡하고 매정하게 하지 마소! 친구 아버님이었다. 친한 친구의 아버님이었다. 나는 친구에게 아버님 좀 설득해 달라고 말하고 싶었다. 그러면 친구가 아버님에게 '이제 그만 쉬셔요. 친구가 아버님 때문에 잠도 못 자고 걱정하고 있어요. 그러니 복덕방 일 그만하세요.'라고 말씀드릴 것 같았다. 그러면 얼마나 좋은가. 그러나 나는 친구에게 말하지 못했다. 혼자서 끙끙댔다. 묘수는 없는가? 묘수는! 고통스러워하던 나는 벌떡 일어났다. 등에서 식은땀이 흘렀다. 꿈이었다. 꿈속에서 있었던 일과 비슷한 일들이 현실에서 있었다. 나는 공무원이 된 것을 후회했다.

주민등록 전산화 작업

1989년 주민등록 전산화를 위한 기초 작업인 주민등록표 원장 입력 작업이 시작되었다. 주민등록 전산화 사업은 1986년 5월에 제정된 전산망 보급 확장과 이용촉진에 관한 법률에 근거하였다. 국가에서는 행정, 금융, 교육·연구, 국방, 공안 등 5대 분야를 전산화하는 사업을 추진했다.

나는 1989년 주민등록 전산화 입력 담당이었다. 동사무소에서는 주민등록표 원장 자료를 전산 입력했다. 그리고 입력이 바르게 되었는지 알아보기 위해 입력한 것을 출력하여 일일이 원장과 대조하는 대사작업을 했다. 지루한 작업의 연속이었다. 구에서는 주기적으로 입력사항을 확인 점검하고 독려했다. 매일 동에서는 구로, 구에서는 시로, 시는 중앙부처(당시 내무부)로 추진실적을 보고했다. 거대한 톱니바퀴처럼 돌아가는 일사불란한 국가사업이었다. 매주 간부회의 때마다 각 동의 실적을 공개했다. 실적이 부진한 동장은 심한 질책을 당했다. 전쟁이었다. 어느 한 곳도 뒤처지면 안 되었다. 실적을 위해 앞뒤를 가리지 않았다. 오로지 전진이었다.

이제 말한다. 그때 주민등록 전산화 작업에 참여했던 공무원들, 고생 참 많았다고. 얼마나 많은 공무원들(특히 여직원들)이 눈이 아파 고생을 했는가. 매일매일 단조로운 일을 쉬지 않고 해냈으니! 그들의 노고로 대한민국은 다른 나라는 엄두도 못 내는 주민등록 전산화에 성공한 것이다. 사실 주민등록 전산화는 얼마나 무지막지한 사업이었는지!

마포구청 이인숙 과장! 그대는 그때를 떠올리며 자주 말했지요. 정말 힘들었다고. 공무원이 된 지 얼마 안 있다가 동의 전산담당이 되어 무척 고생했노라고. 눈이 아파서 어쩔 줄 몰라 했다고. 너무 힘들어 그만 공무원 생활을 접으려 했다고. 그대는 말했지요. 고생 많다는 따뜻한 편지글이 힘이 되었다고. 이따금 격려와 감사의 글을 써서 동 직원들에게 띄워 보낸 구청 담당이 있어 힘이 되었다고. 이인숙 과장님! 그때 구청 담당인 내가 너무 몰아붙였던 것 미안해요. 그 시절은 나도 뭐가 뭔지 잘 몰랐어요. 그때 그대는 역사에 동참한 것이라오. 그 잊을 수 없는 수고스러움이라니! 그대와 같은 공무원이 있어 국가는 큰 사업을 할 수 있었던 것이오. 그대 얼마나 장한 공무원이었는지!

지금 사람들은 어느 곳이든 편한 곳에서 주민등록 일을 본다. 장소에 구애받지 않는다. 얼마나 좋아졌는가. 빛나는 전자정부! 그 뒤에는 1989년, 1990년, 1991년… 허다한 시간을 투입하며 주민등록표 원장을 입력하고 눈병이 나도록 대사 작업을 한 수많은 공무원들이 있었다. 2004년 7월 1일 주민등록표 원장이 사라졌는데, 역사는 기억해야 한다. 어마어마한 물량의 원장을 차질 없이 입력한 손들을! 부지런하고 성실했던 그 뜨거운 손들을!

신기한 워드프로세스

1988년 12월 사무실에 컴퓨터 두 대가 설치되었다. 컴퓨터가 놓인 장소는 총무과 옆 조그마한 사무실이었다. 컴퓨터 회사는 현대전자였다. 컴퓨터는 주민등록 전산화를 위한 것이었다. 컴퓨터를 만질 수 있는 사람은 현대전자 유지보수 직원뿐이었다. 그 외의 사람들에게 컴퓨터는 바라만 봐야 하는 요상한 물건이었다.

그날을 잊지 못한다. 1990년 1월 9일! 계의 주임이 나에게 워드를 치라고 말했다. 워드라니? 그게 무엇인가? 나는 유지보수 직원에게 부탁했다. 워드를 치라고 하는데 어떻게 치는 것인가.

유지보수 직원이 웃으며 컴퓨터를 켜고 글자를 쳤다. 지금은 사라져 없어진 '바른손'이라는 워드프로세스를 작동시키고 자판을 두드렸다. 도트프린터가 찍찍거리며 글자를 찍어냈다. 위로 길쭉하게, 옆으로 길쭉하게, 또 가로 세로로 각각 2배씩 확대한 글자가 나왔다. 이른바 보통 글씨보다 두 배 큰 '종배'와 '횡배', 그리고 네 배 큰 '양배' 글씨였다.

유지보수 직원이 나보고 해보라고 했다. 나는 조심스럽게 컴퓨터의 'ON'을 켰다. 가슴이 두근거렸다. 이때 모니터가 뻥! 하고 터지면 어떡하나 걱정이 들었다. 그러나 모니터는 터지지 않았고 나는 마침내 몇 개의 글자를 뽑아냈다. 그때의 놀라움이라니! 감격스러움이라니! 새로운 세계가 열린 것이다. 1990년 1월 9일이었다!

실로 워드프로세스는 요술쟁이였다. 문장을 복사해 붙여넣기를 할 수 있고, 명령만 주면 한글을 한자로 변환해 주니 놀랍도록 편했다. 워드프로세서는 손 글씨와 타자기를 빠르게 밀어냈다.

이때부터 공무원들에게 PC가 보급되기 시작했다. 처음에는 계(팀)

에 한 대가 배정되고, 1991년쯤에는 2인이 PC 한 대를 갖고 사용했다.

워드프로세서는 금성사에서 나온 '하나'를 쓰다가 성능이 조금 개선된 '하나피'라는 것을 썼다. 이어서 대망의 '아래훈글'을 사용했다. 실로 아래훈글은 엄청난 위용을 자랑했다. 그리고 이즈음 엑셀이란 녀석이 고개를 내밀고 두리번거리기 시작했다. 엑셀이 얼마나 강력한 것인지를 그 당시 공무원들은 잘 알지 못했다.

비가 새는 동 청사

1992년에 두 군데의 동 청사 건립을 담당했다. 나는 발주부서 담당이었고 공사는 건축과에서 했다. 건축에 대해 안목이 없던 나는 공사업자에게 하자가 발생하지 않도록 잘 좀 지어달라고 신신당부했다. 그리고 일주일에 한 번, 무척 바쁜 건축과 담당과 함께 현장에 나갔다.

한 군데에서 있었던 일이다. 동 청사를 다 지어 준공처리를 하는데 공사업자가 불쑥 봉투를 내밀었다. 예상하지 못한 것이었다. 나는 깜짝 놀라며 돈을 받을 이유가 없다고 거절했다. 나는 말했다. 내가 수시로 귀하에게 한 말은 건물을 잘 지어달라는 것이었다. 건물을 좋게 지었으면 귀하는 할 일을 다 한 것이다. 공무원에게 돈을 주어야 할 이유가 없는 것이다. 공무원도 돈을 받을 이유가 없는 것이다.

건물은 부실했다. 많은 사람들이 와서 박수를 치고 오색테이프를 끊으며 동 청사 개청을 축하해 주었지만, 일주일 후 비가 오자 건물에 비가 샜다. 있을 수 없는 일이었다. 그렇게 사정하고 부탁하고 점검했건만 내가 담당한 건물은 하자를 비켜가지 못했다. 나는 곤혹스럽고 화가 나서 업자를 추궁했다. 나중에 안 사실이지만 건축업자는 재하청 업자였다. 하청에 재하청. 저렴한 공사비. 구조적으로 문제였다.

나는 엄격하게 발생한 하자를 치유하도록 했다. 그리고 생각했다. 만약 업자로부터 금품을 받았다면 강력하게 하자 처리를 할 수 있었을까. 업자에게 발목이 잡혀 우물쭈물하지 않았을까. 업자는 돈을 그냥 주는 것이 아니다. 고생한 담당을 위로해 주기 위하여? 어림없다. 만일에 발생할 하자를 미리 대비하고자 함이다. 공무원이 돈을 받았다면 나중에 문제가 생겼을 때 업자를 강하게 추궁하지 못할 것이다.

개청한 지 얼마 안 되는 두 군데 건물이 모두 비가 새는데 책임지는 사람이 없다. 비가 새는 것에 별로 신경을 쓰지 않는다. 동절기 공사 때문이라고 하며 비가 새는 것을 당연한 것처럼 여겼다. 그러나 나는 괴로웠다. 건축에 대해 잘 몰랐지만 나름 정성을 기울였는데 배반당하다니. 아무도 책임을 지지 않으면 8급인 나라도 책임을 져야 하는 것 아닌가. 책임을 진다고 대단한 행위를 하겠다는 건 아니다. 자리(담당업무)를 떠나는 것이다. 나는 이러저런 이유로 구청을 떠나 동으로 갔다. 1993년 7월이었다.

04

한 직장인의 보고서_(1992년)

- 친절봉사, 깊은 잠에서 행정을 깨우다 -

S!

1992년 나는 친절봉사업무를 담당했다. 그 당시 서울시 행정과에서 친절봉사업무를 담당했던 관계로 구청도 민원부서가 아닌 총무과에서 그 업무를 했다. 정부에서는 1990년부터 동사무소에 구내식당 설치, 직원들 숙직 부담을 덜어주기 위한 무인경비보안시스템 설치 등 직원 사기를 높이는 방안을 강구하기 시작했다. 행정이 깊은 잠에서 깨어나기 시작한 것이다. 특히 정부는 일선행정기관의 민원행정 서비스를 향상시키는 데 역점을 두었다. 1992년은 대통령선거가 있었던 해로 대민행정, 일선창구의 서비스 질을 높임으로써, 즉 고객만족행정을 펼침으로써 어떤 정치적 목적을 이루려는 의도가 있었는지 모른다. 설혹 그런 의도가 있었더라도 정부에서 강력하게 추진한 친절봉사운동은 민원행정을 크게 개선하는 계기가 되었음은 확실하다.

S! 그 이야기를 하려고 한다.

1992년 친절봉사업무가 강도 높게 추진되었다. 우수한 평가를 받고 싶어 하는 상사의 욕망과 추진력, 그 업무를 최우선으로 여기는 구청장 덕분에 친절봉사업무는 한껏 힘을 받았다. 당시에는 민원실 (시민봉사실)만 개방되어 있었고 모든 사무실은 닫혀 있었다. 사무실 문을 열어야지만 내부 모습을 볼 수 있었다. 사무실에서 누가, 어떻게 생긴 사람들이 무슨 일을 하고 있는지 밖에서는 알 수 없었다. 철저히 폐쇄적인 사무실 구조였다.

친절봉사 첫 번째 업무는 무겁게 닫혀 있는 사무실을 열린 형태로 바꾸는 거였다. 시범적으로 2개의 세무부서 벽을 철거했다. 밖에서 안을 볼 수 있게 했다. 세무부서가 첫 번째 대상이었고 다음은 건축과, 위생과, 보건소 순이었다. 그리고 부서 출입구에 직원 좌석배치도를 게시했다. 지금은 너무도 당연한 것이지만 1992년 그때 이런 조치들은 놀라움이었다. 말 그대로 혁신이었다. 쾅! 쾅! 드르륵! 일요일마다 함마와 드릴로 사무실 벽을 깨고 부수는 소리가 요란했다. 마포구청 세무부서의 벽을 없애고 열린 사무실로 만든 것은 전국 최초 사례로 역사적인 사건이었다(이런 일로 대통령 기관 표창을 수상했다!).

두 번째는 직원 의식개혁이었다. 물리적 환경이 바뀌어도 그곳에서 일하는 사람들의 의식이 바뀌지 않으면 개혁은 없는 것이다. 의식개혁의 손쉬운 방법으로는 우수사례를 접하고 역할연기 등을 해보는 것이다. 친절봉사 담당이 되어 야심차게 추진했던 것이 전 직원 대상 친절봉사 수범사례 발표회였다.

사실 수범사례 발표회를 열기 전까지 행사가 잘될까 걱정이 많았다. 직원들을 모아놓고 아까운 시간을 뺏는 행사가 되어서는 안 되었다. 공을 들여 준비를 하고 행사를 열었다. 제출된 사례 32편 중 10편을 선정해 발표했다. 부구청장이 심사위원장을 맡았고 각 국장들이 심사위원으로 참여했다. 가히 전사적全社的인 행사였다. 생생한 사례이니만큼 공감의 울림이 컸다. 참 많이 고생하며 애쓰는구나. 열심히 일하는구나. 고맙구나. 나는 서서히 감동으로 빠져들어갔다. 그러다가 '김씨의 얼굴'이란 사례를 발표할 때 강당은 감동으로 폭발하고 말았다. 사례내용이 탁월했을 뿐 아니라 발표도 대단히 뛰어나게 했다. 분위기가 숙연해졌다. 발표회장에 있던 직원들 마음이 순수와 공감으로 정화되었다. 어려운 이웃의 복된 삶을 위해 헌신하는 사회복지사의 활동이 절절이 나타나 있었다.

나는 속으로 외쳤다. 아아, 감사합니다. 저런 사례가 발표될 수 있다니! 놀랍습니다! 그날 행사가 끝나고 강당을 빠져나가는 직원들의 얼굴에 감사와 기쁨의 눈물이 가득 묻어 있는 것을 보았다. 행사는 대성공이었다. 1등을 한 사회복지사의 공이 컸다. 수범사례 발표회는 조직에 친절봉사 정신을 확산시키는 결정적인 계기를 만들었다.

나는 직원들이 공들여 쓴 사례 글을 널리 읽히게 하고 싶어 책자를 만들었다. 마침 같은 팀에 미술을 전공한 직원이 있어 예쁜 삽화를 부탁하고 책 여백마다 친절에 관한 명언을 삽입했다. 책 앞에는 그간 추진했던 친절봉사운동 사진을 수록했다. 직접 편집하고 교정을 보고 디자인까지 하여 책자를 발간했는데, 이 책자는 친절봉사에 관한 대한민국에서 최초로 만들어진 책자였다. 얼마 후 국무총리실에서 이와 똑같은 책자를 만들어 전국에 배포했다. 표지 디자인, 사진, 삽화, 여백에 친절에 관한 명언 삽입 등 내가 만든 책자와 100% 완벽하게 닮은 책자였다. 정부에서 만든 책자를 보고 나는 속으로 얼마나 쾌재를 불렀는지! 내가 해냈다는 생각이 든 것이다.

S!

이 당시 나는 업무에 푹 빠져 있었다. 나는 조직 전체를 흔드는 업무를 하고 있었다. 기회는 자주 오지 않는다. 올 때 확실히 해야 한다. 나는 친절봉사업무에 박차를 가했다. 밀고 또 밀고, 한 번 더 밀었다. 끝없이 힘껏 밀어붙였다. 정말 미친 듯이 일을 했다. 열심히 일한 대가로 1992년 마포구는 민원행정(친절봉사) 전국 최우수를 하여 대통령 기관 표창을 받았다. 이 당시 나의 모습을 볼 수 있는 글을 써놓았는데 여기에 옮겨본다.

글은 크게 나눠 두 개인데, 첫 번째 글은 '한 직장인의 보고서'란 글이다. 이 글은 네 개의 소제목으로 되어 있다. 두 번째 글은 1993년 5월 11일 친절봉사 향상을 위한 역할연기 경진대회가 있었는데, 행사가 끝난 후 한 직원에게 보낸 글과 그 직원으로부터 받은 답신이다.

S! 아래 글 중 앞의 '한 직장인의 보고서'에 실린 네 개의 글은 1992년 12월 내가 개인적으로 만든 작은 책자에 실려 있는 묵은 글인데 먼지를 털어 새삼 드러내는 것이 무척이나 쑥스럽다. 세상모르고 날뛰던 내 젊은 날의 모습임을 넓은 마음으로 이해해 주기 바란다.

한 직장인의 보고서

들어가면서

금년 나의 삶 중 직장이라는 분야를 들여다볼 때 '친절봉사'라는 말을 뗄 수가 없습니다. 오죽하면 아이를 낳으니까 직원들이 애 이름을 '친봉'으로 지으라고 했겠습니까. 친절봉사라는 애매하고 막연하기만 한 업무를 붙잡고 씨름하던 지난날은 지금 와 돌이켜보아도 많은 것을 생각하게 했던 날들이었습니다.

지난 11월 11일은 내가 몸담고 있는 구청이 92년도 친절봉사 유공기관이 되었기에 공적조서를 써서 시청에 제출한 날입니다. 서울시 산하 22개 구청에서 유일하게 대통령 표창을 받는! 이제 지난날의 고생은 보람으로 바뀌었습니다. 이에 지난 일들을 정리해 볼까 합니다.

공무원에게 있어 친절이란 당연한 것임에도 오늘날 공무원에게 친절이란 말이 접근해오고 있는 이유에 대해서는 잘 알고 계시리라 봅니다. 차후 기회가 되면 그간 '친절'에 대해 생각해왔던 것을 깊이 있게 발표하기로 하고 여기서는 친절의 윤곽만을 그려보겠습니다.

많은 날이 고뇌와 번민과 노력의 날들이었지만 10월 17일부터 10월 21일까지에 있었던 일만 적어보겠습니다. 10월 17일 토요일 내가 속해 있는 과의 직원들이 가을체련대회를 위해 오전에 북한산으로 갔습니다. 그러나 나는 그날 사무실을 지키며 친절봉사종합평가에 따른 보고서를 작성해야 했습니다. 그 보고서는 어떤 일이 있어도 10월 19일까지는 편집이 끝나 인쇄소로 넘겨져야 했습니다. 나는 컴퓨터 앞에 꼼짝 않고 앉아 보고서를 쳐내려가기 시작했습니다. 저녁 6시에 사무실을 나온 나는 집에서도 일을 해 새벽 2시에 어느 정도 안을 잡았고, 다음 날 일요일 아침 9시에 사무실에 나가 또 다시 일을 시작, 6시에 퇴근, 정확히 10월 18일 일요일 24시에 편집을 완료했습니다.

10월 19일 오후 5시까지 재편집을 하고 교정을 보면서 간신히 인쇄소에 원고를 넘겼습니다. 10월 20일까지 책자는 발간되어야 하며 (A4, 120여 쪽), 잘 만들었다는 소리를 들어야 했습니다.

아내는 내가 얼마나 일을 했는지 누구보다 잘 알고 있을 것입니다. 묵묵히 참아주고 이해해 준 아내에게 감사의 마음을 느낍니다.

10월 20일 아침 9시 30분부터 사진 찍기에 들어가 5×7사이즈 사진 300여 장으로 사진첩을 만들기 시작했습니다. 이 역시 시시한 사진첩이 아닌 확실한 사진첩이어야 했기에 짧은 시간에도 대단한 집념을 나타내야 했습니다. 몇 번이나 직원들이 17분 현상소를 왔다 갔다 했는지. 같이 일하고 있는 직원 모두가 달라붙어 정확히 10월 21일 0시 10분에 사진첩을 완성했습니다.

일을 끝내고 종로에 있는 산부인과로 달려가 도착한 시간은 0시 30분. 그러나 산부인과는 정적에 휩싸인 채 문이 닫혀 있었고 나는 어느 곳에서도 입구를 발견할 수 없었습니다. 어느 병실에 누워 출산의 순간을 기다리며 마음 졸이고 있을 아내의 손을 꼭 잡아주고 싶었는데… 그리고 내 몸은 며칠 동안의 수면 부족으로 쓰러져 잠이 들면 쉽사리 일어날 수 없을 것 같았고, 그러면 아내의 출산을 지켜볼 수 없다는 생각에 현실이 안타깝기만 했습니다. 새벽 1시 넘어 집으로 돌아온 나는 10월 21일 아침 무거운 몸을 겨우 일으켜 병원으로 향했습니다. 몇 번이나 자명종과 씨름했는지! 그리고 병원의 계단을 오르면서 아이의 우렁찬 울음소리를 들었던 것입니다. 이제 막 세상으로 나온 한 아이, 내 아이의 고고성呱呱聲을!

그러나 나는 다시 사무실로 가야 했으니 이 날이 바로 친절봉사 종합평가일이었습니다: 1년 농사의 결실을 보는 날. 정신없이 직원들의 축하를 받으니 비로소 내가 아빠가 되었구나 하는 생각이 들었습니다.

다음에 소개하는 몇 개의 문장은 친절봉사에 관한 것입니다.

첫 번째 글은 올해 친절봉사 최우수를 하여 대통령 기관 표창을 받는 자리에서 느낀 감정을 적은 글입니다. 두 번째 글은 일본의 조그만 도시에서 시장을 하고 있는 분에 대한 느낌입니다. 이분이 우리 앞에 나타난 것은 5월 24일 조선일보를 통해서였습니다. 나는 그 기사를 매우 주의 깊게 읽었습니다. 그러던 중 11월 5일 밤 10시 KBS 1TV에서 이분에 대한 특별인터뷰가 방영되었습니다. 나는 그날 몹시 취해서 TV를 켜 놓은 채 시청하지는 못했습니다. 다음 날 아침에 일어나 보니 TV는 그대로 켜져 있었고… 그날 꼭 (반드시) 보리라 했던 프로였는데 보지 못한 아쉬움을 달랠 겸해서 여기에 소개합니다. 세 번째 글은 '김씨의 얼굴'에 대한 것으로 올해 6월 13일 우리 구에서는 친절봉사 수범사례발표회를 가졌고 아현1동에 근무하고 있는 직원이 1등을 하였습니다. 그 행사를 기획하고 준비하면서 남달리 고심

했던 나로서는 행사가 성공적으로 끝날 수 있었던 것은 '김씨의 얼굴'
이란 사례를 발표했던 그 직원의 덕이 아닐까 할 정도로 그 글에 깊
이 매료되었습니다. 행사 직후 나는 그 여직원에게 감사의 글을 썼고
며칠 후 시 형식의 독후감을 썼습니다. 여기에 사례 발표문인 '김씨의
얼굴'과 그 글에 대한 독후감을 싣기로 합니다(*글쓴이 주: 이 책에서는 사례
발표문 생략). 허황된 글과 말이 성행하는 세상이지만 때로 우리는 이런
신선한 글과도 만날 수 있음을 알려드리고 싶은 것입니다.

여기까지 쓰다 보니 한 직원의 말이 생각납니다. 우리들은 공무원
이 아니고 단순한 기능인에 불과하다고. 공무원은 사무관 이상만이
공무원이고 그 밑은 단순한 월급쟁이, 기능인일 뿐이라고. 나는 그
직원과 그 문제로 얘기를 나누었지만 아직 그 직원을 설득할 말을 찾
지 못하고 있습니다.

그 직원이 공무원에 대해 헷갈리게 논하는 나의 글을 보면 뭐라고
할까 궁금합니다. 설마 이렇게 말하지는 않겠지요? 에이 그놈, 착각,
망상에 빠진 놈이라고….

칵테일 한 잔에 나는 취하고
−1992년 12월 11일을 기억하기 위하여−

애초부터 오늘 모임의 참석대상자는 구청장과 총무과장이었다. 그
런데 난데없이 내가 끼게 된 것은 자료를 갖고 가야 했기 때문이었
다. 그런 결정은 오후 1시가 넘어서야 있었는데 때문에 나는 머리도

다듬지 못하고 행사장으로 향했다. 구청장, 과장, 계장이 한 차를 타고, 나와 비서실의 김 주임이 다른 차를 타고 오후 2시 정부종합청사로 향했다.

차 속에서도 나는 오늘 행사의 비중이나 중요성을 실감하지 못했는데 행사장에 모인 사람들을 보고 놀라고 말았다. 전국 각지에서 다 모인 것이었다. 즉 민원과 관련 있는 기관(관공서)에 종사하고 있는 공무원들 중 수상대상자(기관장)와 2~3명의 수행공무원들이 모인 것이었다.

정부종합청사 19층 대회의실은 약간의 소란과 흥분 속에 총리 입장을 기다리고 있었다. 나는 가지고 간 자료를 잘 보이는 곳에 전시한 후 몇 번이나 그 자리로 가 확인하곤 했다. 진열대에는 전국 각지에서 만든 수백 권의 책자가 놓여 있었고, 거기에 내 손으로 편집 발간한 두 권의 책을 비롯 마포구의 책자 칠팔 권도 당당하게 자리 잡고 있었다.

문 앞에서 서성이는데 누가 나를 툭 치며 반갑게 인사를 하는 것이었다. 그는 내무부 지도계장인데 혹시 마포구 담당 아니냐며, 자기를 모르겠느냐고 묻는 것이었다. 아, 이 사람! 이 양반이 내무부 지도과 계장이었구나! 그는 지난여름 우리 과를 방문하여 나로부터 사진 40여 장을 가져간 사람이었다. 나는 그 당시 그의 직책을 몰랐으니 단지 내무부 직원인 줄만 알았다(그런데 계장이라니!). 그는 나를 향해 축하한다며, 마포가 하도 뛰어나 합의에 의해 마포구를 1등으로 정했다고 말했다. 나는 진심으로 감사하다고 화답했다. 나는 이날 전국에 행정기관이 1만 4백여 개라는 것을 알았다.

현승종 총리는 일일이 시상을 했는데 네 번째로 마포구 깃봉에 대통령 휘장(정확한 명칭은 모르겠다)이 달리고 뜨거운 박수를 받았다. 국세청, 정부합동민원실, 서울세관, 서울지방경찰청, 서울구치소, 광주세무서 등이 대통령표창을 받았다.

이어 총리는 민원행정 수범기관에 대하여 치하를 하고 격려사를 하였다. 의식과 관행을 바꾸고 제도와 환경을 개선하여 민원인 위주로 행정을 펼치려고 노력하여 온 것에 대해 진심으로 치하한다고 말하고 더 많은 분발을 촉구하였다. 그런 노력 속에서 보다 높은 행정서비스가 창출되는 것이라고….

이어서 칵테일파티가 열렸고, 총리와 참석자 간 대화가 이루어졌다. 나는 총리와 가까운 거리에서 칵테일 한 잔을 들고 가끔 창밖으로 광화문을 바라보면서 이야기를 들었는데, 우리 헌정사에서 최초라는 중립선거내각을 이끌고 있는 분을 가까이에서 바라본다는 것에 감회가 남달랐다.

얼떨결에 전국 각지에서 모인 직급이 높은 기관장 틈에 낀 것이 그리 기분 나쁜 일은 아니었다(그 자리에서 내 직급이 가장 낮다는 것, 그것이 오히려 나에게 자랑일 수도 있다!).

이날 표창은 대통령 수범기관이 열아홉 개, 국무총리표창은 서른 개 기관이었다. 선거일을 바로 코앞에 두고, 또한 중립내각이라는 성격 때문에 행사가 조촐하게 치러졌는데 그렇지 않았다면 대단히 뻑적지근하게 치러질 행사였다.

남들은 담당자가 표창을 타야지 기관이 타는 것이 뭐가 중요하냐고 말하지만, 나는 그렇게 생각하지 않는다. 대통령기관표창은 받기가 쉽지 않아 희소가치가 있고 개인표창보다 영예가 더 큰 것이므로 나는 단지 담당자로서 이러한 큰 상을 우리 구가 타게 된 것에 대해 작은 힘이나마 보탬이 되었다는 사실이 스스로 대견스러운 것이다.

이번의 수상은 어느 정도 운도 따랐지만 실로 구청장, 국장, 과장, 계장, 직원 등 모두가 혼연일체가 되어 꾸준히 그리고 과감히 친절봉사를 실행한 공으로 돌려야 할 것이다. 거기에 내 공로가 조금 있다면 나로서는 족한 것이다.

정부종합청사 19층 대회의실에서 칵테일 한 잔에 나는 취하며, 앞으로 내가 걸어가야 할 공직자의 길에 대해 다시금 곰곰이 생각해보고, 더 열심히 노력하며 살아가리라고 다짐한 하루였다. 소중한 결실을 맺은 하루였다. - 1992년 12월 11일 - (대통령 선거일 7일 전!)

이와쿠니 시장께

이와쿠니 시장님!

귀하를 향해 무슨 말이건 해야 했었는데 오늘에서야 기회가 생겼습니다. 오늘 나는 한 후배로부터 귀하의 인터뷰가 실린 1992년 5월 24일자 조선일보 복사본을 구했습니다. 전에 귀하의 기사를 읽고 복사해 둔 것을 분실한 후 이리저리 알아본 끝에 겨우 구한 귀하에 관한 기사인 것입니다.

기사는 상당히 넓은 지면에 실렸고, 그 기사를 인상적으로 읽었던 기억이 새롭습니다. 귀하에 대한 관심이 사라질 무렵인 11월 5일 귀

75

하는 또 한 번 나타났으니 KBS 1TV에 귀하의 특별인터뷰가 방영된 것입니다. 나는 이날 소박한 시청자가 되어 귀하의 특별인터뷰를 볼 예정이었으나 그만 부서 회식으로 크게 취해서 못 보고 말았습니다.

다음 날 아침 일어나니 그때까지 TV가 켜진 상태로 있었는데 아마 알게 모르게 내가 귀하께 기울인 관심이 적지 않았나 봅니다. 이런 관심이 오늘 귀하께 몇 마디 말씀을 드리는 행위로 나타나는 것 같습니다.

'市政혁명가' 이즈모市 '이와쿠니市長' 이 말은 귀하에 대한 소개 구절입니다. ― 시골시청이 日최고 능률 기업상 수상 ― "행정은 최대의 서비스 산업" 귀하를 소개하는 문장은 참으로 많습니다.

그런데 이쯤에서 미리 밝혀둘 것은 이 글을 쓰고 있는 자는 서울시의 하급공무원이라는 사실입니다. 귀하는 동경법대 출신이고 미국의 굴지회사 부사장이라는 높은 자리에서 고수입을 올린 분이지만 나는 전혀 그렇지 않습니다. 나는 대단치 않은 학력의 소유자며, 일하고 받는 급료가 적어 아내의 얼굴에서 수심의 그림자를 지우지 못하고 있는 자입니다. 때문에 이런 내가 귀하에 대해 얘기하고 거론하며 귀하가 펼치고 있는 행정에 대해 왈가왈부한다는 것 자체가 어불성설로 보일지 모르겠습니다. 황당하고 전혀 주제파악을 못하는. 이 점 스스로 어느 정도는 인정합니다.

하지만 인류가 걸어온 역사를 들여다볼 때 비슷한 수준의 사람만이 비슷한 수준의 사람을 감동시키거나 얘깃거리로 삼지는 않습니다. 시공을 초월하여 인류는 만나는 것이고 거기에 문명화된 인류세계의 뜻이 담겨 있는 것입니다. 특히나 오늘날은 지구의 어느 한 지점에서 있었던 사건과 얘기는 막강한 매체를 타고 즉시 지구의 타 지점으로 전파되는 것입니다. 그런 가운데 뜻을 같이 하거나 반대하는 사람을 만나고 한 사건과 이야기는 전혀 무관할 것 같은 사람들 입에 오르내리는 것입니다. 이런 맥락에서 본다면 내가 귀하에 대해 논한다는 것이 어불성설만은 아닌 것입니다. 직급의 상하와 처해 있는 위치 등이 고려되어야겠지만 적어도 '지방공무원'이라는 면에서 귀하와 내가 일치하고 있다는 것입니다.

애깃거리가 되는 이유를 하나 더 들면 일전 내가 몸담고 있는 구 소속 직원 25명이 귀하의 나라로 연수를 다녀왔는데 귀국 후 만든 보고서(책자)의 발간사에 이런 말이 쓰여 있기 때문입니다. "우리는 스스로를 일본과 비교하면서 몇십 년이 뒤떨어졌다느니 하며 자탄하는 경우가 있습니다. 그런 자탄은 우리 세대로 끝내고 우리 후손들은 그들과 능히 견줄 수 있어야 하며, 그렇게 되도록 만들어야 하는 것이 오늘 우리 공직자에게 주어진 무거운 책무인 것입니다. 오늘은 비록 가서 배우되, 어느 날에는 그들이 우리 것을 배우기 위해 앞다투어 우리나라를 찾아오기를 바라는 것입니다. 그런 각오를 갖고 노력하다 보면 우리는 우리가 가고자 하는 곳에 도달할 수 있을 것입니다." 그 보고서(책자)의 편집을 맡았던 나는 보고서 편집자의 자격으로 귀하와 만날 수 있을 것입니다. 이 점이 하급직공무원이라는 입장보다는 훨씬 내 마음을 편하게 하는군요.

다시 이야기를 원점으로 돌려 귀하가 주창하는 행정에 대해 생각해보겠습니다. 귀하는 지역주민들의 성원으로 대회사의 부사장 자리를 아낌없이 내놓고 인구 8만의 작은 도시 이즈모 시의 시장에 취임하였습니다. 귀하는 취임 즉시 '냉정하다', '명랑하지 않다', '권위적이다', '불친절하다', '태만하다'는 5가지 나쁜 행정이미지를 없애기 위해 시청직원들의 근무태도를 확 바꿔 놓았습니다. 귀하는 '돈이 없으면 지혜를 짜내고, 그나마 지혜도 없으면 속도로 승부를 내자'며 일을 했습니다. 불필요한 회의는 물론 없앴지요. 귀하는 야전사령관처럼 일했으니 2년 동안 의자에 앉아 있던 시간이 모두 합해 3시간밖에 안 된다는 믿어지지 않는 기록을 세웠지요(이 점 아마 조금 과장된 표현으로 보입니다만). 그러면서 귀하는 작은 도시를 세계 제일의 친절, 관광도시로 만들고자 하는 야심찬 계획을 추진하였습니다.

귀하의 지론 중 가장 인상적인 것은 다음과 같은 것입니다. "자신들이 하고 있는 행정이 말단末端이 아니고 첨단尖端 행정이란 사실을 명심해야 한다. 손과 발을 사용하여 땀을 흘리고 눈물을 흘리면서 깨닫지 않으면 안 된다. 나는 발과 땀과 눈물의 행정이 지방공무원의 태도라고 생각한다. 지방행정이야말로 소비자본위라는 사실을 공무원 한 사람 한 사람마다 인식하는 것이 우선이다."

나는 귀하의 이 말에 탐복했습니다. 일찍이 나도 귀하와 같은 생각을 갖고 있었지만 애매한 개념뿐, 말단이니 첨단이니 하는 것이 말장난같이 여겨졌는데, 이는 실로 의식의 일대 전환이라는 것이 귀하를 만난 후로 느껴지기 시작했습니다. 다만 아직은 대한민국의 지방자치가 이제 막 걸음마를 시작한 입장에서 귀하가 몸담고 있는 행정조직과 대한민국의 행정조직이 다르다는 점은 분명히 있습니다. 허나 귀하의 말은 충분히 귀담아들을 만한 것입니다. 그리고 귀하의 말이 이 땅의 행정조직에도 적용될 수 있는 날이 어서 오기를 바라는 것입니다.

이와쿠니 데슨도 시장님!

1년 동안 나를 사로잡았던 말은 '근원적인 민원행정 개선' 및 '민원행정 서비스의 근원적 개선'이었습니다. 이 말들은 내가 기안한 모든 문서의 첫머리를 차지하였으니 처음에는 아무 뜻도 모르고 앵무새처럼 재잘거렸으나 하루 이틀 문맥의 뜻을 파헤쳐가는 시간을 가졌습니다. 그러나 나는 아직 보석이 자리 잡고 있는 광맥을 발견하지 못했습니다.

이에 대한 탐구(혹은 탐사)는 시도하는 행위만큼 비례해서 좌절감과 실망감을 안겨줄지도 모르겠습니다. 그러나 내가 몸담고 있는 구의 1,000명이 넘는 공무원 중 그 문제를 생각해야 하는 업무를 부여받고 언제까지나 앵무새로 남아 있을 수는 없어 여기저기 기웃거려보고 여기저기 시추해 보았던 것이고 그런 가운데 귀하와 조우하게 된 것입니다.

하급직공무원의 입장에서 위치 파악을 못 하는 우매함을 범하는 순간이 잦았지만 아쉽게도 그 누구 하나 분명하게 해답을 제시해 주지 않았던 것입니다. 해답이 없을진대 스스로라도 탐색의 길로 나서야지, 언제까지나 뜻도 모르는 민원행정서비스를 반복해서 말할 수는 없었던 것입니다.

집에서 직장까지는 걸어서 20여 분 걸리는 거리라 자주 걸어서 출근을 합니다. 그런 시간 내 머릿속 한쪽에선 민원행정서비스, 친절봉사 이런 말들이 저들 스스로 주어와 목적어와 서술어를 만들어가고, 다른 한쪽에선 무주택자로서의 집 걱정, 최소한의 품위유지를 위한 경조비 마련 방법, 진급에 대한 불확실한 어두운 전망 등이 저들 스스로 문장을 만들어 갑니다. 이에 나는 한국, 일본, 대만, 싱가포르의 공무원제도를 생각하지 않을 수 없고(같은 아시아권이므로), 내 위치를 좀 더 고양시키고, 내 아내의 얼굴에 환한 웃음을 피게 하고, 내 동료들의 어깨에 보람과 긍지라는 견장을 달아줄 수 있는 방법에 대해 생각하지 않을 수 없는 것입니다. 비록 나의 생각과 모색 그리고 실행이 계란으로 바위치기와 같은 무모함이며 한낱 몽상일지라도, 그 아무것도 안 하고 주어진 현실에 그저 만족하며 안주하기에 급급해하는 모습보다는 더 낫다고 생각하고 있는 것입니다.

이와쿠니 시장님!

나는 이 땅에서 공무원이라는 말이 희망이라는 말과 동의어가 되기를 바라는 자입니다. 세상에는 숱한 직업이 있습니다만 공무원은 내가 택한 직업이고, 앞으로도 20년 이상을 함께할 직업이고, 무엇보다 아들 녀석이 아빠 직업이 '공무원'이라고 말할 것이니, 그 애가 자랑스럽게 말할 수 있도록 오늘 나는 나 자신을 신뢰하기를, 이 땅의 사람들의 삶에 공무원이 희망의 존재로 자리 잡게 되기를 바라는 것입니다. 아내도 남들 앞에서 하급직공무원인 남편에 대해 떳떳이 말할 수 있어야 합니다. 그렇지 않다면 그것은 뭔가 잘못된 것입니다. 잘못된 것은 바로잡아야 합니다. 물론 이러한 주장의 이면에는 공무원으로서의 헌신 등 직무에 충실해야 하는 의무감과 책무가 마땅히

깔려 있습니다.

이와쿠니 시장님!

언젠가 기회가 닿으면 귀하의 나라를 한 번 방문하고 싶습니다. 여기저기 책자를 통해 귀하의 나라, 특히 공무원 제도에 대해 조금 알고 있습니다만 눈으로 보는 것도 중요하겠지요.

그리고 10년 후일지, 20년 후일지, 아니면 50년 후일지, 100년 후일지 그 어느 날 귀하의 후손들이 대한민국으로 행정을 배우기 위해, 행정서비스와 친절봉사를 배우기 위해 이 땅을 찾아올 것을 진심으로 기대합니다. 그때 이 땅의 후손들은 귀하의 후손들을 따뜻하게 맞이하고 친절하게 안내해드릴 것입니다. 귀하의 후손들은 이 땅에서의 견학과 연수를 값지게 생각하고 기쁜 마음으로 현해탄을 건너갈 것입니다.

그러나 오늘은 귀하께 한 수 배웁니다. "발로 뛰고 땀·눈물 흘리는 사명감 있는 공무원이 되라!" 귀하의 말을 내가 접수합니다.

1992년 12월 12일 새벽 2시, 8만의 작은 도시 이즈모시, 그러나 최고의 능률을 올리고 있는 시골시청의 시장님을 향해 두서없이 적어 내려간 글 이만 줄입니다.

돈보다는 일의 기쁨, 봉사의 기쁨으로 사시는 시장님의 건승을 기원합니다.

−서울에서−

김씨의 얼굴

– 1992.6.13. 친절봉사수범사례발표회에서 발표된 아현1동 사회복지사 김현미
  님의 글 '김씨의 얼굴'에 대한 독후감, 혹은 한 소외인간의 넋 달래기 –

序. 들어가는 말

우리의 노래가 다하는 날까지
우리가 살아가야 할 땅은
끝끝내 아름다움이어야 한다는 것을
몇 번이고 버리고 싶었던 생애는
총소리 요란한 전장戰場이었고
애잔한 강물의 흐름이었지
이 시대의 풍요
저 밖에서 끝없이 서성이던
김씨를 만나 그의 넋 달래려
노래를 부르노니, 새 땅을 꿈꾸며

1. 취로에 나서며

오늘은 어데로 갈거나, 쿵딱
오늘은 어데로 갈거나, 쿵따닥
내 이 병든 몸을 이끌고
취로점검표에 도장 하나 찍기 위해

오늘은 어느 하늘 밑에서
쇠잔해진 노동을 팔아야 할거나
김씨, 나오지 말아요
쓰러지면 어쩔라요
소심한 취로담당 동서기의 눈을 피해
오늘은 어느 땅에서 하루를 팔거나

2. 니들은 나의 희망인기라

애미도 없는 저것들
자꾸 허리 굽어드는 이 애비
남들 손가락질 받지는 않을까
영세민 자녀라 핵교 수업료는 안 낸다만
그것 땜에 어깨 한번 우쭐 펴지 못한다면
막내 너거는 어찌
옆집 아이 건드려 철창 신세 졌노
숙희, 저 계집애는 어찌
부잣집 아이처럼 행세하고 다니노
눈물로 보이는 니들은 그래도 나의 희망인기라

3. 나는 우주인이라네

나에겐 이름이 없다네

사람들은 나를 김씨라고 부른다네

김씨, 김씨 아저씨

나를 부르는 그 소리에

나는 언제나 허허허 웃네

큰딸 시집갈 때는 넥타이를 매볼 건가

나는 우주인이라네

당신들이 모르는 저 먼 별나라에서 온

지구라는 땅이 너무도 낯선

저 멀리서 길 잘못 찾아든 설움이라네

4. 입주보증금 150만 원

가자, 아이들아

우리는 가야 한단다, 얘들아

아현동 산동네 비탈길이 숨가쁘다

부엌 하나 없는 여기는 아니다

어둡고 냄새나는 이 방은 아니다

가자, 아이들아

이삿짐을 싣고 용달차를 달려

영구임대아파트에 당첨됐단다…

입주보증금 150만 원이 없어

소주 세 병 마신 오늘, 나는 취한다

5. 대합실에서

여기는 내가 떠나온 별나라로 다시 가는 곳
잠시 후면 우주선이 오고 나는 가야지
그리운 작업복 그대로 입고 줄무늬 운동화 신고
가슴에 막도장 꼭 껴안고
기다리던 우주선이 오면 나는 가야지
여기는 응급실, 한마음병원
여기는 대합실, 우주정거장
내 죽어 다시 살아나는 곳
고마우이 김양, 애써 받은
사회담당 수당 10만 원 여비 하라 주었으니

6. 비 오는 날의 영혼 달래기

가을비 스산한데 바람도 부네
나는 영양실조가 아니라네
내 죽음은 막내 땜에 얻은 화병 때문만도 아니라네
바람에 묻어오는 김씨의 목소리
오늘 남아 있는 자는 남아
한잔의 술을 드네
가을비 줄기찬데 바람은 쌩쌩
김씨 떠나가는 소리

우주선 날아가는 소리

손 흔들어 보리, 손 흔들어 보리

7. 남아 있는 아이들

부동산을 잘해 돈 철철 저 사장님

많이 배운 유망한 사위 뒤 가득 웃음인 저 사모님

우리 이웃인 그들은 우리를 모르지

그들이 준 라면 상자가

추석날 우리를 찾아와도

우리 또한 그들을 잘 모르지

척박한 땅 모진 비바람에

그러나 우리는 산다

칼끝 같은 목숨의 풀잎이 되어

분노보다 더 깊은 사랑이 되어

8. 이웃의 노래

아이들아, 너희들 어둠에 싸이면

우리도 어둠일 수밖에 없으니

우리 함께 빛을 찾아가야지

오 반장님 너희들 어머니처럼

고개 숙인 너희들 돌보아주니

영원히 변치 않을 우리들의 사랑으로…
노래라도 부르며
슬픔일랑 잊으며
팍팍한 길 고개 들고 걸어가야지
가다가다 힘들면 쉬었다 가며

9. 의정부, 그리운 땅

봄볕이 속살 내밀던 3월이었지
고양이 양지 찾던 새봄이었지
의정부, 영구임대아파트에 다시 당첨되어서
냉대할 사람 없는 그곳으로 가던 날
봄볕이 수줍던 새봄이었지
취로담당 동서기 아저씨 싱글벙글
오 반장님은 막내 어깨 두드리셨지
의정부, 그리운 땅이 너희 것이니
비로소 작지만 아늑한 보금자리
그곳에서 너희들은 새날을 꿈꾸라

10. 다시 빈 들에서

김씨가 떠난 이곳에서
나는 또 다른 김씨를 보네

김씨가 죽어간 이 땅에서

나는 더 많은 살아있는 김씨를 보네

그들의 굽은 허리, 주름진 얼굴

그들의 병든 몸, 고통에 찬 숨결

원근으로 다가오는 김씨의 얼굴

내 노래 다할 때까지 이 빈 들에서

비바람 끝없고 눈보라 쳐도

사랑의 노래 부르려네, 끝날 때까지.

대흥동 사회복지사 김경숙 씨에게 보내는 감사와 위로의 글

무슨 말이건 해야겠다는 생각이 들어 조금은 길게 느껴지는 제목을 먼저 쓰고 잠시 생각에 잠겨봅니다.

이런 투의 글을 써보는 것이 처음은 아니지만 받아보는 입장에서는 참 이상한 글도 있구나 하며 고개를 갸웃거릴 수도 있을 것입니다.

지난해 6월 친절봉사수범사례발표회가 열렸었고 나는 그 행사를 통해 사회복지사들의 하는 일에 대해 조금 알게 되었습니다. 지난 주 토요일 기획상황실에서 귀하를 만나 잠깐 비춘 적이 있지만 나에게 사회복지사의 존재를 일깨워준 이는 아현1동 사회복지사였습니다. 작년 6월 13일 수범사례발표회 직후 나는 김현미 씨에게 감사의 글을 썼습니다. '감사와 성원'의 글이었습니다. 그리고 1년의 세월을 돌아 나는 또 다른 사회복지사에게 '감사와 위로'의 글을 쓰게 되었군요.

오늘(5.12.) 전화로 서무주임께 위로의 말씀을 드렸습니다. 직원들 참 고생하고 많은 노력을 했는데 입상하지 못해 애석하다고. 그러나 전화보다는 수고스럽지만 글로 마음을 나타내는 것이 진심을 전달하는 데 더 낫다는 생각이 들었습니다. 물론 대흥동이 입상을 하였다면 이런 식의 글을 쓸 필요가 없었겠지요.

지난 3월 20일경 '친절봉사 향상을 위한 역할연기 개최 계획'을 수립하면서 많은 걱정을 했습니다. 전혀 낯선 분야에의 도전. 지난해 한두 군데의 구청에서 시작한 역할연기의 물결이 우리 구까지 밀려왔다는 생각에 걱정뿐이었습니다. 역할연기 개최를 두려워하는(?) 상사를 어눌한 목소리로 설득하기도 했습니다. 세 번씩이나 결재를 받지 못한 서류가 내팽개쳐지는 수모를 당하면서 진짜 마음은 하고 싶지 않다는 것이었습니다.

3월 15일 서울시장이 간부회의석상에서 역할연기를 통해 직원들에게 친절봉사를 교육시키라고 지시해, 그 지시사항에 매달릴 수밖에 없었습니다. 어쨌든 어렵게 방침을 받아 4월 초 관련 공문이 구청 실과와 동으로 내려갔습니다. 원고를 내지 않는 동은 동장이 책임을 져야 한다, 이번 원고 제출 건으로 동장의 능력을 평가하겠다, 서무주임회의 그리고 동장회의 때 으름장을 놓기도 했습니다.

끝까지 챙겨 전 동에서 빠짐없이 원고를 받았습니다. 그중 대흥동의 원고가 눈에 띄었습니다. 원고심사에서 탈락시키기는 아깝지만 공연을 해야 하는 작품으로는 다른 원고들과 판이하게 달라 어떻게 해야 하나 고심을 했습니다. 구청강당 무대는 공연을 하기 위한 무대가 아니고 단순한 단상에 불과한, 공연을 위한 조명시설을 갖추지 못한 무대입니다. 원고 분량이 길다는 것도 부담이 되었습니다.

망설임 끝에 역할연기 작품으로 채택했습니다. 선정 사유로 다른 원고들과는 달리 인생이라는 문제를 진지하게 다뤘다는 심사평을 붙였습니다. 어떤 면에서 역할연기가 반은 코미디적이어서 한바탕 웃고 끝나는 행사가 될지도 모르는데, 차분히 귀 기울일 수 있는 정서적인 작품도 필요하다고 생각했습니다. 친절봉사운동이 추구하는 궁극적인 목표는 인간 삶의 향상에 있는 것입니다. 다시 말해 삶(인생)의 질 향상을 목표로 하고 있는 것입니다. 그런 면에서 볼 때 대흥동의 원고는 한 인간의 가난과 질병, 장애, 고통, 죽음과 부활을 다루고 있습니다. 거기에 생활현장에서 어렵고 고된 일을 수행하는 사회복지직원의 사명감과 애환, 공무원의 존재 이유, 봉사의 의미 등이 담겨 있습니다. 어느 인간이나 아프고 외로우면 울고, 때가 되면 죽어야 하는 존재일진대, 그런 문제를 다룬 대흥동의 원고는 원고 자체로서 가치가 있었습니다.

원고 선정 결과를 동에 알리자 (서무주임이) 종합감사 때문에 못 하겠다는 것이었습니다. 몇 번이나 빼달라는 부탁의 말을 들었습니다. 종합감사 준비에 여념이 없는 직원들이 어떻게 연습을 할 수 있겠느냐는 것이었습니다. 충분히 일리 있는 호소며 항변이었습니다.

김경숙 씨! 그간의 전후사정을 두서없이 얘기했군요. 결국 대흥동은 포기서를 제출하지 않았습니다. 그리고 5월 11일을 맞이한 것입니다. 종합감사일을 이틀 앞두고….

행사 당일 나는 대흥동의 작품 때문에 노심초사했습니다. 아, 잘 되어야 할 텐데…. 전날 총연습 시 연기시간이 너무 긴 것 같다는 느낌을 받았고, 전달력이 만족스럽지 못해 대흥동이 연기할 때 관객이 대거 빠져나가면 어떻게 하나 하는 노파심이 들었습니다.

그러나 막상 막이 열리고 시종일관 차분하고 진지한 연기가 펼쳐지면서 분위기는 숙연해졌습니다. 나는 객석 뒤에서 잔잔한 감동에 젖었습니다. 특히 최용호 직원의 등장이 가슴을 뭉클하게 만들었습니다. 그 직원을 등장시킨 연출자의 용기와 과감히 출연에 응해 불편한 몸으로 열연한 최용호 직원, 정말 모두 훌륭했습니다.

잠깐 심사에 대해 말씀드리면, 부구청장님과 총무과장님이 높은 점수를 주었습니다. 그러나 두 분의 점수로는 역부족이었나 봅니다. 총무과장님, 집계하는 직원들을 향해 왈 "뭐, 대흥동이 입상에 들지 못했어? 야야, 엉터리다. 입상에 집어넣어 줘!"

이런 시시콜콜한 얘기까지 하는 것은 조금도 실망하지 말라는 뜻에서입니다. 오늘도 여러 직원과 만나 역할연기에 대해 말을 나눴는데 하나같이 대흥동을 거론하면서 애석하게 생각한다는 것이었습니다.

자, 김경숙 씨! 이제 이 글의 의도는 드러났습니다. 대흥동 팀이 연습을 소홀히 했다든지, 준비가 부족했다든지 했다면 나는 결코 이 글을 쓰지 않았을 것입니다. 비디오로 연습장면을 촬영하면서 준비를 했고 담당자 회의 시 대흥동의 그런 사실이 알려지자 다른 동에서도 연습하는 것을 촬영하는 등 역할연기에 최선을 다하는 계기를 대홍동이 마련한 것입니다.

대회에서의 입상은 그렇게 큰 의미가 있는 것이 아닙니다. 누구나 외면하고 싶은, 그러나 누구라도 그런 아픔과 슬픔을 조금씩은 가슴에 품고 살아가는, 가난과 고통이라는 문제를 당당히 드러내고, 그런 사람들의 좀 더 나은 삶을 위해 공무원이 존재하는 것임을 주장한 귀하와 귀하의 동료들에게 아낌없는 박수를 보내는 것입니다.

시상금과 격려금이 대단히 박했고, 연습기간 중 지원을 해주지 못해 준비기간 내내 마음이 아팠던 구의 친절봉사 담당으로서 꼭 한마디 말씀드릴 것이 있습니다. 연습과 5월 11일 실제 연기를 했던 그 순간들을 기쁨으로 간직하시기 바랍니다. 동료들과 한마음이 되어 임했던 시간들은 먼 훗날 미소를 머금게 하는 그리움이 될 것입니다. 큰 생각 없이 쓴 원고 때문에 동료들에게 피해를 주었다는 생각이 든다면, 그것은 절대 아니니까 미안한 마음일랑 털어버리시기 바랍니다.

김경숙 씨!

우리는 다 하나의 목적을 추구하고 있습니다. 공무원이라는 직업이 보람이요 기쁨이 될 수 있기를. 현실은 난해하고 복잡하기만 합니다. 현실은 자주 배반의 모습으로 다가옵니다. 실천다짐결의문을 읽고, 공무원윤리헌장을 외치고 돌아선 자리 바로 그곳에 회의와 갈등, 실의와 좌절, 번뇌가 같이 동행하자고 손짓하며 기다리고 있는 것이 현실입니다. 진실이 왜곡당하고 거짓이 활개를 치는. 정직한 땀방울보다는 편법과 탈법이 칭송을 받는. 우리는 이 모순된 현실과 매일매일 싸워나가야 하는 이 땅의 공무원들입니다. 때로 낙담하면서. 때로 힘에 겨워 어쩔 줄 몰라 하면서.

이제 이 글을 마쳐야 할 때가 되었습니다. 귀하의 원고를 선택한 자로서, 행사 당일 귀하 팀의 공연에 지대한 관심을 기울였던 담당자로서, 이런 식의 글이 귀하의 노고와 아쉬움을 조금이라도 달래줄 수 있는 방법이요 또한 정중한 예의가 아닐까 해서 몇 자 써보았습니다. 사회복지사로서 업무에 더욱 충실해 주시고, 귀하께서 하시는 일이 결국 이 나라를 번영케 하며 아름다운 세상을 만들어가는 일임을 명심하셔서, 언제까지나 약자를 위한 봉사의 마음이 활활 타오르기를. 사랑의 불꽃이 어느 순간에도 꺼지지 않기를. 그리고 당장은 종합감사에서 직원들이 많이 지적당하지 않기를. 역할연기 때문에 감사를 망쳤다는 말이 들리지 않기를. 그리고 건강하시고, 나날이 기쁨과 보람이소서.

1993. 5. 12.

총무과 구본수 드림

구본수 씨께

위로의 글이 너무나 따뜻합니다.

매일매일 삶에 지쳐 죽음을 선택하지 못하고 살아가는 것을 원망하는 사람들과 함께하면서 "이제는 나도 눈물과 감동이 메말라가는 회색 도시의 일원이 되어가는구나" 하고 생각했는데, 다행히 아직은 감동할 수 있는 인정이 남아있음을 확인했습니다.

등수가 매겨지는 것들은 모두 첫째가 있으면 꼴찌가 있기 마련인데 우리가 뒷줄에 서게 됐다고 속상해하는 것은 너무 이기적인 생각이겠지요. 그 극을 공연하기까지 부족한 연출자의 말에 따라 열심히 연습한 단원들(직원들?)에게 감사할 뿐입니다.

공연이 끝나고 수상결과가 발표된 후, 우리는 허탈한 심정으로 사무실에 돌아왔지요. 때늦은 저녁식사를 하면서 저는 동장님과 수고한 여러 동료들의 얼굴을 쳐다볼 수 없어 시선을 딴 곳에 두느라고 무척 힘들었습니다. 분명히 모든 팀이 상을 받을 수는 없는 일인데, 내가 쓴 시나리오 때문에 직원들만 고생시켰구나 하는 후회만 일었습니다. 그러나 우리들은 극을 준비하면서 느낀 경험과 그 극을 통하여 우리 안에 내재된 봉사의 참의미가 입상보다 더 중요한 것이 아니냐고 결론 내리고, 그 감동을 오래도록 간직하자며 서로를 위로했습니다. 뒤풀이로 심사기준의 문제점과 심사위원의 수준을 거론하며…. 그러고 보면 우린 그 연극을 통하여 얻은 것도 많으니 위로받을 처지가 아닌지도 모르겠습니다.

또한 준비도 하지 못한 채 정신없이 맞은 이번 감사에서, 큰 지적당하지 않고 무사히 넘어갔음을 알려드리며, 모두 염려해주신 분들의 덕분임을 감사합니다. 역시 벼락치기 정리보다 평소 성실함이 더 나음을 다시 한 번 깨달았습니다.

마지막으로, 제가 이런 고마움을 표현하는 글을 쓰게 한 분이 마포구에 있다는 것을 기쁘게 생각합니다. 입상하지 못한 팀에 대한 따뜻

한 위로가 오히려 입상보다 감동적이었음을 알려드리며, 건강하시기
바랍니다.

1993. 5. 16.
대흥동 사회복지사 김경숙 드림

05

중앙공무원교육원에
서다

S!

이제 나의 연남동 시절을 이야기해야 할 것 같다. 나는 4년이 넘는 총무과 생활을 끝내고 1993년 7월 연남동으로 자리를 옮겼다. 중국인이 많이 거주하고 있는 연남동은 조용한 주택가였다. 이웃 동은 서대문구 연희동. 1993년 당시 연남동은 택시기사들이 즐겨 찾는 순댓국집이 유명했다.

지금 연남동은 얼마나 많이 변했는지. 경의선 숲길 조성공사로 넓은 녹지가 조성되었고, 홍대 앞 문화가 연남동까지 이어지고 있다. 젊은이들이 즐겨 찾는 맛집이 있어 어느 골목길은 번잡하기까지 하다.

연남동에 근무하던 1993년 11월 나는 다른 나라의 선진행정을 경험하는 기회를 갖게 되었다. 서울시에서 친절봉사 유공 공무원 사기진작 차원에서 마련한 대민행정 비교시찰이었다. 대상은 서울시 22

개 자치구 직원들이었다. 나는 2조에 편성되어 11월 28일부터 12월 4일까지 일본과 싱가포르를 방문했다. 당시 공무원의 해외여행을 강력히 규제하였기 때문에 조원 모두 해외에 처음 나가는 것이었고 때문에 상당히 들떠 있었다. 나는 보고서 담당으로 정해졌다. 나는 보고서 쓰는 수고로움을 기쁨으로 받아들였다.

일본의 동경도청과 이타바시구역소(구청), 싱가포르의 출생사망신고소와 결혼신고소를 공식 방문했다.

나는 가는 곳마다 있었던 일, 느낌을 수첩에 빼곡히 적었다. 다른 일행들은 보고서에 대한 부담이 없어서인지 자유롭게 여행을 즐겼다. 그러나 나는 많은 것을 보고 느끼고 기록해야 했다. 나는 보고서 작성에 집중했다.

귀국 후 심혈을 기울여 쓴 보고서를 제출했다. 서울시에서는 해외연수가 끝나자 조별로 보고서와 감상문을 받아 책자를 발간하고, 책자를 서울시 출입기자들에게 배부했다.

얼마 후 국민일보 기자로부터 전화가 왔다. 당시 국민일보는 자사 차원의 친절운동을 하고 있었다. 기자는 신문에 내려고 하니 보고서 내용을 요약해서 달라고 했다. 나는 신문에 내겠다는 말에 다소 당황했지만 정성껏 요약하여 기자에게 제공했다(이러한 사항은 시스템을 통해 구와 시의 관련부서로 보고되었다).

1994년 3월 22일 국민일보 '친절운동광장' 지면에 보고서를 요약한 글이 실렸다. "日·싱가포르 對民행정 '硏修期' 거리마다 가득찬『알짜 봉사』, 도로 등 공익시설 '삶 향상' 숨은 정성, 장애·노약자 불편 해소 완벽 추구, 개방된 관공서… '公僕(공복)' 자신감 넘쳐, 기초질서 얽매

이는 우리 현실 안타까워" 등의 크고 작은 제목을 달고 기사가 나왔다. 사무실에 있는데 구청장으로부터 전화가 왔다. 기사 잘 보았다, 자네가 마포구 공무원이라는 것이 자랑스럽다는 격려 전화였다. 일개 8급 공무원의 글이 신문의 한 면을 차지할 정도로 크게 나다니! 나는 감사한 마음뿐이었다.

이즈음 중앙공무원교육원에서는 국가 정책을 담당하는 공무원(과장, 국장급 핵심계층 국가공무원)들에게 일선행정에 대해 알게 해줄 필요성을 느껴 하위직 공무원들의 현장에서의 경험을 듣는 교육과정을 마련했다. 나는 서울시의 추천을 받아 사례발표자로 뽑혔다. 그 당시의 상황에 대해 나는 선배에게 편지를 썼는데, 편지에 이렇게 쓰여 있다.

'선배님… 지난해 해외연수를 다녀온 후 열심히 보고서와 감상문을 썼고 제 글 두 개가 서울시에서 낸 책자에 수록되었습니다. 국민일보에서 제 글을 보고 기사화하겠다고 하여 글을 요약해 보내주었는데, 사진과 함께 3월 22일자 국민일보에 실렸습니다. 크게 난 기사에 저나 직원들 모두 놀랐습니다. 구청장님으로부터 격려전화를 받기도 했습니다.

이런 일이 있은 후 중앙부처 4급 이상 공무원 연수에 발표자로 선정되었습니다. 서울시에서 3명 등 전국에서 10명이 뽑혀 과천 중앙공무원교육원에서 체험사례를 발표하는 기회를 갖게 된 것입니다. 강의과목은 '어느 일선공무원의 이야기'로 저는 1994년 4월 15일 오후에 교육원 강당에 섰습니다. 교육기수는 3기였고 저는 다섯 번째 강사였습니다(매 기마다 2명씩 발표). 그런데 제 발표가 폭발적인 반응을 일으켜 4기, 5기 교육에도 강사로 나가게 되었습니다. 그리고 앞으로 행정고시 신규자반 등 중앙공무원교육원 의식개혁 과정에 제가 강연할 수 있도록 프로그램을 짜겠다는 언질을 그곳 교수부장으로부터 직접 들었습니다. 변해야 한다, 달라져야 한다는 시대의 명제에 부응하여 새로운 몸짓으로 거듭나려는 한 하위직공무원의 모습이 충격적이었다고 합니다. 기쁨을 주는 행정, 희망의 행정을 설파하는 제 목소리는 뜨겁기만 했던 것입니다.

애초 강당에 설 때 제 열정으로 청중(연수생)들을 사로잡으리라 마음먹었는데, 낯선 곳에서의 이야기가 서툰 점도 있었지만, 저의 진지하고 솔직한 이야기가 듣는 이의 가슴에 잔잔한 파문을 일으켰다고 합니다(물론 별다른 느낌을 받지 않은 분들도 많았겠지만). 제 강연이 끝난 후 교수부장이 제 손을 잡고 놓아주지 않는 것을 보고 괜찮게 하기는 한 모양이라고 생각했는데 이례적으로 다른 발표예정자 두 명에게 취소의 양해를 구하고, 그 시간에 제가 나가도록 계획을 변경한 것입니다(5월 3일과 5월 10일).

선배님. 저는 이러한 사실을 접하고 기쁜 마음과 감사한 마음을 숨길 수 없습니다. 저에게 인생을 가르쳐주신 분들, 올바른 행정을 가르쳐주신 분들이 떠오르고 더욱 더 열심히 일하며 살아야겠다고 다짐합니다….'

그리고 그때 나는 생각했다. 나 홀로 중앙공무원교육원에 가는 것이 아니라고. 5만 3천 명의 서울시 직원을 대표해서 가는 것이라고. 서울시 공무원이라는 자긍심을 드높여야 한다고.

S! 내친 김에 두 가지 사례를 더 얘기하겠다. 하루는 행정고시 신규자반 연수생을 대상으로 100분 강연을 했는데 강연하기 전 연수생 대표가 나를 찾아와 심각한 어조로 말하는 것이었다. 다음 날이 배치시험이다. 어디로 배치되는지를 결정하는 대단히 중요한 시험이다. 때문에 강연에 신경을 쓸 수 없다. 이 점 이해해 주기 바라며 가급적 일찍 끝내주기 바란다는 내용이었다. 나는 충분히 이해한다, 협조해 주겠다고 말했다.

연단에 서니 연수생 대표가 말한 대로였다. 나를 쳐다보는 연수생은 없었다. 모두가 책에 얼굴을 박고 있었다. 나는 생각했다. 내일이 시험일이니 그럴 만도 할 것이다. 나는 당황하지 않고 천천히 입을 열었다.

"여러분 안녕하세요. 서울시 마포구 연남동사무소에 근무하고 있는 지방행정서기 구본수입니다. 조금 전 대표로부터 내일 대단히 중요한 시험이 있다는 얘기를 들었습니다. 여태껏 여러분이 공부한 결실을 맺는 시험으로 알고 있습니다. 마지막 순간까지 최선을 다해 좋은 성적을 받으시기 바랍니다. 제 말씀은 크게 신경 쓰지 마시고 편하게 공부하시기 바랍니다. 그런데, 여러분이 부서를 배치받으면 누구와 일을 하는지 아십니까? 여러분보다 나이가 적은 사람들과 일을 할까요, 여러분보다 나이가 많은 사람들과 일을 할까요? 여러분 지금 나이는 어떻습니까? 적게는 스물다섯 살 내외부터 많아야 30대 초반 아닙니까? 여러분 앞에 서 있는 저는 여러분보다 나이가 많습니다. 여러분은 얼마 안 있으면 저 같은 부하직원들과 일하게 될지도 모릅니다. 여기 서 있는 제가 여러분의 부하직원일 수 있습니다. 나이 적은 관리자가 나이 많은 부하직원에게 호감을 얻고 잘 지낼 수 있는 방법이 궁금하지 않으십니까? 제가 그 비결을 알려드리고자 하는데 들어보실 용의는 있으십니까?"

자신 있게 말하며 연수생들을 바라보니 한 명 두 명 고개를 드는 것이었다. 결국 강연이 끝날 즈음, 거의 대부분의 연수생들이 나를 바라보고 있었다. 거의 100%가! 그들이 궁금해하는 것, 알고 싶은 것을 말해 주자 시종 흥미진진해했으며 강연 내내 시간 가는 줄 모르고 눈을 맞추며 이야기할 수 있었다.

지금은 모두 고위직으로 일하고 있을 그때 그 고시출신 연수생들. 누군가 그때 그 시간을 기억하고 있는 자 있을까.

두 번째는 청와대 행정관(비서관)들을 대상으로 강연을 할 때 일어난 일이다. 청와대 행정관 대상으로는 두 번 정도 강연한 것 같다. 당시는 김영삼 문민정부 시절로 공직에 대해 강한 개혁을 주문하고 있을 때였다. 따라서 나의 강연내용도 행정개혁에 관한 것이 주를 이뤘다. 물론 불합리한 일선행정의 행태를 사례로 들면서 하는 강연이었다. 하루는 사무실에 있는데 인사계장으로부터 구청에 들어오라는 연락을 받았다. 무슨 일인가 하여 구청에 들어가니 부구청장께서 만나자는 것이었다. 부구청장실에 들어가니, 부구청장께서 요즘 중앙공무원교육원에 가서 무슨 얘기를 하느냐고 묻는 것이었다. 그래서 '여차저차한 내용을 얘기합니다'라고 말했더니 부구청장께서 얘기를 너무 세게 하는 건 아니냐고 또 묻는 것이었다. 왜 이러실까, 상황을 알아보니 청와대 모 인사가 부구청장에게 전화를 한 것이었다.

내용인즉, 당신 구청 아무개 직원이 청와대 직원들을 대상으로 강연을 했다. 그런데 들어보니 가당치 않은 내용이 있어 듣기에 몹시 거북했다. 일개 8급이 뭐를 안다고 우리들에게(청와대에서 근무하는 이들에게!) 이래야 한다 저래야 한다 말하는가. 좀 잘하라고 교육 좀 시켜라. 이런 내용이었다.

중앙공무원교육원에서는 강사가 얘기하는 것을 모니터링 한다. 나는 바로 교수부장에게 전화를 걸었다. 제 강연내용에 대해 청와대에서 강한 이의가 들어왔는데 제가 말한 것들이 잘못된 것인지요? 전화기 너머 교수부장은 깜짝 놀란 듯이 말했다. 무슨 얘기냐, 절대 그렇지 않다. 일선에서 일하는 공무원의 말을 귀담아들으라고 마련한 프로그램이다. 지금 공무원 세계가 어떤가. 일 안 하고 복지부동한다고 난리지 않은가. 변해야 하고 개혁해야 한다. 당신 강연 내용이 딱 맞는 것이다. 조금도 신경 쓰지 말고 계속하라. 당신은 지금 잘하고 있다!

고위직들에게 8급 하위직의 소리라도 들려주어야 했을 정도로 당시 공무원 세계는 절박했다. 공직을 바르게 정립하기 위해 안간힘을 쓰며, 지푸라기라도 잡아야 할 위기의 시대였다.

하여튼 나는 중앙공무원교육원에서 여덟 번 강연을 했고, 마지막 강연 후 청와대 비서관(강운태)과 저녁식사를 하며 이야기를 나누는 시간도 가졌다.

세월이 지나고 보니까 내가 좀 건방졌다는 생각이 든다. 얼마나 안다고, 세상 무서운 줄 모르고 설쳐댄 것 같다(그런가?). 내 강연에 항의를 한 그 청와대 직원(누군지 모르나)의 마음이 이해가 간다. 지금이라면 나는 그때처럼 세게 하지는 않을 것이다(그럴까?). 그러나 그때는 그랬다. 나는 젊었고 뜻은 높았다. 미개하고 후진 행정에서 시급히 탈피하여 선진 행정으로 가고자 하는 열망에 들끓고 있었다. 나는 부끄럽지 않은 신뢰와 믿음의 공무원, 존중받는 공무원이 되고 싶었다. 때문에 부조리한 일체의 것들을 모른 체하지 않았고, 힘겹더라도 그것들과 샅바를 잡고 한판 씨름이라도 하고 싶었다. 높은 분 입장에서 일선 하위직 공무원의 시시콜콜한 이야기가 얼마나 기가 막혔겠는가. 그러나 그때는 그랬었다. 많은 것을 바꾸고 싶었다. 도처에 널려 있는 불합리하고 잘못된 행정을 모조리 밀어내고 빛나는, 가치 있는 행정의 길로 달려가고 싶었다. 그때는 오로지 그 마음, 그 열정뿐이었다.

1995년이 되자 중앙공무원교육원에서 연락이 왔다. 행정고시 신규자반이 편성될 예정인데 강연을 부탁한다는 전화였다. 그리고 고위공무원 대상 강연도 부탁한다는 전화였다.

나는 전화를 받고 기뻤다. 잊지 않고 있었구나. 나를 믿어주었구나. 눈시울이 뜨거워졌다. 나는 중앙공무원교육원 교수부장 이하 직원들에게 감사한 마음을 가졌다. 그러나 나는 잊지 않고 연락해 주신 것 대단히 감사하다고 고마움을 표하고, 강연은 정중히 사양했다. 나는 1년 사이 너무도 큰 상처를 입고 피를 흘리고 있었다. 나는 피가 끓는 행정 개혁 전도사에서 피 흘리는 만신창이가 된 처지로 굴러 떨어져 있었다.

인생의 두 갈래 길에서 가지 않은 길은 언제나 아쉬움으로 남는다. 그래서 오늘 그때의 이야기를 이렇게 하는 것이다. 앞에 두 갈래 길이 있었노라고. 어느 길로 갈지 선택해야 했노라고.

PART2

앞으로 **나아가다**

06

뜻밖의
특진

S!

오늘은 승진에 대해 이야기해 보겠다. S! 그대는 뛰어난 능력의 소유자지만 애 둘을 낳는 동안 동기들에 비해 승진이 조금 뒤처졌지. 그럼에도 속상해하거나 언짢아하지 않고 웃으며 일하고 있으니 보는 사람 마음이 짠하고 또 편하다. 공무원들의 최대 관심사, 어찌 공무원들 세계만 그런가. 어느 조직이든 승진은 관심사항 아닌가.

1993년 12월인지 1994년 1월인지 기억이 분명하지 않다. 서울시에서는 그간 친절봉사 업무에 주력하여 대민행정서비스를 향상시킨 구청 공무원들의 사기진작을 위해 특별승진계획을 수립했다. 각 구별로 1명씩 무조건 승진을 시킨다는 야심찬 계획이었다. 이 계획이 내려오자 각 구는 들썩거렸다. 무조건이라니! 이런 하늘이 내린 기회가 어디 있는가, 모두 그렇게 생각했다.

동에서 근무하고 있던 나도 소식을 접했다. 구 담당이 나에게 가만

있지 말고 업무실적을 제출하라고 권유했다. 전 근무지였던 총무과에 안 좋은 일이 생겨 초상집 분위기였다. 나는 총무과로 들어갈 마음이 생기지 않았다. 그래서 같이 근무했던 후배에게 이러저러한 문서가 있으니 복사해서 보내달라고 부탁을 했다. 나는 정성껏 업무실적을 작성했다. 증빙서류는 두껍고 묵직했다. 땀이 가득 밴 문서였다.

당시 나는 8급이었기에 7급으로의 승진에 도전하는 것이었다. 그러나 통상 8급에서 7급으로의 승진보다 7급에서 6급으로의 승진이 훨씬 어려웠다. 민원실의 7급 고참주임이 6급 승진을 위해 업무실적을 제출했다는 소식을 들었다. 업무실적이야 설혹 내가 뛰어나더라도 조직에서는 7급을 6급으로 승진시키는 게 더 낫지 않냐 하는 분위기였다. 나는 그런 구청 분위기를 잘 몰랐다가 나중에 알고 가슴을 쓸어내렸었다.

업무실적을 심사하는 날이 정해졌다. 그런데 이때 놀라운 일이 일어났다. 1994년 1월 초 구청장이 새로 왔는데 그분에게 놓인 첫 번째 과제는 그분이 오기 전 발생한 불미스러운 사건을 수습하는 것이었다. 그 사건은 연일 언론에 보도가 되어 조직의 명예를 심하게 실추시켰다. 뒤숭숭한 상황에서 그분이 구청장으로 오자마자 해야 할 일이 친절봉사 유공 특진대상자 1명을 선정하는 것이었다.

심사위원회가 열리기 직전 구청장은 갑자기 심사위원들을 바꾸라고 지시했다. 당초 심사위원들은 국장들 위주였는데 국장들보다 과장들 위주로 심사위원회를 새롭게 구성하도록 지시를 한 것이다. 그리고 한 치의 사심이 없는 엄정한 심사를 강조했다. 구청장은 만에 하나 심사 후 이랬니 저랬니 하며 뒷말이 나오는 것을 원천적으로 봉쇄하고자 했다. 이것은 전혀 예상하지 못했던 것이었다. 반전이었다. 하여튼 엄격하게 심사위원회가 열렸고, 두 시간여의 치열한 심사 결과 4:4로 동수가 나와 심사위원장인 부구청장이 최종적으로 내 손을 들어주었다(한참 지나고 나서 안 사실이다). 8급인 내가 강력한 경쟁자를 물리치고 특진대상자로 선정이 된 것이다. 뒤늦게나마 나는 이 잊지 못할 심사에 경의를 표한다. 동수가 되었을 때 심히 고민하셨을 부구청장님(반상균, 1995년 서울시 금천구청장 역임)과 공정한 심사의 길을 열어놓으신 고 조삼섭 구청장님께 삼가 경의를 표한다.

각 구별로 1명씩 총 22명의 명단이 서울시에 제출되었다. 나중에 들은 얘기지만 명단에 들어간 이들은 곧 맞이할 승진의 기쁨에 들떠 술도 많이 사고 마시며 한껏 기분을 냈다고 한다.

그러나 즉시 특진을 시켜줄 것이라는 호언장담과는 달리 서울시에서는 이렇다 할 말이 없었다. 긴 침묵만이 흘렀다. 서울시에 전화를 걸어보면 좀 기다리라는 말만 했다. 나중에 안 사실(서울시 행정과 담당에게 들은 얘기)인데 자초지종은 이랬다. 친절봉사 담당부서인 서울시 행정과에서 직원사기진작책의 일환으로 깜짝 놀랄 만한 특별승진계획을 수립하였고 22개 구로부터 승진 대상자 명단을 받았다. 그런데 막상 승진을 시키려고 하니 인사부서에서 제동을 걸었다. 사연인즉, 각 구에서 1명씩 명단을 올리자 서울시의 갑작스럽고 유례없는 특별승진 계획에 반대하는 구청 공무원들의 전화가 빗발쳤다는 것이다. 자격도 안 되는 자가 제대로 된 검증(심사) 없이 승진 대상자로 올라갔다, 말도 안 되는 특진계획이다, 당사자 1인에게는 사기진작이 될지 모르나 다수 직원들에게는 사기저하가 될 것이다, 계획을 취소하라 등등.

결국 22명의 특진대상자 명단은 인사부서 담당자의 캐비닛에 처박히고 말았다. 후유증이 불 보듯 뻔한데 그걸 알면서 승진을 시킬 수는 없다는 것이었다. 괜히 22명의 대상자들이 술을 사게 해서 그들의 가계를 축내는 일만 한 것이다. 서울시 특진계획은 없었던 일, 어처구니없는 해프닝으로 끝나는 것 같았다.

세상은 묘한 것이다. 음지가 양지 되고 양지가 음지가 되기도 하는 것이다. 서울시 특진계획은 한바탕 어지러운 꿈이 될 뻔했다. 그런데 역사는 가만있지 않고 변화무쌍하게 움직인다. 1993년 12월 정권의 실세가 내무부장관에 취임했다. 강력한 추진력의 소유자인 최형우 장관이었다. 당시 공무원의 무사안일과 보신주의, 즉 공무원의 복지부동이 큰 사회문제화 되었다. 연일 언론에는 공무원의 복지부동을 질타하는 기사가 쏟아졌다. 최형우 장관은 취임하자마자 관료의 행태를 개선하겠다며 30분 이내 회의, 보고서류는 1장, 문서 대폭 감축, 출퇴근시간·공휴일·휴가 철저 준수, 일선 읍면동 하위직 공무원들에게 해외연수 기회 부여 등을 추진하면서(1994.5.19. 시사저널 기사 참조) 공직사회를 변화시키기 위해 분투하고 있었다. 장관이 직접 전국을 돌며 일선행정기관 공무원들과 여러 번에 걸쳐 대화를 갖기도 했다. 그런 가운데 공무원사회를 다잡고 일하는 분위기로 만들기 위해서는 채찍뿐 아니라 당근도 필요함을 깨닫게 되었다. 그래서 각 행정기관에 강력한 사기진작책을 조속히 강구하라는 지시가 떨어졌다.

　이런 지시는 서울시에도 예외 없이 떨어졌다(1994년 당시는 중앙집권적
행정체제였다. 즉 민선시대가 아니고 일사불란한 체제의 관선시대였다.). 서울시는 시
간이 없었다. 어느 곳보다 빨리 가시적인 성과를 내놔야 했다. 그 와
중에 인사부서 캐비닛에 보관되어 있는 특진대상자 명단을 생각해
낸 것이었다. 그들 22명을 포함한 명단을 새롭게 받아 특진계획을
세웠다. 각 자치구에서 올라온 22명에 대해서 엄정한 심사를 실시했
다. 4시간이 넘는 심사 결과, 행정 7급인 동대문구 직원(김홍식, 친절 역
할연기 기획)과 행정 8급인 나를 각각 6급과 7급으로 특진시키기로 결정
했다. 22명 중 2명만이 살아남은 것이다. 1994년 5월이었다.

　당시 하위직 승진 적체가 심각한 상황이었다. 이 특진은 정상적인
것보다 1년 빠른 것인데, 늦게 공무원 생활을 시작한 나에게는 중요
한 것이었다.

07

뼈아픈
징계

S!

1993년 7월부터 1994년 5월까지 근무했던 연남동 시절은 나에게는 여러모로 잊지 못할 시절이었다. 두 분의 동장님으로부터 좋은 가르침을 받았고, 신뢰의 동료들을 만났으며, 남들이 불가능하다고 한 일에 도전해 실패와 성취를 두루 맛본 시절이었다. 한 작은 예를 들어 보겠다.

지금은 적십자 회비를 지로로 납부하지만 과거에는 동사무소 직원이나 통장이 일일이 걷으러 다녔다. 1994년 1월에 적십자 회비를 걷는 일(적십자 회비모금이라고 불렀다)이 떨어졌다. 4개 통을 담당하고 있던 (당시는 공무원이 통을 담당하는 통 담당제라는 것이 있었다) 나에게도 목표액이 정해졌으나, 통장들의 도움을 받지 못했다. 나는 가가호호 집을 방문하여 적십자 회비를 받을 마음이 전혀 없었다. 나는 적십자 회비를 내달라며 애걸하고, 현금으로 받는 것은 잘못된 것이라는 생각을 하고 있었다. 그래서 고민 끝에 생각해낸 것이 안내문이었다. 왜 적십자 회비를 내야 하는지, 적십자 회비는 어떤 곳에 사용되는지를 작성하고, 안내문에 얼굴 사진이 있는 내 공무원증 사본을 집어넣었다. 그리고 안내문과 함께 지로용지를 집에 투입하였다.

목표액의 150% 정도를 투입했다. 나는 주민들을 믿고 싶었다. 이런 나의 행위에 대해 동료들은 말도 안 되는 짓을 한다고 우려했다. 그렇게 하면 잘해야 목표액의 30%도 채우지 못할 것이라고 했다. 누구는 50%를 넘기면 손에 장을 지지겠다고 했다. 집에 가 만나서 읍소를 하며 끈질기게 사정을 해야 겨우 받을 수 있는 것이 현실인데, 그런 식으로 양반짓을 하면 누가 돈을 내겠냐는 것이었다. 나 때문에 동 전체 실적이 떨어지면 책임을 질 거냐며 나의 엉뚱한 행위를 극구 말렸다. 그러나 나는 주민을 믿었다. 동료들 말대로 무모한 짓인지 몰라도 한 번은 시도해볼 필요가 있다고 생각했다. 결국 나는 목표액의 92%를 달성했다.

남들은 힘들게 한 적십자 회비 모금 업무를 나는 무척이나 즐기며 했다. 매일매일 적십자사로부터 넘겨받은 모금 실적표를 보고 내 실적을 따져보는 것은 흥미진진한 일이었다. 남들은 징글징글하다며 고개를 흔드는 적십자 회비 모금 업무를 나는 어떤 업무보다 재미있게 한 것이다. 믿음을 저버리지 않은 주민들이 얼마나 고맙던지! 모든 직원이 100% 목표를 달성하는 적십자 회비 모금. 나만 유일하게 목표액을 채우지 못했다. 그러나 나는 선진행정을 하고 싶었다.

그런데 이런 방법으로 하기 전 나는 동장님께 적십자 회비 모금이 끝나는 날까지-설혹 꼴찌를 하고 있어도-직원회의 시 모금 실적에 대해 일체 독려하거나 실적이 저조하다고 질책하지 말아 주십시오 하고 부탁을 드렸고, 동장님은 서무직원의 당돌한 이야기를 듣고 쾌히 그러겠다고 했다. 네 뜻대로 해보라고 허락한 그분이 지금 생각해도 멋지다.

이렇게 남다른 방법으로 행정을 할 수는 없을까 고민하던 시절이 연남동 시절이다. 나는 1994년 6월 민방위과로 발령을 받았다. 나는 을지연습 담당이 되었다.

정부에서는 1993년부터 을지연습 기간 중 한 개 시도市道를 정해 충무훈련이란 실제훈련을 했다. 1993년에 경상북도에서 실시하였고, 1994년에는 서울시가 충무훈련 대상이 되었다. 따라서 1994년 서울시의 을지연습은 여느 해에 비해 강도 높게 실시되었다. 그런데다가 1994년 7월 8일 북한의 김일성이 사망했다. 충무훈련이라는 실제훈련에다가 김일성 사망까지 겹쳐 전쟁의 위협이 고조된 상태에서 을지연습을 했다.

나는 을지연습 준비에 최선을 다했고 실제 연습기간에도 매우 강력하게 추진했다. 모든 상황보고를 국장들이 하도록 했다(내가 하도록 한 게 아니고 구청장이 하도록 한 것이지만, 국장들이 보고하도록 한 것은 내 뜻이었다). 을지연습 시 국장 보고는 이때가 처음이자 마지막이었다. 통상 과장들이 하게 되어 있는 상황보고를 국장들이 하자 을지연습의 중요도가 크게 높아졌고 조직 전체가 을지연습에 전력을 쏟게 되었다. 대충대충 설렁설렁 하는 을지연습이 아니었다. 1994년에는 그랬다.

김일성이 죽고 남북관계가 긴장된 상태로 흐르고 전쟁이 일어날지도 모른다는 위기감이 팽배하자 KBS는 비상정호(비상우물) 실태를 취재했다. 비상정호란 비상시 음용수(飮用水)로 사용할 수 있는 우물을 말한다. 비상시 펌프로 지하수를 퍼올려 식수로 사용하는 것으로 관에서 관리했다.

나는 7월에 관내에 있는 모든 비상정호를 점검했다. 을지연습을 준비하는 바쁜 일정이었지만 시간을 내어 비상정호를 일제 점검하고 결과를 동에 내려보냈다. 미흡한 곳은 시정하라고 했다. 그런데 그만 실수를 하고 말았다. 언제까지 시정 조치한 결과를 보고하라는 것을 놓친 것이다(당시 나는 불필요한 보고를 줄이고 신뢰의 행정을 해야 한다고 생각했다). 그리고 한국농어촌진흥공사경기지사에 연락해 문제가 있는 비상정호를 정비해 달라고 요청했다. 농어촌진흥공사에서는 알았다고 곧 가보겠다고 했다가 전국적으로 가뭄이 심하게 들어 가뭄 해소에 온 신경을 쓰는 통에 10월에나 갈 수 있겠다는 연락이 왔다. 이런 와중에 비상정호가 언론의 취재대상이 된 것이다.

언제 전쟁이 일어날지 모른다는 불안감에 휩싸여 있을 때 KBS 1TV 9시뉴스 고발 프로그램인 '현장출동'에 불량한 비상정호가 보도되었다. 합정동과 연남동의 비상정호가 언론에 보도되었는데 합정동과 연남동의 동장은 바로 직전 부서인 연남동에서 내가 동장으로 모시던 분들이었다. 인연의 얄궂음이라니! 그분들에게 피해가 가게 하고 싶지 않았다. 이런저런 이유로 승진한 지 얼마 안 된 내가 징계를 받게 되었는데, 징계 받는 것은 받는 거지만 KBS 취재기자에게는 꼭 할 말이 있었다. 나는 그때 비상정호 업무를 방치하고 있었던 것이 아니었다. 정비를 위해 한국농어촌진흥공사경기(수원)지사와 수시로 연락을 취하고 있었으며(수차례 현장에 나와 달라는 독촉 전화를 걸었다), 나름 예산을 절감하면서 일을 추진하기 위하여 노력하고 있었다. 그러나 방송에 보도된 것으로 봐서는 관공서에서 아무것도 안 하는 것으로, 업무를 태만히 하고 있는 것으로 나왔기 때문에 이 점이 섭섭했다. 징계를 받을 수 있다. 하지만 엄중한 시기에 공무원이 해야 할 일을 안 하고 있었다고, 한심하다고 매도당하는 것은 참을 수 없었다.

7월 뜨거운 뙤약볕에(1994년 그해 여름은 역대 가장 더웠던 여름으로 기록되어 있다.) 일일이 비상정호를 찾아다니며 점검을 한 것은 내가 최초였다. 그전까지는 동에서 점검을 하게 하였다. 비상정호를 점검하고 문제가 있는 비상정호에 대해서 조치 중이었는데 언론에 보도되는 바람에 징계를 받게 된 것이다. 농어촌진흥공사에서는 내가 징계를 받는다는 소식을 접하고 정비업무가 진행 중이었음을 공문으로 보내주기도 했지만 언론에 보도된 것에 대해 누군가는 처벌을 받아야 했다. 희생양이 필요했다.

일을 잘한다 하여 특진 발령장을 받은 지 얼마나 되었다고 징계를 받게 되다니. 부끄럽고 안타까웠다. 참담했다. 나는 아무 일도 없었던 것처럼, 대수롭지 않은 것처럼 의연하려고 했지만 쉽지 않았다. 나에게는 엄청난 상처며 좌절이었다. 행정의 변화와 개혁을 부르짖었던 자가 일을 태만히 했다고 징계라니! 세상의 웃음거리가 될 만했다. 그놈 잘났다고 까불더니 쌤통이다! 저녁마다 괴로움에 못 이겨 술을 마셨다. 몸이 피폐해져 갔다. 특히 구청장님께 심히 죄송스러웠다. 일을 잘한다고 하여 힘든 심사를 거쳐 어렵게 승진한 직원이 얼마 안 있어 일을 못해 징계 대상이 되다니!

나는 내가 징계를 받는 것과는 별도로 기자에게 사실을 꼭 알려주고 싶었다. 그래야 할 것 같았다. 보도가 나간 이상 보도내용을 뒤집을 수는 없다. 그러나 기자에게는 진실을 알려주고 싶었다. 그래서 나는 기자에게 편지를 썼다. 아래는 1994년 그때 보낸 편지 내용이다.

"다시 배○○ 기자님께.

안녕하십니까.

어제(10월 25일) 집에 오니 편지가 되돌아와 있었습니다. 저는 귀하께 보낸 서신이 반송된 것을 알고 잠시 낭패감에 젖었습니다.

사실 그 서신을 보내고 나서 괜한 짓을 한 것은 아닌가, 유구무언해야 할 입장에서 자칫 구차한 변명이나 진실을 호도하는 회피성 발언으로 받아들여질지 모르는데 어리석음을 범하는 것은 아닌가, 침묵이 미덕임을 모르고 헛되이 손끝을 놀려 또 하나의 중대하고 헤픈 과오를 저지르는 것이 아닌가 꽤나 신경이 쓰였습니다.

좀 두툼하다 싶은 서신을 우체통에 넣고 얼마 안 있어 저는 충격적이고도 놀라운 소식을 접하게 되었습니다. 바로 성수대교 붕괴사고(*주: 1994년 10월 21일 한강에 위치한 성수대교 상부 트러스가 무너진 사고로 17명이 다치고 32명이 사망했다)였습니다. 저는 사무실의 TV 앞에서 긴급뉴스를 전하는 귀하와도 접했습니다. 뉴스를 대하는 순간 가슴이 쿵쾅거리고 세상을 향해 너무도 부끄러웠습니다. 서울시 직원으로서 유가족 앞에, 국민들 앞에 몸 둘 바 몰랐습니다. 무사안일하고 책임감과 사명감이 없는 공무원 가운데 저 자신도 있었습니다.

구청의 도시방재 담당자로서 이번 성수대교 붕괴 건을 바라보는 시각이 남다르지 않을 수 없습니다. 지난해 찾아보았던 일본의 방재 시스템이 우리의 허술하고 빈약한 시스템과 너무도 비교됨을 통감하고, 과연 제2, 제3의 성수대교가 발생하지 않는다고 장담할 수 있을까 깊이 생각해 보았습니다.

저는 지난 10월 14일 귀하께서 불량 비상정호 실태를 보도한 후 돌이킬 수 없는 상처를 받았지만 또 다른 면에서 많은 교훈을 얻었습니다. '위기관리'라는 분야에 눈이 떠지고 그 생소한 분야에 첫발을 내디딘 느낌입니다. '아무 일도 없었다'와 '아무 일도 없게 했다'의 차이점을 알게 된 것입니다. '가치 있는 헛수고'의 의미를 깨달은 것입니다. '공직公職'의 의미를 새삼 되새기게 된 것입니다.

편지를 다시 발송합니다. 내용 중의 일부를 고치고 싶지만 10월 20일, 성수대교 붕괴사고가 나기 전날 상태로 그냥 보냅니다. 편지가 반송된 것은 하늘의 뜻인지도 모르는데, 미욱한 제가 감히 뜻을 거역하는 것은 아닌지 모르겠습니다. 그러나 귀하 덕분에 더 열심히 일하게 된, 심기일전하게 된, 통렬히 각성하게 된, 국민의 진정한 봉사자란 뜻이 무슨 뜻인지 알게 된 한 서울시 하위직 공무원의 글임을 밝히면서 귀하의 건승을 진심으로 기원합니다.

1994. 10. 26. 귀하의 시청자 구본수 배상"

"KBS TV 사회부 배○○ 기자님께.

안녕하십니까. 문득 붓을 들어 귀하께 몇 자의 글을 써보리라고 마음먹은 것은 이런 글쓰기를 통해 갑자기 생겨난 가슴앓이 병을 조금은 치유할 수 있지 않나 하는 생각에서입니다.

귀하께서 접하시는 이 글은 반갑지 않은 글이겠지만 세상살이에는 생각지도 반갑지도 않은 일이 왕왕 발생하기도 하는 것입니다.

무엇보다 이 글을 쓰고 있는 저에 대한 약간의 소개가 있어야겠습니다. 기억하실지. 지난 10월 11일 12시경부터 13시 40분까지 귀하와 함께 있었던 마포구청 민방위과 소속 공무원입니다. 그날 합정동사무소에서 마포구청까지 차를 태워준 귀하의 친절을 기억하고 있는 자입니다. 그날 연남동 구내식당에서 '취재 나왔다는 말을 듣고 달려오는 동안 옷 벗을 것 같아 다리가 후들거렸다. 이거 어떻게 밥을 먹겠느냐.'고 엄살 섞인 너스레를 떨었던 자입니다. 기억이 나시는지요.

10월 14일 귀하의 보도 후부터는 정말로 다리가 떨리고 밥을 제대로 못 먹고 있습니다.

귀하의 보도는 상상 이상의 반향을 일으켰고 내무부와 서울시와 각 구청과 허다한 동사무소를 법석거리게 만들었습니다. 비상정호시설에 대한 관심을 크게 높이고 많은 비상정호가 오랜 때를 벗고 말쑥한 모습으로 변했습니다. 따라서 구청의 비상대비 업무 담당자인 제 입장에서는 주변 사람들이 비상정호에 대해 관심을 갖는 것이 보기 좋고, 때문에 귀하께 감사를 드리는 것입니다.

귀하께서 취재한 연남동과 합정동의 경우 취재 시 지적사항이 완벽히 시정되었습니다. 그러나 소 잃고 외양간 고치기. 일이 터진 뒤에야 부랴부랴 수습하는 전형적인 후진행정에 다름 아닙니다. 취재대상이 되지 않도록 미리미리 손을 보고 관리해야 함에도 부끄럽게 귀하께 포착되어 시청자들로 하여금 '저럴 수가, 저럴 수가…' 탄식과 함께 행정을 불신하게 만들었던 것입니다.

올 상반기에는 공무원들이 복지부동한다 하여 언론과 국민들로부터 신랄한 비판을 받고 하반기에는 연일 공직비리가 터져 공직자들이 나라를 망치고 있다고 여기던 차 유사시를 대비하기 위해 많은 예산을 들여 설치한 시설물이 형편없이 방치되고 있다는 그 보도는 보는 이의 분노를 불러일으켰을 것입니다. 아마 어느 기간까지는 비상정호에 대한 관심이 이어지다가 또 언제 그런 일이 있었느냐며 잊힐지도 모르겠지만 말입니다.

어쨌거나 보도 후 내무부 민방위국장이 우리 구를 찾아오기도 했습니다. 물론 보도가 나간 직후 저는 사무실로 불려가 10월 15일 자정까지 온갖 조사를 받았습니다. 10월 15일, 전날 밤을 꼬박 새우고 아침, 점심, 저녁 세 끼를 거른 채 난데없이 반갑지 않게 찾아온 시련 앞에 허약한 모습으로 조사를 받아야 했습니다.

이번 보도에 대한 책임을 제가 지는 것으로 결정되어 곧 '징계위원회'에 회부될 예정이어서 개인적으로는 대단히 착잡하고 곤혹스러운 입장에 처해 있습니다. 성실하고 창의적인 자세로 소신 있고 불의를 배격하며, 친절하고 봉사정신이 뛰어나 주변으로부터 자랑스러운 공무원으로 신망 받고자 했던 저는 이번 일로 치욕스런 공무원이라는 오명을 뒤집어쓰고 끝 모를 나락으로 떨어지고 있습니다. 그러나 제가 이 글을 쓰고 귀하께 보내고자 하는 이유는 제 개인적인 입장을 말씀드리고자 함이 아닙니다. 다만 귀하께서 취재 시 모터 보수 등의 업무를 추진 중에 있었고 4/4분기 수질검사 및 일제점검계획을 수립 중에 있었음을 말씀드리고자 함입니다. 연남동사무소 민원실에서 '비상' 시설물의 모터 작동이 안 되는데 왜 고치지 않느냐, 문제점이 무엇이냐고 물었을 때 지금 업무를 추진 중에 있다고 말씀드렸는데, 이 말은 당시의 위기를 모면하기 위한 화급한 변명이 아니었음을 말씀드리고자 함입니다.

지금 그런 말을 해서 무엇하냐, 당신은 그렇게 할 일이 없냐, 그런 말이 무슨 소용이 있냐, 냉소하실지 모르겠지만 연남동의(함정동은 정상 가동) 모터 보수를 지연시켜 문책을 당하게 된 제 입장에서는 귀하가 들어주지 않더라도 말씀드리고 싶은 것입니다. 억울함을 호소하려는 비겁한 변명이 아닌 일의 전후사정 일부라도 알려드리고 싶은 것입니다.

사실 모터 작동이 안 된다는 것은 중요한 사항이 아닙니다. 수질검사 때마다 '부적합' 판정을 받아 시설물 존치에 대한 근본적인 의문이 드는 입장에서 예산을 투입하여 시설을 보수해야 하느냐, 아니면 권위 있는 기관의 정밀진단을 받아 존치에 대한 필요성 여부를 진단받은 후 조치를 취하느냐가 중요한 것입니다.

때문에 본청(서울시) 지침에 의거 지난 7월 농어촌진흥공사에 진단을 의뢰하였고, 당시 농어촌진흥공사경기지사는 남부지방의 한해 대책에 여념이 없어 10월 중 구청을 방문, 시설물에 대해 진단해주겠다고 하여 모터 보수 공사를 진행하지 않고 있었던 것으로, 일을 보다 완벽하게 해보겠다던 저는 결과적으로 언론보도를 타게 만든 원인제공을 했다 하여 호된 질책을 받고 있는 중입니다. 일을 건둥건둥 처리하지 않고 철저히 처리하던 저에게 미련한 놈이라는 철퇴가 내려진 것입니다.

지난 6월에 민방위과로 발령을 받고 와 비상정호에 대한 업무지식이 낮고 을지연습 담당자로 8월 22일부터 8월 27일까지 5박 6일간 대대적으로 실시된 을지연습에 전념하느라 눈코 뜰 새 없이 바빴고 9월 들어서는 급격히 쇠약해진 건강을 추스르느라 한 번 더 관심 있게 들여다보아야 했을 시설물에 대해 한눈을 판 것이 두고두고 후회될 뿐입니다.

지난해 11월 일본과 싱가포르를 방문, 열심히 일하는 선진국의 공무원들을 보면서 저들에게 결코 져서는 안 되겠구나 두 손을 움켜쥐었고, 금년 상반기에는 서울시 직원을 대표하여 중앙공무원교육원에서 고위공직자를 대상으로 의식개혁 강연을 하고, 지난 5월 27일에는 특진을 하여 서울시장님과 구청장님으로부터 칭찬을 받았는데, 가장 일을 열심히 하고 친절한 공무원이 되겠다고 했는데, 모든 것이 헛된 공염불이 되고 일의 자초지종을 제대로 모르는 상사와 동료들로 하여금 '너마저!' 탄식하게 만들었던 것입니다. 주변의 기대를 참담하게 배반했던 것입니다.

그리고 보도가 나가기 전까지 매스컴은 매스컴, 사건은 사건, 뉴스는 뉴스라는 사실을 잠시 잊고 비상시설에 대한 관심을 제고시키는 건전한 목적의 취재일 것이라고, 행정의 사각지대에 준엄한 경종을 울려 깊은 경각심을 심어줄 수 있는 취재일 것이라고, 특정 구 특정 동은 지칭되지 않을 것이라고(합정동사무소에서 점검일지 촬영 시 '합정동'을 손으로 가리고 촬영) 안이하게 생각한 것이 얼마나 세상물정 모르는 순진함이었는지.

배○○ 기자님!

지금 이 순간에도 우리 사회 구석구석을 찾아다니며 휘어진 것 바로 펴고 부러진 것 이어주고 어두운 것 들춰내고 녹슨 것 닦아내고 잘못된 것 바로 잡아놓기 위해 얼마나 노고가 많으십니까. 때로 불타는 정의감으로, 때로 열정으로, 때로 분노로, 찬사와 항의를 시시각각 받으며 '특종'을 찾아 앞으로도 열심히 뛰시기 바랍니다. 귀하께서 우리 구를 찾아와 취재해 갈 때까지 저는 귀하를 몰랐지만 이제 이름을 알고 얼굴도 알았으니 열심히 TV를 보면서 귀하가 취재한 새로운 뉴스를 기다리겠습니다. 좋은 보도내용에 대해서는 성원을 보내고 박수를 쳐드리겠습니다. 그리고 TV의 화면을 통해 귀하를 대할 때마다 저는 한 시절 저에게 뼈아픈 교훈을 준 이번 비상정호 보도를 떠올리면서 다시는 실수하지 않는 공무원, 다시는 문책당하지 않는 공무원, 다시는 일을 놓치지 않는 공무원이 되자고 다짐 다짐할 것이니 귀하는 한 사람의 충실한 시청자를 갖게 된 것입니다.

혹시 어느 날 귀하와 다른 일로 조우할지 모르겠습니다. 그때는 좀 더 유쾌한 일로 만나기를 바랍니다. 기자라는 직분을 갖고 있는 귀하와 한 번 정도는 기분 좋은 일로 만날 수 있도록 저는 배전의 노력을 기울이고자 합니다. 오늘 당한 수모와 불명예를 씻고 회복하기 위하여 언뜻언뜻 귀하를 기억하며 열심스러운 공무원으로 거듭날 것입니다.

관중이었을 때는 열광하고 환호했건만 타석에 들어 중요한 순간 병살타를 쳐 게임을 망친 선수의 처지를 이해할 것 같습니다. 안 좋은 내용의 보도가 제가 맡고 있는 업무에서 발생되었다는 사실이 잘 실감이 나지 않습니다. 우즈베크에 일방적인 공격을 퍼붓고도 단 한 번의 반격에 공을 놓쳐버려 쓰라린 패배를 당한 한국축구팀, 그리고 골키퍼. 요즘 저는 그 골키퍼가 된 기분입니다.

자, 이 글을 끝내겠습니다. 저녁 막막한 가슴을 안고 퇴근 가슴앓이를 조금이나마 치유하고자 쓴 이 글은 귀하에 대한 원망의 글, 변명의 글이 아닙니다. 다만 실추된 제 자신의 명예를 안타까워하는, 그간의 자존심과 긍지가 여지없이 뭉개져 사기저하로 침통해하고 있는, 나름대로는 지난 7월 뙤약볕 속에 일제점검을 실시하고 불량시설물에 대해 3차에 걸친 끈질긴 진단 끝에 약 320만 원의 공사비를 절감했지만, 열심히 했다는 칭찬은커녕 긴급하게 일을 처리하지 않았다고 문책당하는 것이 허망해 귀하의 한쪽 소매를 붙잡고 말씀드리는 것입니다.

그리고 또 말씀드리는 것입니다. 귀하 덕분에 화들짝 놀라 깨어 일어났노라고. 귀하의 보도, 그 깊은 뜻은 공무원들은 자기 맡은 일에 대해 한순간도 방심하지 말고 이 나라 국민을 위해 열심히 일하라는 뜻이라고. 국민이 낸 귀한 세금을 낭비하지 말고 알뜰하게 사용하라, 정신 빠진 공무원들 정신 바짝 차리라는 그런 뜻이라고. 그럴 마음 없으면 어서 옷 벗고 나가라는 뜻이라고. 이 나라 모든 공무원들은 언제 어디서나 변화, 역동하는 공무원이 되라는 그런 뜻이라고.

그리고 또 말씀드리고 싶은 것입니다. 귀하가 현장을 뛰는 패기 있고 정의감 넘치는 사회부 기자로서 이 나라를 밝게 만들고자 애쓰듯이, 저 역시 이 나라를 살기 좋게 만들고자 애쓰는 공무원이라고. 언젠가는 불쾌한 일이 아닌 좋은 일로 귀하와 한 번쯤 다시 만날 것이라고.

안녕히 계십시오. 설혹 이 글이 난데없고 엉뚱하고 당혹스럽고 반갑지 않은 것이라 해도 세상살이에는 난데없고 엉뚱하고 당혹스럽고 반갑지 않은 일이 생기는 것이니만큼 넉넉한 마음으로 이해하시고 취재 중 잠시 틈을 내어 가벼운 마음으로 읽으시기 바랍니다. 10월 11일 저에게 있어 귀하는 난데없고 당혹스럽고 반갑지 않은 그런 손님이었지만 제가 귀하의 세계를 이해했듯이.

현장을 누비며 부디 대기자大記者로 우뚝 서시기 바랍니다.

1994.10.20. 마포구청 민방위과 지방행정주사보 구본수”

S!

마침 지난날 쓴 편지의 복사본이 있어 이곳에 옮길 수 있었다. 하여튼 그때 언론보도 건은 나에게 적지 않은 상처를 주었다. 몇 달 동안 심한 가슴앓이를 한 후 비상정호 정비를 위해 애를 쓰고 있었다는 정상이 참작되어 '불문경고'를 받았다. 불문경고는 징계 처분은 아니더라도 징계에 준하는 것으로 내 인사기록카드에 붉은 줄이 아프게 그어졌다. 그러나 나는 침몰하지 않으려고, 일생일대의 불명예를 회복하기 위해 두 배 세 배 더 열심히 일해야겠다고 나를 모질게 다잡았다.

그리고 참, 내가 보낸 편지에 대해 얼마 후 그 기자로부터 연락을 받았다. 편지 잘 읽었다고. 그는 말했다. 한 공무원의 진심을 읽었다고. 언제 한 번 도움이 필요할 때 자기를 찾으라고. 꼭 도와주고 싶다고. 도와주겠노라고. 나는 기자의 진심을 느낄 수 있었다.

S! 나는 그에게 도움을 청하지 않고 공무원 생활을 끝냈다. 알아보니 그는 기자생활을 접고 정치에 뜻을 둔 것 같은데… 그가 자신의 뜻을 펼쳤으면 좋겠다.

08
선거는 예술이고,
투표는 마술이다

S!

민방위과에서 허우적거리던 1994년 12월 초 구원의 손길이 왔다. 1995년 6월 27일에 제1회 전국동시 4대 지방선거가 실시되는데 당시 선거 주무부서의 담당계장과 과장은 선거사무가 처음이었다. 단일선거가 아닌 4가지 선거를 동시에 한다니 얼마나 복잡할 것인가. 4가지 선거를 동시에 한다는 것에 놀란 선거 주무부서에서는 선거사무를 수행할 직원을 찾았다. 그런데 그 직전에 치러진 제14대 국회의원 선거(1992.3.24.)와 제13대 대통령 선거(1992.12.18.)의 담당자가 바로 나였다.

나는 민방위과에 간 지 5개월밖에 안 되었고, 비상정호 관리 소홀로 징계위원회에 회부 중이었음에도 법정선거사무추진반으로 차출되었다. 나는 총무과 옆 골방에서 깊은 상처를 치유하며 선거법(1994년 3월에 제정된 공직선거및선거부정방지법)을 공부했다.

지금이야 선거사무가 전산화되어 많이 쉬워졌고 선거관리위원회가 선거를 거의 도맡아 하지만, 과거에는 선거관리위원회가 있어도 관에서 적극적으로 선거사무를 추진했다. 선거사무가 마치 구의 업무로 여겨졌다. 선거법상 지방자치단체는 선거인명부를 작성하는 것이 주임무로 되어 있다. 하지만 구에서 선거인명부 작성 외에 투표소 설비, 투표사무종사 등 선거사무의 상당 부분을 담당했다.

이전까지는 선거일을 정부에서 잡았다. 선거를 대충 언제쯤 한다는 것은 다 알고 있었지만 세부 일정은 (좋은 날을 잡아) 정부에서 정했다. 그러던 것이 공직선거법이 제정되어 선거일이 법으로 정해졌다.

지금은 몇 가지 선거를 동시에 하여도 어렵지 않게 할 정도로 선거에 익숙해졌다. 하지만 1995년 제1회 지방선거는 그렇지 않았다. 선거사무는 전쟁과 같았다. 네 가지 선거를 하는 투표 절차에 대한 시연회가 열리기도 했다. 구청강당에 모의투표소를 차려놓고 시연회를 하던 날 강당을 가득 메운 사람들. 마치 유명 권투 선수들의 시합을 보기 위해 링 주변으로 빽빽이 몰려든 사람들 같았다. 한 가지 선거에 익숙한 사람들에게 네 가지 동시선거는 복잡하고 신기하기만 한 것이었다.

또한 선거법에는 후보자의 신청에 의해 선거인명부 사본을 제공하게 되어 있다. 후보자들은 선거인명부에 대단한 것이 들어 있기라도 하듯 너나없이 선거인명부 사본을 신청했다. 신청비는 종잇값에 불과할 정도로 저렴했다. 선거인명부를 파일로도 제공하는데 대부분 종이사본을 원했다. 서울시장, 서울시의원, 구청장, 구의원 선거의 각 후보자들이 신청한 선거인명부 사본이 얼마나 많은지 강당에 쌓아놓은 모습이 가히 장관이었다. 선거인명부 사본도 누락된 부분이 있어서는 안 되기에 명부 사본 전부를 일일이 확인 점검하는 수고를 아끼지 않았다. 그때 명부를 복사하느라고 관공서의 복사기들이 상당수 결딴났다. 지금은 종이사본이 아닌 파일사본을 신청하니 얼마나 다행인지 모른다.

어쨌거나 선거가 끝나고 조순 후보자가 서울시장에, 국회의원 5선 경력에 국회부의장 출신인 노승환 후보자가 마포구청장에 당선되었다. 노승환 후보자의 구청장 당선은 거물 정치인의 지방으로의 회귀, 노정객의 뜨거운 귀향이었다. 본격적으로 지방자치제의 막이 오른 것이다.

나는 공무원이 되어 법정선거사무를 많이 담당했다. 동사무소에 근무할 때부터 동의 선거담당을 했고 구청에서는 90년대 선거사무를 모두 담당했다.

투표에는 민심이 반영된다. 한 표는 큰 의미가 없는 것처럼 보이나 한 표 한 표가 모이면 거대한 파도가 되고 해일이 된다. 누구도 바꾸지 못하는 것을 투표는 바꿀 수 있다. 투표는 세상을 바꾼다. 어떤 힘도 투표의 힘에는 미치지 못한다. 선거, 투표는 실로 절묘한 것이다.

우리나라 선거 역사 중 깨끗한 선거의 시발점은 1992년 대통령선거가 아니었나 한다. 물론 그때도 '우리가 남이가' 했던, 부산 초원복집 사건 등 위법·탈법이 있었지만 관공서만큼은 깨끗하려고 노력했다(그런가? 하위직 눈에는 그렇게 보였는데, 높은 곳에서는 무슨 일이 있었는지 잘 모르겠다). 1992년 8월 31일 충남 연기군수이던 한준수 씨가 양심선언을 한 게 하나의 계기가 되지 않았나 생각한다. 금권선거, 관권선거란 오욕의 역사에서 벗어나는 계기를 만들었다. 고백하건대, 과거 한때 부끄러웠던 적이 있었다. 한때라니? 있었다니? 얼마나 잦고, 많았는가! 공무원이 부패한 정권의 하수인이 되어 정의롭지 못한 때가 있었다. 그런 암울했던 시절을 딛고 여기까지 온 것이다.

선거와 관련해서 잊을 수 없는 에피소드가 있다. 2016년 5월 22일 대법원은 선거권을 행사하지 못한 1표에 30만 원을 배상하라는 판결을 내렸다. 즉 한 표의 가치가 30만 원이라고 한 것이다. 다음은 내가 경험한 선거권 행사에 대한 이야기다.

지금은 전산으로 하기 때문에 선거인명부를 잘못 출력하는 일이 없지만 과거에는 손으로 써서 선거인명부를 작성하였기에 누락되는 사례가 나오곤 했다. 1987년 대통령선거 때 일이다. 12월 16일 선거일 날, 나는 동의 선거를 총괄하게 되어 사무실에서 선거상황을 파악하는 일을 했다. 그런데 한 군데 투표소에서 문제가 발생했다. 선거인명부에 두 명이 누락된 것이었다. 세대별 카드의 동거인란에 있는 2명을 누락시킨 것이었다. 2명의 본적지를 보니 전남 신안이었다. 어느 후보와 고향이 같았다. 누가 봐도 그들이 찍을 후보를 알 수 있었다.

나는 음료수를 사들고 그들이 살고 있는 집을 방문했다. 동사무소에서 잘못한 것에 대해 머리를 조아리며 진심으로 사과를 했다. 두 명의 여성은 선거권을 행사하지 못하게 되었다는 사실에 훌쩍이며 울고 있었다. 나는 공무원의 실수로 선거권을 행사하지 못하게 된 사실을 알고 매우 송구스럽고 안타까워했다. 있어서는 안 되는 일이 발생한 것이다. 구제할 방법이 없을까 고민하다가 무릎을 쳤다. 방법이 있을 듯했다. 당시 나는 투표를 하지 않은 상태였다. 시간을 내어 잠깐 투표소에 다녀올 생각이었다. 나만 그런 것이 아니라 사무장도 마찬가지였다. 나는 사무장에게 상의를 했다. 그들의 억울함을 풀어줘야 하는 것 아닌가라고. 그들이 무슨 잘못을 했나. 잘못은 우리가 한 게 아닌가. 명부에 누락된 이들을 보니 후보자 중 누구를 찍을 것이 확실하게 보인다. 그러므로 나와 사무장, 둘이서 그 후보를 찍자. 그러면 둘의 선거권을 살리는 것이 아닌가. 대신 나와 사무장의 선거권은 포기하는 것으로 하자. 이래서 나와 사무장은 특정 후보를 찍었다. 잃어버린 두 표를 회복시켜 준 것이다(다른 면에서 보면 신성한 두 표를 잃어버린 것과 같지만). 비로소 잘못했다는 죄책감에서 다소나마 벗어날 수 있었다.

나는 나중에 이 일을 직원들과의 술자리에서 무슨 대단한 일을 한 것처럼 떠들어댔다. 그런데 나의 떠벌림이 또 다른 문제를 불러일으켰으니….

1988년 4월 26일에 제13대 국회의원 선거가 있었다. 지난 대통령 선거 때와 마찬가지로 사무실에서 선거상황을 보고 있는데, 투표소에서 문제가 터졌다는 연락이 왔다. 황급히 문제가 발생한 투표소에 가니 투표소를 담당하는 직원이 곤경에 처해 있었다. 그 투표소에서 선거인명부에 등재되지 않은 누락자가 발생한 것이다. 누락된 자가 거세게 항의를 했다. 그는 모 정당의 골수 당원이었다. 투표사무를 책임지고 있던 그 직원은 선거인명부에서 누락되었다고 심하게 항의하는 이가 누구를 찍을 것인지 정해져 있다고 추측한 것이다. 그 직원은 일전에 내가 한 말을 기억해내고 어떻게든지 곤란한 상황을 수습해 보려고 항의하는 이를 향해 내가 당신 대신 투표를 하겠소, 당신의 잃어버린 선거권을 살려드리겠소, 라고 말했다. 그런데 이 말이 문제를 해결하기보다는 공무원이 대리투표 운운한다며 더 크게 떠드는 통에 문제가 크게 확산될 것 같은 분위기였다. 소란스러운 상태가 계속되면 기자들이 몰려올지도 모르는 것이다.

나는 빠르게 상황을 파악한 다음 선거인명부에 누락된 이를 설득했다. 나는 그를 데리고 투표소 인근에 있는 맥주집으로 갔다. 나는 맥주를 권하며 화를 푸시라고 말하고, 직원이 왜 그런 말을 했는지 지난 대선 때 있었던 일을 차분히 말해 주었다. 그리고 말했다. 그 직원이 선생께서 선거인명부에 등재되지 않았기 때문에 선거권을 행사할 수 없는 사실을 알고 안타까움에 지난번 내가 한 얘기를 떠올렸을 것이라고. 그 직원은 아직 투표를 하지 않았고, 그 직원이 거주하고 있는 곳이 같은 선거구니 선생이 억울하게 잃어버린 선거권을 자기가 대신하여 회복시켜주고 싶어 했을 것이라고. 순수한 마음이었을 것이라고. 깊이 이해하기 바란다고. 다행히 그 누락된 분이 더 이상 문제를 삼지 않겠다고 하여 간신히 수습을 할 수 있었다. 나는 휴 하며 가슴을 쓸어내렸다. 그런데 그만 나는 선거가 진행되는 대낮에, 본의 아니게 술을 마셔 얼굴이 뻘게졌던 것이다.

지금은 투표에 종사하는 이는 사전에 투표를 하므로 선거권이 없는 자를 대신하여 그 권리를 행사할 수 없을 뿐 아니라 선거인명부에서 누락되는 일도 거의 없다. 지난날 나의 행위가 온당한 것인지 그릇된 것인지 지나서 생각해보니 알쏭달쏭하기만 하다. 과거에는 웃어야 할지 울어야 할지 모르는 어처구니없는 일들이 더러더러 있었던 것이다.

나는 생각한다. 선거는 예술이고, 투표는 마술이라고. 선거는 어떤 총칼보다도 힘이 세다고. 선거는 축제라고. 그리고 선거사무에 종사하는 자는 새 역사를 창조하는 대열에 함께하고 있는 것임을 명심하여 항상 바르게 선거사무에 임해야 한다고.

1995년 4대 지방선거 실시로 1995년 7월 1일부터 지방자치제는 본격적으로 시작되었다. 조순 서울시장은 무너진 삼풍백화점(*주: 삼풍백화점 붕괴 사고: 1995년 6월 29일 서울특별시 서초구 서초동에 있던 삼풍백화점이 붕괴되어 937명이 다치고 502명이 사망했으며, 실종자는 6명이었다) 자리에서 취임을 맞았다. 지방자치제 실시 전까지 나는 서울시 직원이었지만, 지방자치제가 실시되자 자치구 직원이 되었다. 서울시와 자치구가 각각 별도의 법인체가 된 것이다.

S!

선거사무 얘기를 했는데 꼭 덧붙이고 싶은 게 있다. 이왕 선거 얘기를 한 것 조금만 더 해보자. 1987년 12월 대통령선거 시 대학생 등 젊은이들이 중심이 된 부정선거감시단이 활동했다. 감시단 수십 명이 동사무소에 왔다. 그들은 투표안내문 배부 등 직원들의 일을 도와주며 선거사무를 감시했다. 12월 추울 때, 직원들과 같이 골목골목을 다닌 이들. 이 나라의 민주주의를 지켜준 이들. 그들은 선거사무에 바쁜 직원들의 일을 도와준 협조자였다. 사실 동에서는 선거사무에 있어 부정한 행위를 할 수 없었다(밤에 은밀하게 이루어졌는지는 모른다. 돈이 든 007가방을 들고 유령처럼 왔다 갔다 하며…). 나부터가 그런 것을 용납하지 않았다. 그러나 법을 엄격히 지켜야 할 관에서 관권선거를 자행한 전력이 있어 선거사무가 심한 불신을 받고 있었다. 그래서 만에 하나 있을지 모를 부정을 감시하기 위해 선거감시단이 활동한 것이다. 시대의 파수꾼이었던 그들의 노고를 새삼 여기에 기록해 둔다.

1987년 대통령선거 시 또 하나 잊지 못할 것이 있다. 3당 후보자들은 여의도에서 대규모 선거유세를 통해 세를 과시했다. 후보자마다 백만에 가까운 인파가 모여들었다. 어마어마한 인원이었다. 상대 후보보다 적으면 안 된다는 것이 작용했다. 후보자마다 유세를 끝내고 행진을 했다. 여의도를 떠난 행렬은 마포대교를 건너 시내로 갔다. 마포로 인근에 위치한 동사무소에 근무하고 있던 나는 행진하는 장면을 두근거리며 보았다. 행진을 하는 이들은 다들 흥분되어 있었다.

모 후보 유세가 있던 날, 주민 한 사람이 동사무소에 와서 여의도 유세장에 갔다 온 일당을 달라고 하는 것이었다. 그 주민은 번지수를 잘못 찾은 것이다. 나는 그 주민이 기분 나쁘도록 면박을 줬다. 그 주민이 내 말에 불쾌한 생각이 들어 유세장에서 본 후보를 찍지 않기를 바라면서.

09

서울시공무원교육원
교재를 질타하다

S!

오늘은 좀 엉뚱한 이야기를 들려주고 싶다. 지금 돌이켜보니 과거 나는 왜 가만있지 못하고 오지랖 넓게 설쳐댔는지. 1997년 서울시공무원교육원으로 교육 갔을 때 이야기다.

1997년 8월 18일부터 3주간 서울시공무원교육원에서 중견실무행정과정 교육을 받았다. 당시 직무교육은 의무였으며 교육 점수가 고과에 반영되기에 점수에 무척 신경을 썼다.

그런데 공부를 하면서 나는 교재가 엉망으로 만들어진 것을 알게 되었다. 숱한 오탈자에 문맥이 맞지 않는 문장이 수두룩하게 있었다. 한두 권의 교재가 그런 것이 아니라 열 권 가까이 되는 교재 대부분이 잘못투성이였다.

나는 모욕감과 함께 불쾌감에 휩싸였다. 서울시 인재를 양성한다는 곳에서 허접한 교재를 가지고 교육을 시키다니! 아무 일도 아닌 것처럼 넘어가면 잘못된 교재가 당연한 것처럼 여길 것이다. 누구 하나는 나서서 따끔하게 지적해 주어야 한다. 그래야 다음부터 달라질 수 있을 것이다. 나는 힘든 시험이 끝나자 쉬는 시간 틈틈이 그리고 집에 와서 교재의 잘못된 부분을 찾아나가기 시작했다. 오탈자를 바로잡는 것은 기본이고 대체 무슨 말을 한 것인지 몇 번을 읽어도 잘 알수 없는 문장을 바로잡았다. 그리고 오탈자뿐 아니라 엉켜 있고 뒤틀려 있는 문장을 바로잡아 대비표를 만들었다. 잘못된 것과 바르게 된 것으로 알아보기 쉽게 구분했다. 물론 몇 쪽 몇 줄에 있는 것이라는 것도 밝혔다.

잘못된 것이 하도 많아 내가 괜한 짓을 하고 있는 것은 아닌가 하는 생각이 들었다. 그저 오탈자가 많아 엉망이라고 간단하게 지적하면 될 것을 무슨 정성이라고 대비표를 만드는 것인가. 수고스럽더라도 그래야 할 것 같았다. 잘못된 것이 얼마나 많은지 눈으로 보면서 느껴야 한다고 생각했다. 나는 이왕 하는 것 공을 들여 했다.

작업을 끝낸 후 편지를 썼다. 교재를 보면서 놀라움을 금치 못했다. 어떻게 한두 권도 아닌 모든 교재가 이토록 엉망인가. 서울시 인재를 양성한다는 교육원에서 어찌 이런 일이 있을 수 있는가. 이런 실정에 무슨 교육을 시킨다는 것인가. 공무원은 문법에 맞는 문장을 써야 되는 것 아닌가. 올바른 문장을 쓰도록 하는 것이 교육원의 임무 아닌가. 엉터리 교재는 교육생들을 무시하는 것이며, 교육원의 무책임하고 무사안일함을 그대로 보여주는 것 아닌가. 나는 신랄하게 꼬집은 다음, 부디 교재를 낼 때는 제대로 된 교재를 내달라고 부탁하는 글을 쓴 후 잘못된 것들을 바로잡은 두툼한 비교표를 첨부하여 발송했다.

얼마 후 교육원 담당자로부터 전화가 왔다. 서신 잘 받았다. 고맙다. 교재에 대해서는 별다른 생각을 안 했었는데 편지를 받고 교재를 살펴보니 잘못된 부분이 많더라. 강사들로부터 원고를 받아 교재를 만드는데 워낙 원고를 늦게 제출해 잘못된 부분을 살펴보지 못하고 그냥 인쇄해 교재를 만들다 보니 그리 되었다. 앞으로는 좀 더 일찍 원고를 받아 꼼꼼히 살펴보겠다. 이런 내용이었다. 그리고 서울시 공무원교육원장의 직인이 찍힌 공문을 받았다. 관심과 노고에 감사드리며, 지적하고 건의한 사항이 앞으로 반영되도록 각별히 노력하겠다는 내용이었다.

나는 교육원의 반응에 진심으로 감사했다. 사실 그런 행위를 하기 전까지 고민을 했었다. 받아들여지지 않는다면, 무시당하면 헛수고를 한 게 아닌가. 그럼 거기에 투입된 시간은 물거품이 되는 것 아닌가. 쓸데없는 짓을 해서 정력만 소모하는 것은 아닌가 하는. 그런데 교육원에서 진정성 있게 받아주니 괜한 짓을 한 것이 아니라는 안도감이 들었다. 시도하기를 잘했다는 생각이 들었다.

그런 일이 있은 후 얼마 있다가 교육원 직원으로부터 전화를 받았다. 서울시 행정과에 있다가 교육원으로 간 직원이었는데, 행정과에서 선거사무를 담당했기에 나와는 안면이 있는 선배였다. 그 선배 직원이 나에게 교육원에 와서 같이 일하면 어떻겠느냐는 제안을 하는 것이었다. 일전 교재에 대해 지적해준 것을 떠올리면서 그런 정신을 갖고 있는 사람이 교육원에 와서 일해야 한다, 당신이 적격자다, 윗분들도 당신이 오기를 기대하고 있다, 꼭 와서 같이 일하자는 제안이었다.

지금은 어떤지 모르나 당시 서울시공무원교육원에서 일하기가 쉽지 않았다. 그곳은 선호기관이었다. 가고 싶다고 갈 수 있는 곳이 아니었다. 그렇지 않아도 늦기 전에 한 번은 서울시에서 근무하고 싶었기에 나로서는 뿌리치기 힘든 제안이었다. 모두가 선호하는 곳에서 근무하면 얼마나 좋은가. 서초구 양재동에 있는 서울시공무원교육원은 산에 둘러싸여 있는 물 맑고 공기 좋은 곳이 아닌가. 그곳에 가서 지친 심신을 달래며 새롭게 근무하면 성장에 도움이 되지 않겠는가. 한곳에서만 근무하면 우물 안 개구리가 될 터, 넓은 세상으로 나아가는 것이 바람직한 것이 아닌가. 오라고 할 때 가야지, 기회는 왔을 때 잡아야지, 지금이 그때가 아닌가. 매일매일 진흙탕 같은 곳에서 악다구니 쓰며 잡다하게 일을 하는데, 교육원에 가면 품위 있고 세련되게 일할 수 있는 것 아닌가. 교육원 생활이 끝나면 서울시로 자연스럽게 갈 수 있는 것 아닌가.

교육원으로부터 전입 제안을 받았다는 사실을 주변에 슬쩍 흘리자 모두가 이구동성으로 가는 게 낫다고 말했다. 사실 그때 현안업무만 손에 쥐고 있지 않았다면 나는 갔을지 모른다. 그러나 나는 그때 중요한 업무를 다루고 있었고, 2년 전 특진을 시켜준 조직을 위해 헌신적으로 일해야 한다는 생각을 떨치지 못했다. 아니 그보다는 내가 태어나서 자랐고, 살고 있는 지역을 위해 평생 봉사하며 일하겠다는 생각이 나를 붙잡았다. 고향에 대한 사랑이 나를 놓아주지 않은 것이다. 나는 고심 끝에 교육원에 가지 않기로 했다. 지금 돌이켜보니 그때 교육원으로 갔으면 내 공무원 생활은 이후 전혀 다른 모습이었으리라.

인생의 두 갈래 길에서 가지 않은 길은 언제나 아쉬움으로 남는다. 그래서 오늘 그때의 이야기를 이렇게 하는 것이다. 앞에 두 갈래 길이 있었노라고. 어느 길로 갈지 선택해야 했노라고. 두 개의 길 중 하나의 길은 끝내 가지 못했노라고. 가지 못한 길이 많이 아쉬웠노라고. 그것이 인생이라고. 나는 하나의 길을 끝내고 길목에 서서 가보지 못한 길을 바라보며, 로버트 프로스트의 시 '가지 않는 길'을 읊조려 보는 것이다.

먼먼 훗날에 나는 어디선가
한숨을 쉬며 이야기할 것입니다
숲속에 두 갈래 길이 있었다고
나는 사람이 적게 간 길을 택하였다고
그리고 그것 때문에 모든 것이 달라졌다고…

10

숨기지 못하는
그날 밤의 진실

– 1997년 서울월드컵경기장 유치 경축 플래카드 게시 –

S!

오늘은 상암동에 위치해 있는 서울월드컵경기장에 대해 얘기해 보
겠다. 좀 더 정확히 말하면 서울월드컵경기장 유치와 관련하여 숨겨
진 작은 이야기 하나를 얘기해 보겠다.

서울월드컵경기장이 어떻게 마포구 상암동에 들어서게 됐는지 위
키백과를 들여다보자.

'1995년, 2002년 FIFA 월드컵 개최 신청 당시 대한민국은 국제축
구연맹에 축구전용경기장 건설을 약속하였다. 그러나 서울특별시 측
에서는 정부가 재원의 상당부분을 부담해야만 지을 수 있다는 입장
을 견지하고 있었다. 이에 따라 서울특별시는 서울올림픽주경기장을
개·보수하는 한편, 1995년 5월 월드컵 조직위가 FIFA에 제출할 유치
신청서에 몇 년 전부터 추진해온 뚝섬 돔구장을 후보 경기장으로 기

입하겠다고 요청하면서 야구전용구장에서 축구경기도 가능한 다목적경기장으로 변경하고 건설 계획을 정하였다. 그러나 1996년 6월, 2002년 FIFA 월드컵이 한·일 공동개최로 확정되고 축구계에서 전용구장 신축에 대한 요구가 거세지자 서울특별시는 뚝섬 돔구장 건설을 포기하고 전용구장 건립으로 가닥을 잡았다. 그리고 1997년 10월 11일 월드컵 주경기장 부지 선정위원회에서 상암지구와 마곡지구를 놓고 마지막 투표를 실시한 결과, 상암지구를 만장일치로 선정하였다. 상암동 부지는 100% 시유지로 토지보상기간을 절약할 수 있다는 점이 가장 큰 장점으로 적용되었다(*글쓴이 주: 위의 자료는 1997.10.11. 월드컵 주경기장 부지로 상암지구가 선정되었다고 했지만, 이후 부지 선정이 오락가락하며 흔들렸고 우여곡절 끝에 1998.5.6. 상암지구로 최종 결정되었다.)

나는 당시를 생생히 기억하고 있다. 숨 막히던 유치 과정, 월드컵주경기장을 유치하기 위해 혼신의 힘을 다해 노력한 이들을 알고 있다.

특유의 정치력과 뚝심, 배짱으로 경기장이 마포로 오게 하는 데 결정적인 역할을 한 노승환 구청장님, 구청장에게 유치 전략을 알려드리며 치밀하고 완벽하게 유치 계획을 짠 당시 마포구 이춘기 국장님, 상암동 권오범 구의원님(후에 구의회 의장 역임)과 상암동 주민들, 서대문구와 은평구의 구청장님, 시의원들, 구의원들, 구민들. 모두가 똘똘 뭉친 노력의 결과였다.

상암지구에 유치되었다가 번복되는 과정을 거듭했던 그 숨 가빴던 날들. 월드컵경기장이 들어섬으로써 마포는 비약적으로 발전하였다. 월드컵경기장으로 향하는 도로들이 확장되었으며, 월드컵공원이 조성되었다. 100m 높이에 육박하던 난지 쓰레기 산은 하늘공원, 노을 공원이라는 생태공원으로 탈바꿈하였다. 상암동은 디지털미디어 도시로 눈부시게 변모했다.

나중에 우여곡절이 있기는 했지만, 1997년 10월 상암동에 월드컵 주경기장 유치가 확정되었을 때 마포구는 말 그대로 잔칫집 분위기였다. 당시 나는 총무과에 근무하고 있었는데 경기장 유치가 확정된 날, 관내에 경축 플래카드를 게시하라는 지시를 받고 플래카드 48개를 제작하여 동별로 2개씩 달았다. 플래카드는 도로변 가로수와 가로수 사이에 달았는데 높이는 어른 키 정도 높이였다. 나는 48개의 플래카드가 다 달린 것을 확인하고 퇴청했다. 1997년 10월 11일, 토요일이었다.

다음 날은 일요일이었고 서울시공무원 공채시험이 있는 날이었다. 나는 시험을 보는 학교로 갔다. 나는 시험을 지원하는 본부요원이었다. 출근하여 얼마 안 있는데 총무과장으로부터 사무실로 급히 오라는 전화를 받았다. 사무실에 가니 부구청장, 국장, 과장이 사색이 되어 있었다. 상황을 파악해 보니 플래카드 때문에 구청장이 크게 역정을 냈다는 것이다. 구에서 게시한 플래카드는 눈에 띄지 않는 반면 국회의원 등 정치인들은 곳곳에 큼지막한 플래카드를 내건 것이었다. 구청장은 재주는 누가 부렸는데 정치인들이 힘써서 경기장을 유치한 것처럼 됐다고, 어째 일을 그렇게밖에 하지 못하느냐고 노발대발하고 계시다는 것이었다. 구청은 뭐하고 있느냐고, 간부들은 뭣들하고 있느냐고 소리치며 난리가 아니라는 것이었다. 난감했다. 그렇다고 정치인들이 단 플래카드를 뗄 수는 없는 노릇이었다. 구청장으로부터 직접적으로 큰 질책을 받은 건 부구청장이었다. 부구청장께서 어쩔 줄 몰라 하고 계셨다. 상사분들 모두가 내 얼굴만 쳐다보고 있었다. 암담하기는 나도 마찬가지였다. 나는 마음이 무거워졌다. 내가 플래카드를 너무 얌전하게 단 것이다.

일요일만 아니면 어떻게 해보겠는데 쉬는 날이 아닌가. 그렇지만 어떻게든지 해봐야겠다는 생각으로 전날 토요일 플래카드를 만든 업체 사장에게 전화를 걸었다. 마침 사장이 받았다. 사장은 직원들과 등산을 가기로 하고 막 등산화의 끈을 조이고 있는 중이었다. 조금만 늦었으면 아무것도 아닐 뻔했다. 나는 사장에게 딱한 사정을 이야기했다. 이곳 사정을 얘기하고 어떻게든지 도와달라고 매달렸다. 젊은 사장은 오래간만에 직원들과 등산을 가기로 했는데 직원들과의 약속을 취소할 수 없다고 했다. 나는 월드컵경기장 유치는 국가적인 경사다, 플래카드를 만드는 것은 애국하는 것이다, 꼭 좀 도와달라고 거듭 부탁했다. 나의 부탁이 하도 간절했는지 사장은 도와주겠다고 말했다. 등산을 가기로 하여 설레던 직원들은 등산복 차림으로 공장으로 모여들었다. 나는 그들이 눈물겹도록 고마웠다.

나는 급히 플래카드 문안을 몇 개 만들어 사장에게 보냈다. 그리고 종로에 있는 플래카드를 만드는 공장으로 뛰어갔다. 공장 안에 들어서자 잉크 냄새가 코를 찔렀다. 나는 혹시나 하는 마음으로 작업하는 곳에서 지키고 있었다. 대형 플래카드 50여 개. 글씨체는 굵은 고딕체. 색은 검정, 파랑, 빨강 삼색. 양쪽에 '경"축' 글씨. 규격은 넓은 도로를 가로질러야 하므로 아주 크게! 바람에 찢어지지 않게 중간중간

둥그런 구멍을 내고!

　나는 지역의 어디가 주요 지점인지를 알고 있었다. 플래카드를 제작하여 차에 싣고 구청에 온 시간은 정확히 12시 자정이었다. 나는 그 시간부터 플래카드를 달기 시작했다. 플래카드는 업체 직원들이 달았고 나는 플래카드를 달 지점을 알려 주었다. 그때 내 옆에는 후배 직원(박광운)이 함께하고 있었다. 심야의 시간대, 차가 쌩쌩 달리는 도로를 가로질러 플래카드를 달기 시작했다. 매우 위험한 작업이었다. 차가 오는 것을 살피다가 차가 안 온다 싶으면 한쪽 플래카드 끝을 쥐고 도로를 쏜살같이 가로질러 건너가야 하는 것이었다. 차에 치일지도 모르는 목숨을 걸고 하는 작업이었다. 지금은 도로를 가로질러 플래카드를 달지 못한다. 이 이야기는 옛날(무법시대의) 이야기다.

　서서히 여명이 밝아오고 있었다. 쉬지 않고 작업하기를 7시간. 끝이 보이기 시작했다. 조금이라도 방심하면 목숨을 잃을 수 있는 작업. 마침내 아침 7시, 작업이 끝났다. 주요 도로 가장 잘 보이는 곳에 밤새 단 커다란 플래카드가 뭇 플래카드들을 아우르며 번쩍번쩍 빛나고 있었다. 도도하고 장엄했다. 정치인들이 단 플래카드를 완전히 압도했다. 사람들이 출근하는 월요일 아침이었다. 곳곳에 월드컵경기장 유치를 알리는 플래카드가 눈부시게 펄럭였다. 바쁜 걸음으로 출근하는 사람들을 향해 우리 모두 역사적인 월드컵경기장 유치를 환영하고 축하하자며 플래카드가 손짓을 하고 있었다.

　나는 해냈다. 밤새 시종 긴장된 상태로 있었기에 몸은 말할 수 없이 피곤했지만 불가능에 가까웠던 일을 해냈다는 뿌듯함이 나의 전신을 휘감았다. 임무를 완수하고 사무실에 들어가니 부구청장께서 오셔서 나를 힘껏 끌어안았다. 애썼다고, 정말 수고했다고. 플래카드 때문에 몹시 걱정하던 부구청장님의 얼굴이 환하게 웃음 띤 얼굴로 돌아와 있었다.

역사는 밤에 이루어진다는 말이 맞는 것 같았다. 플래카드 제작업체의 젊은 사장과 직원들이 진심으로 고마웠다. 그들의 일하는 손, 일하는 거친 손이 말할 수 없이 숭고하게 느껴졌다. 간만에 냄새나는 일터에서 벗어나 푸른 산을 가고자 했던 것을 다음으로 미루고 일요일, 일을 해준 사람들. 이름도 모르는 무명의 사람들. 그들의 노고가 서울월드컵경기장 유치라는 역사의 한 페이지에 작게라도 기록되었으면 싶은 것이다.

나는 경축 플래카드를 달던 그날 밤을 잊지 못한다. 서울월드컵경기장을 유치하기 위해 힘이 되어준 사람들. 그들의 업적과 이름은 오래도록 빛날 것이다. 그리고 나는 그날 밤을 절대 잊지 못한다.

나는 경기장 유치를 위해 헌신했던 사람들에 비해 기여한 바가 없다. 다만 하나 50여 개의 플래카드를 넓은 도로를 가로질러 목숨을 걸고 밤을 새워 달았다. 그날 밤 7시간 동안의 이야기. 그런 일이 있었노라고, 그날 밤의 일을 숨기지 못하고 역사의 한 페이지에 조용히 새긴다.

11

또 하나의 역사,
친절추진반 시절

S!

그대가 공무원이 되기 전에 있었던 이야기뿐이구나. 기다려요. 곧 그대가 아는 이야기를 하게 될 것이니.

1998년에 IMF가 왔다. 숱한 업체가 무너지고 수많은 기업가가 파산하고 실업자가 쏟아졌다. 국민들의 사기는 땅에 떨어졌다. 국민들과 고통을 함께 나눈다는 뜻에서 공무원 봉급도 삭감됐다. 살기 어렵다고 아우성이었다. 모두를 위한 뜨거운 응원이 필요했다.

1999년 2월 9일 한 일간지에 묘한 기사가 났다. '전화 불친절 마포구 으뜸'. 서울시 전화 친절도 점검에서 마포구가 최하위를 했다는 것이다. 그렇더라도 불친절 으뜸이 뭐란 말인가. '으뜸'이란 좋은 곳에 쓰는 단어가 아닌가. 으뜸은 많은 것 가운데 가장 뛰어난 것을 지칭할 때 쓰는 단어가 아닌가. 못된 것, 나쁜 것에다 '으뜸'이란 단어를 쓰는 것은 어울리지 않는다. 꼴찌나 최하위란 말을 써도 될 것을 굳이 으뜸이란 말을 썼으니, 정말 비아냥의 진수를 보여준 것이다. 말을 비튼 것이다. 모독하고 비웃은 것이다. 대놓고 망신을 준 것이다. 아니다. 강렬하게 자극을 받으라는 뜻일 게다.

나는 모욕감을 느꼈다. 한때 친절 최우수 구였는데 형편없이 전락하여 수모를 당하다니. 나는 신문기사를 오려 내 방 책상 위 벽에 붙여 놓았다. 아침 출근할 때 그 기사를 쳐다보았다. 나는 이를 악물었다.

이런 일이 있고 얼마 후 구에서는 친절추진반을 만들었다. 추진반 원으로 총 10명이 선발되었다. 3명은 추진반에서 상시 일하고, 같은 사무실을 쓰는 제2건국추진반원 2명은 일을 도와주고, 5명은 부서에서 일하며 친절 사내강사 등으로 활동하도록 했다. 추진반원들은 '진실의 순간(Moment of Truth, 영혼을 사로잡는 결정적인 순간 15초. MOT란 '진실의 순간, 결정적인 순간'이라 하며, 고객이 기업의 종업원과 접촉하는 순간의 상황을 말한다)'을 배우기 위해 한국능률협회에서 강도 높은 합숙교육을 받으며 사내강사로서의 소양을 키웠다. 나에게 추진반장의 임무가 주어졌다. 총괄은 국장이 했다. 국장이 실제적인 팀장이었다.

1999년 4월 26일을 개시일로 잡고 준비에 박차를 가했다. 종합계획을 세우는 데 심혈을 기울였다. 4월 26일에 여러 가지 이벤트와 퍼포먼스가 동시다발적으로 행해지도록 짰다. 집중적으로 일을 했고 매일 밤 12시가 되어야 일이 끝났다. 초인적인 노력을 기울였다.

종합계획서 결재를 받는데 마침 부구청장이 상을 당해 나중에 받는 것으로 하고 구청장께 계획서를 내밀었다. 구청장은 결재를 하지 않고 부구청장 결재를 먼저 받아오라고 하는 것이었다. 뜻밖이었다. 아마 구청장께서는 계획서에 들어 있는 내용들이 너무 요란하고 방대하게 느껴져서 그랬을 것이다. 하나같이 조직을 들었다 났다 하는 것들이어서 부담을 느꼈을 것이다. 부구청장이 출근하는 날을 기다릴 수 없었다. 부구청장께 연락을 취해 지금 결재가 시급하다고 말했다. 그러자 부구청장이 결재를 하겠다고 했다. 급하게 경기도 파주로 차를 몰아 부구청장 처갓집 인근 도로에서 만났다. 봉고차 안에서 계획서 내용에 대해 설명을 드렸다. 부구청장이 힘껏 사인을 했다. 그렇게 부구청장, 구청장 결재를 받고 친절운동은 시작되었다. 4월 26일 아침 구청장이 구내방송을 통해 대대적인 친절운동을 선언하였다. 노승환 구청장님은 구내방송을 통해 친절운동 시작을 알리며 직원들의 참여를 독려했다.

"사랑하는 직원 여러분!

지금 우리가 처해 있는 현실은 참담할 정도로 어렵습니다. 4월달 봉급을 받아들고 시름에 겨워 한숨을 쉬고 있는 여러분과 여러분의 가족들을 생각하면 가슴이 미어지는 듯합니다. 그러나 힘들고 어렵다고 손을 놓고 탄식만 하고 있을 수는 없습니다. 어려운 때일수록 나를 갈고닦으며 내일을 준비하는 지혜가 필요합니다. 우리 다시 시작해 봅시다.

사랑하는 직원 여러분!

오늘 아침 우리는 '친절로 다시 뛰자, 구민과 함께!'라는 참으로 시의적절한 목표를 세우고 새로운 길을 걷고자 역사적인 첫걸음을 시작했습니다. 이 시대가 요구하는 공직자상은 분명 친절과 봉사, 그리고 깨끗한 공직자입니다. 더욱이 우리는 IMF라는 사상초유의 난국에 처해 있습니다. 경제적 어려움으로 지쳐 쓰러져가는 국민들에게 친절로 다가가 용기와 힘을 불어넣고, 일으켜 세워서 손잡고 다시 뛰도록 하는 것이 공직자인 우리의 소임일 것입니다.

이번에 우리가 벌이는 친절운동은 우리 스스로가 살아남기 위한 자구책이자 바닥에 떨어진 공직자로서의 자긍심을 되찾기 위한 운동입니다. 다소 힘들고 귀찮은 일도 있을 것입니다. 그러나 우리는 분명 변해야 하며 변하지 않으면 도태될 수밖에 없습니다. 몸을 움직여서 마음을 움직이고 마음을 바로 세워서 자신을 바로 세우는 부단한 자기 연마를 해야 할 때입니다.

아시다시피 저는 70 평생을 이 나라 민주화를 위해 고통스럽고 고독한 투쟁의 길을 걸어왔습니다. 그리고 그토록 염원하던 정권교체를 통한 민주화의 실현을 보고 있습니다. 이제 저는 제가 태어나고 나를 성장시켜준 내 고장과 구민을 위해 여생을 봉사하려고 구청장이 됐을 뿐 더 이상 무슨 바람이 있겠습니까.

저는 제 인생의 결론을 여러분과 함께 쓰고자 합니다.

정치인 노승환이 아닌 여러분과 손잡고 서로 사랑하며 후손에게 자랑스런 마포를 만들어 놓은 구청장으로 여러분 가슴속에 오래오래 남고 싶습니다….”

친절추진반원은 개량한복을 입고 활동했다. 일단 복장이 유별나고 눈에 띄었다. 운동을 하는데 유니폼을 입어야 하는 것 아닌가 하는 생각에서 착용한 것이다. 개량한복은 바람을 일으키는 옷이었다. 매일 아침 구청광장과 현관에 직원들은 2열로 서서 인사 연습을 했다. 어서 오십시오, 무엇을 도와드릴까요, 감사합니다, 안녕히 가십시오. 뻣뻣하게 굳어버린 고개를 공손하게 숙이는 연습을 했다. 그리고 사내강사들을 활용하여 전 직원 친절교육, 전화 친절히 받기 교육을 했다.

1999년에 추진했던 친절 관련 사업을 열거해보면 다음과 같다. 4월 26일 실시했던 사업은 구·동 청사에 친절현수막 게시, 전 부서 사무실에 친절슬로건판 게시, 구청 현관에 친절다짐탑(친절의 시계, 친절슬로건 현판 등)을 설치했다. 친절의 시계는 1992년 친절봉사 평가에서 전국 1등을 해 대통령기관표창을 받았을 때 부상으로 받은 커다란 스탠드형 괘종시계로 그때의 영광을 재현해보자는 의미에서 대통령 이름이 있는 표식을 떼고 '친절의 시계'라 명한 것이다(1996년 노태우 대통령이 반역죄로 구속되자, 대통령 이름이 박혀 있는 시계가 치욕적이다 하여 1층 현관에 놓여 있던 것을 창고에 처박아 보관했었다. 남에게 훈장이나 표창을 주는 위치에 있는 사람은 나중 그 훈장이나 표창이 부끄럽지 않도록 끝까지 처신을 잘해야 할 것이다). 구청 광장과 현관에서 실시하는 인사하기 연습(일명 친절의 기 세우기 운동), 구내 방송실 개통 및 구청장 방송, 전 직원 친절일일교육, 전 부서에 친절신고함(그린·옐로우카드제) 설치 등이다. 이어서 5월에는 사무실 환경정비 경진대회와 친절봉사상을 운영하였고, 6월에는 부서별 직원 상호방문 인사하기, 매주 월요일 스마일데이 운영, 사내게시판을 통한 친절 릴레이 운영, 사무개선 불편사항 발굴 등을 추진했다. 8월에는 구·동 구내방송 개통, 9월에는 민원응대평가카드제, 구 주요민원부서 및 전

동에 민원안내 도우미제 운영, 10월에는 방송을 통한 친절운동 전개, 11월에는 현관민원안내 도우미제를 운영했다. 이밖에도 여러 가지 사업과 운동이 숨 돌릴 틈 없이 동시다발적으로 전개되었다.

이러한 친절운동을 통해 많은 변화가 있었다. 다양한 사업을 펼쳤고 기대 이상의 효과를 보았다. 그중 잊히지 않는 것이 '사무실 환경정비 경진대회'다. 슬로건은 '보이는 곳은 아름답게, 안 보이는 곳은 질서있게'였다. 전 부서에 대해 사무실을 정비하도록 하였고, 구민들로 하여금 평가반(구민 3명, 타구 구민 5명)을 구성하여 평가하였다. 안타깝게도 환경정비를 위한 예산을 지원하지 못했다. 사무실을 반짝반짝 빛나게 하라! 정말 모든 부서 모든 직원이 사무실을 깨끗이 만드는 데 총력을 기울였다.

얼마나 열성적으로 직원들이 사무실 환경정비에 임했는지 모른다. 24개의 동 중 20개 동에서 자기 동이 1등이 아니면 평가가 잘못된 것이라고 생각했다. 모두가 공무원이 되고 나서 처음으로 가장 열심히 환경정비에 임한 것이다.

정비가 끝나고 평가도 끝났다. 결과가 발표되었다. 그러자 등수에 들지 못한 부서에서 난리가 났다. 잘못된 평가라는 것이다. 그중엔 나를 찾아와 항의하는 직원들도 있었다. 그토록 열심히 했는데 순위에 들지 못한 것은 말이 안 된다고. 나는 직원들의 항의를 받으며 생각했다. 너무도 감사하다고. 나는 속으로 외쳤다. 모두가 1등이라고. 여러분들이 나에게 항의한 것, 맞는 항의라고. 여러분들이 1등이라고. 언제 누가 이번처럼 정성을 다해 일을 해본 적이 있었느냐고.

직접 페인트를 칠하고 걸레로 닦아 반짝반짝 사무실을 빛나게 하지 않았느냐고. 언제 그렇게 해본 적이 있느냐고. 정말 모두가 1등이라고. 나는 며칠 동안 흐르는 눈물을 참지 못했다. 나는 울보가 되고 말았다. 정말로 직원 모두가 고마웠다. 직원들이, 동료들이 자랑스러웠다. 모두에게 1등 상을 주고 싶었다. 정말 모두가 1등이었다!

9개월 동안 집중적으로 친절운동을 전개했다. 잊지 못할 이야기들이 쌓여갔다. 직원게시판을 통해 열성적으로 응원해 주는 사랑의 동료들을 만났고, 상사로부터 전폭적인 신뢰를 받았다.

1999년 그해 시민단체인 KYC한국청년연합은 공무원의 불친절과 잘못된 관행을 근절시키고자 행정서비스 만족도 조사를 하였는데 마포구가 송파구와 함께 최우수 자치단체로 선정되었다. 기어이 오명을 벗고 친절구의 명예를 회복한 것이다. 당시 민원실 암행어사로 불렸던, 이득형 한국청년연합 공무원 친절도 조사팀장은 각 구를 돌아다니며 마포구의 친절을 따라 배우라고 말했다. 덕분에 서울시 자치구 중 23개 구에서 친절추진반 사무실을 방문했다. 서대문구만 오지 않았는데, 서대문구는 친절 우수구라는 자존심 때문에 인근 구인 마포구에 오지 않았으리라.

개그맨 김형곤을 기억하며

친절운동 중 하나로 스마일데이가 있었다. 월요일을 스마일데이로 정해 이날만은 화내지 말고 짜증내지 말고 웃으며 일하자고 했다. 스마일데이 홍보판을 만들어 사무실마다 부착했다. 공무원들의 밝은 웃음이 민원인, 구민들에게 전달되기를 바랐다. 스마일데이를 운영하는 과정에서 개그맨 김형곤이 스마일 운동을 전개하고 있다는 사실을 알았다. 김형곤은 스마일 운동에 대단한 의미를 두고 대학로에서 웃음에 대한 공연을 하고 있었다. 김형곤을 초청해 특강을 했으면 좋겠다는 생각을 했다.

그런데 어떻게 접촉해야 할지 방법을 알 수 없었다. 어렵게 이메일 주소를 알아내어 그에게 편지를 썼다. 귀하의 스마일운동에 전적으로 공감하고 동참한다. 마포구에서도 직원 대상 스마일운동을 하고 있다. 귀하를 초청, 웃음에 대한 귀하의 철학을 경청하고 싶다. 어렵겠지만 시간을 내어 달라는 내용이었다.

세 번이나 이메일을 보내는 끈질긴 정성을 기울인 결과 김형곤을 만날 수 있었다. 대학로 카페에 앉아 진솔하게 이야기를 나누었다. 그는 얘기를 경청하더니 마포구의 스마일운동에 힘이 될 수 있다면 기쁨이겠다고 말했다. 문제는 출연료(강사비)였다. 김형곤을 초청할 만한 예산이 없었다. 곤혹스럽기는 김형곤도 마찬가지였다. 김형곤을 초청하기 위해서는 상당한 금액이 필요했다. 협상을 하며 몸값의 반도 안 되는 2백만 원을 제시했다. 구로서는 큰 금액이었다. 김형곤이 입을 열었다. "마포구의 취지에 공감합니다. 제가 하고자 하는 운동과 뜻이 같습니다. 출연료는 깎을 수가 없습니다. 저야 구에서 제시한 금액에 갈 수가 있습니다. 돈이 문제겠습니까. 그러나 이곳에도 룰이라는 것이 있습니다. 그리고 연예인들은 몸값이란 것이 있습니다. 제가 그 돈을 받고 갔다는 것이 소문이 나면 큰일 납니다. 제가 욕을 먹습니다. 지켜야 할 선은 지켜주어야 합니다. 나만을 생각해서는 안 됩니다. 차라리 돈을 안 받겠습니다. 그것이 제 마음을 편하게 합니다."

　김형곤은 무료로 강연을 해주겠다고 약속했다. 1999년 7월 6일 개그맨 김형곤 초청 특별강연이 있었다. 가히 명불허전이었다. 1시간이 넘는 동안 김형곤은 직원들을 들었다 놓았다 했다. 폭소 또 폭소였다. 하루 일에 지친 직원들은 마음껏 웃었다. 그는 단순히 웃기는 희극인이 아니었다. 7월 7일을 웃음의 날로 정해 서울시청 광장에서 수만 명을 모아놓고 행사를 하고 싶다고 했다. 그 일환으로 찾아온 것이라고 했다. 웃음이 생활에서 얼마나 중요한지 설파하는 그는 철학이 있는 개그맨이었다.

　김형곤은 웃음의 날을 제정하지 못하고 2006년 안타깝게 생을 마감했다. 비록 그는 유명을 달리했지만 웃음에 대한 그의 생각, 그의 철학은 잊힐 수 없는 것이다. 날로 삭막해지는 세상을 웃음의 바이러스로 행복하게 만들고 싶어 했던 희극인 김형곤. 세월이 지나갔지만 아무런 대가를 바라지 않고 선뜻 달려와 주었던 그에게(고인에게) 진심으로 감사를 표하며, 언젠가는 그가 꿈꾸었던 세상, 날마다 웃음인 세상이 올 것이라 기대해 본다.

'열정'이란 무엇을 읽든 그것과 관련된 것
을 찾아내고, 강박적이다 싶을 정도로 그
것에 대해 이야기하고, 그 열광을 함께할
사람들을 찾아 나서고, 잠들 때나 깨어날
때나 그것에 대해 생각하게 되는 것을 말
한다.

12

문화를 끌어안고
문화세상을 꿈꾸다

S!

사람이 살다 보면 남에게 자신을 증명해야 할 때가 있다. 2000년에 내가 그랬다.

새로운 천 년, 21세기가 열린 2000년 1월 나는 6급으로 승진을 했다. 신분에 변화가 생긴 것이다. 당시 2002년 월드컵을 앞두고 조직에서 가장 중요시한 부서는 월드컵을 치를 문화체육과였다. 나는 문화팀장(후에 문화관광팀장으로 명칭 변경)으로 발령이 났다. 나는 부서의 주무(선임)팀장이기도 했다.

13명이 6급으로 승진을 했는데 3명만 팀장 보직을 받았다. 나는 승진자 중 서열이 빠르지 않았음에도 팀장 보직을 받았을 뿐 아니라, 주무팀장으로 발령을 받은 것이다. 일부 직원들이 갓 승진한 자가 주무팀장을 맡은 예가 없었다며 인사가 잘못 되었다고 불만을 표시했다. 직원들의 수군거리는 소리가 내 귀에 들리는 듯했다. 나는 당황했다. 내가 잘못 발령을 받아 윗분들께 누를 끼치는 것이 아닌가 하는 생각이 들었다. 세상사 톡 튀는 것보다 눈에 안 띄며 무난한 것이 편한 것이라는 생각이 들었다. 그러다가 또 다른 생각을 하게 되었다. 이왕 발령이 난 것인데 내가 불편하다 하여 인사를 다시 할 수는 없지 않은가. 중요한 것은 윗분들의 선택이 틀리지 않았음을 내가 증명해야 한다는 것이다. 내가 기대에 어긋나지 않게 일함으로써 주변의 우려를 불식시키고 오해를 풀어주어야 한다. 나는 일로써 나를 증명해야 한다.

승진을 하면 처음에는 다소나마 숨을 돌리고 여유를 가져야 하는데 나는 조금의 여유도 갖지 못하고 일에 매진했다. 일이 나를 가만히 놔두지 않았고, 나 스스로도 일에 전력투구하고, 일을 잘함으로써 제대로 된 발령이었음을 증명해야 한다고 생각했다.

내가 해야 할 첫 번째 임무는 월드컵을 앞두고 다양한 문화행사를 기획하고 성공적으로 개최하는 것이다. 그래서 한국을 찾은 외국인 관광객들에게 기쁨을 주는 것이다. 나는 문화행사를 기획, 추진했다.

문화행사 이야기를 하기에 앞서 작은 이야기 하나를 먼저 해야겠다. 문화체육과로 오기 전 내가 친절추진반에 있을 때 사무실 환경개선을 위해 사무실 환경정비 경진대회를 한 적이 있다. 경진대회가 있고 나서 1년이 지난 후 두 번째 경진대회가 열렸다. 나는 평가하는 위치가 아니라 평가를 받는 위치에서 직원들과 열심히 사무실을 꾸몄다. 구청의 행사 사진을 찍는 것이 주임무인 직원이 사무실 벽에 멋진 백조 사진, 대형 액자를 걸어놓았다. 보기에 참 좋았다.

그런데 평가반이 다녀가자마자 벽에 걸린 백조 사진, 액자를 떼려고 하는 것이었다. 나는 보기 좋은데 왜 액자를 떼려고 하는지 의아스러웠다. 그래서 왜 액자를 떼려고 하느냐고 물었더니 빌려온 액자라는 것이다. 평가를 잘 받기 위해 빌려왔고 평가가 끝났으니 돌려주려고 한다는 것이다. 나는 그 말을 듣고 깜짝 놀랐다. 단순히 평가를 잘 받기 위해 눈속임을 했다는 것인가. 평가하는 사람들은 그 액자가 평소 그 자리에 걸려 있는 것으로 알고 평가를 했을 텐데, 평가하는 사람들을 속인 것 아닌가. 나는 기만하는 행위가 있어서는 안 된다고 생각했다. 그 액자를 떼지 못하도록 했다. 그 사진 액자 값이 얼마냐고 물었다. 나는 아무 말 없이 30만 원을 주고 그 액자를 샀다. 그 액자는 그곳에 걸려 있어야 했다.

사진 액자에 대해 내가 민감하게 반응한 것은 이유가 있었다. 고등학교 시절이었다. 어느 날 학교에 가니 복도에 멋진 그림들이 걸려 있었고 곳곳에 예쁜 화분들이 놓여 있었다. 나는 그 모습에 탄성을 지르며 감탄했다. 멋진 그림들을 달아주고 화분을 비치해준 학교가 고마웠다.

그런데 다음 날 학교에 가니 그림과 화분들은 다 사라지고 예의 삭막한 모습이었다. 실망한 나는 무슨 일이 있었는지 알아보았다. 그랬더니 전날 학교 평가를 위해 장학사들이 방문하였고, 평가가 끝났기에 그림과 화분을 원래 있었던 곳으로 갖다 놓았다는 것이다. 덕분에 평가를 잘 받았다는 것이다.

나는 충격을 받았다. 어찌 학교에서 이런 일을 할 수 있단 말인가.

학교는 학생들에게 무엇을 가르친단 말인가. 학생들이 무엇을 배운단 말인가. 학생들이 커서 어른이 되었을 때 이런 거짓이 통한다는 사실을 알고 따라할 것이 아닌가. 수단과 방법을 가리지 않고 결과만 좋으면 된다는 것을 배우는 것 아닌가. 속이고 사기를 쳐도 결과만 좋으면 괜찮다는 것을 온몸으로 생생하게 배우는 것이 아닌가.

나는 고등학교 때의 한 장면이 생각나 사진 액자를 떼어가도록 놔둘 수 없었다. 그것은 속임수요 거짓이기 때문이었다. 예산으로 구매하기가 곤란하면 사비로라도 사야 한다. 그 사진 액자는 그곳에 있어야 한다! 세상을 기만해서는 안 된다!

마포나룻배 타고 대동강까지!
– 황포돛배와 드라마 '소설 목민심서' 세트

2000년 6월 18일 제2회 마포나루축제가 한강망원지구에서 열렸다. 1999년에 1회 행사를 열었는데 예산이 적어 행사가 초라하게 진행되었다. 다행히 2000년에는 예산이 늘어나 전년도처럼 어려움을 겪지는 않았다.

당시 마포한강에는 마포구에서 관리하고 있던 황포돛배가 있었다. 1998년 한강 밤섬 실향민 출신의 목선 제작업자에 의뢰해 만든 황포돛배는 길이 33자(10m), 폭 10자(3m), 높이 5자(1.5m)의 판목선 형태로 돛 외 모터가 장착되어 있어 동력으로 움직였고 약 40명이 탑승할 수 있는 나룻배였다.

마포나루축제를 어떻게 하면 잘할까 고심하고 있는데 KBS로부터 황포돛배를 빌려 달라는 제의가 왔다. 알아보니 KBS에서 '소설 목민심서'라는 드라마를 하고 있는데 황포돛배를 드라마에 쓰고 싶어 했다(나룻터에 황포돛배를 세워놓고 물건을 싣고 내리는 장면 촬영). 나는 드라마 목민심서의 세트가 한강난지지구에 세워져 있는 것을 알았다.

마포나루축제 프로그램 중 과거 나루장터를 재현하는 것이 있었다. 그런데 예산 문제로 나루장터를 실감나게 재현할 수가 없었다. 어떻게 해야 좋을지 머리를 쥐어짜던 중 목민심서 드라마 세트가 불현듯 떠올랐다. 나는 드라마 제작진(드라마 세트 제작을 총괄하는 KBS아트비전)에게 황포돛배를 빌려주는 대신 다 쓴(촬영이 끝난) 드라마 세트를 빌려줄 것을 제안했다. 드라마 세트는 주막 세트였다. 목민심서 제작진은 나의 제안에 당황했다. 나는 드라마 세트 책임자(KBS아트비전 담당 차장)에게 이메일을 보내 진지하게 요청했고, 직접 KBS아트비전 사무실을 찾아가 서로 윈윈하자며 도와줄 것을 간곡하게 요청했다. 행사가 끝나면 세트를 원래 있던 자리에 갖다놓겠다고 말했다.

기다리던 답변이 왔다. 세트를 사용해도 좋다는 것이었다. 행사가 끝나고 세트를 임의로 처리해도 괜찮다고 했다. 나는 환호했다. 구하면 얻을 것이라는 말을 떠올렸다. 두드리니까 열린다는 것을 알았다. 흔쾌히 제안을 받아준 제작진에 감사했다. 문제는 세트를 어떻게 행사장까지 옮겨오느냐는 것이었다. 세트가 무너지지 않도록 해야 했다. 기중기로 세트를 들어 올려 바지선에 싣고 오기로 했다. 이 일을 부서 직원들이 헌신적으로 했다. 먼지와 벌레를 뒤집어쓰며 힘들게 작업한 끝에 마침내 주막 세트 세 동을 조심스럽게 옮겨 축제 행사장에 설치했다. 누구 말로는 수천만 원 상당의 세트라고 했다. 실제 제작하려면 많은 돈이 들어가는 것은 사실이었다.

알량한 전통 물건 몇 개를 펼쳐놓고 행사를 하려던 계획이 일대 변경되어 그럴듯하게 보이는 '전통주막' 세 채가 떡하니 자리를 잡았다. 소품으로 정성껏 주막을 치장했다. 그리고 직원들이 포졸, 보부상, 어우동, 주모 등으로 분장하여 행사를 도왔다(지금은 직원들이 아니라 연기자들이 역할을 하고 있다).

행사장은 주(메인)무대를 비롯한 나루굿 재현 행사장, 주막, 전통놀이 행사장, 팔씨름 대회장, 옛 사진 전시장 등으로 잘 꾸며졌다. 세부 프로그램은 마포나루굿 재현, 마포나루장터 재현, 덩더꿍체조 시범, 황포돛배 탑승행사, 전통체험(널뛰기, 꽃가마 타기, 떡메치기, 제기차기, 투호 던지기, 봉숭아 물들이기), 팔씨름, 한국널뛰기협회의 신널뛰기 시범(도봉구 소재 백운초등학교 널뛰기팀), 사진 찍어주기(당시만 해도 사진기가 귀했다) 등 다채로웠다.

그런데 뭔가가 부족했다. 만족스럽게 행사장이 설치되고 모든 것이 차질 없이 추진되었지만 뭔가가 부족한 것 같았다. 겨자처럼 톡 쏘는 무엇 하나가 필요했다. 그것이 무엇일까. 동료직원들과 함께 한강을 바라보다가 퍼뜩 생각나는 것이 있었다. 마포나루굿 재현 행사 시 황포돛배를 타고 굿을 하는데, 이때 기자들은 모터보트를 타고 배에서 굿을 하는 장면을 찍는다. 그렇다면?

당시에 국가적으로 중대한 일이 있었다. 김대중 대통령이 북한을 방문한 것이다. 그래서 나온 것이 '6.15 남북공동선언'이었다. 이 역사적인 사실 앞에 온 국민이 열광하고 있었다. 분단의 벽이 와르르 무너지고 바로 통일이 될 듯한 분위기였다. 그래서 남북공동선언이 잘 실행되기를 바라고, 통일에 대한 염원을 담고자 황포돛배에 플래카드를 달기로 했다. 거기에 쓸 문구는 이러했다.

「마포나룻배 타고 대동강까지!」

행사 당일 언론들은 앞다투어 황포돛배를 취재했다. 정확히 말하면 황포돛배에 걸린 '마포나룻배 타고 대동강까지!'라는 문구를 취재한 것이다. 마포나루축제는 방송을 타고 크게 보도가 되었다. 행사는 놀라울 정도로 대성공이었다. 생각지 않았던 드라마 목민심서의 주막 세트장을 사용하였고, 직원들과 기획사(영음)의 헌신적인 노력이 있었지만, 그중 압권은 배에 걸린 한 장의 플래카드였다. 단 한 줄의 문장이었다.

언제 남북의 물은 만나 격하게 섞이면서 새로운 물길을 만들 것인가? 언제 마포나룻배 타고 대동강에 갈 수 있을까?

붙이는 말. 2000년 6월 13일 축제 진행요원에 대해 교육을 했다. 이때 처음으로 파워포인트란 것이 직원들에게 선을 보였다. 파워포인트로 만든 교육자료. 애니메이션을 사용해 글자들이 (유치하게) 촐싹거리며 움직이고 날아다니는 것에 모두 탄성을 터뜨렸던 그날의 기억이 새롭다. 민간에 비해서는 늦었지만, 관공서도 드디어 평면의 세계에서 입체의 세계로 들어선 것이다.

홍대 앞 문화예술인들 및 서울프린지페스티벌

문화팀장으로 일하면서 의미 있었던 것 중의 하나는 홍대지역에서 활동하고 있는 문화기획가와 문화예술인들을 알게 된 것이다. 홍대 앞 터줏대감이던 최정한(사단법인 공간문화센터 대표)과 류재현(World DJ Festival 총감독), 퍼포먼스를 하는 김백기 한국실험예술제 감독, 오성화 서울프린지페스티벌 감독, 서진석 대안공간 루프 대표, 김장연호 서울국제미디어페스티벌 예술총감독이자 미디어극장 아이공 대표, 김영등 프리마켓 및 일상창작예술센터 대표이자 모던록라이브클럽빵 대표 등 문화예술인들을 만나 2002 월드컵 맞이 문화행사와 지역문화 창달을 위해 많은 이야기를 나누었다. 또 후에 지역문화예술인들인 (사)와우책문화예술센터의 이채관 대표, 성미산마을의 유창복, 마포FM의 송덕호, 문화로놀이짱의 안연정, 상상공장의 최태규 등과도 인연을 맺었다.

그중 서울프린지페스티벌과의 인연은 각별했다. 인디, 언더, 비주류 문화를 지향하는 서울프린지페스티벌의 전신은 독립예술제로 활동 무대는 종로 대학로였다. 2000년 하반기 독립예술제 이규석 대표(감독)가 부서로 나를 찾아왔다. 그의 이야기인즉 1998년부터 대학로에서 독립예술제를 하고 있다, 2000년까지 세 번 축제를 열었는데 아무래도 독립예술제의 무대는 대학로보다 인디언더문화의 산실인 홍대 앞이 적격인 것 같다, 그러나 대학로에 뿌리를 내리기 시작했는데 홍대 앞으로 오기가 망설여진다, 그래서 상의하러 찾아온 것이다, 라는 것이었다.

나는 그 자리에서 망설임 없이 바로 말했다. 홍대 앞으로 와라! 무조건 도와주겠다! 물심양면으로 적극 도와주겠다고 강하게 말했다. 독립예술제를 홍대 앞으로 유치하겠다고 윗분들께 보고를 드리니 모두 좋다고 했다. 2002년 월드컵에 대비해 문화행사를 발굴 기획해야 하는 입장에서 좋은 축제가 스스로 오겠다는데 마다할 이유가 없었다. 쌍수를 들어 반길 일이었다.

독립예술제는 2001년 제4회 행사를 홍대 앞에서 개최했다. 내가 가장 신경을 쓴 공연은 야외에서 하는 공연(프로그램명은 '중구난방')이었다. 소음이 문제였다. 음향을 어느 정도 하는 것이 적당할까. 작게 하면 공연의 맛을 살릴 수 없고, 크게 하면 주변 주택가에 피해를 준다. 나는 야외공연이 있는 날 소음을 측정하기 위해 혼자 주택가를 걸으며 공연하는 이들이 민원에 움츠려들지 않고 마음껏 공연을 했으면 좋겠다는 생각을 했다. 물론 주민들도 소음에 시달리지 않으며.

서울프린지페스티벌은 매년 7월과 8월에 개최하는데 2002년은 월드컵에 맞춰 5월 25일부터 6월 15일까지 개최했다.

독립예술제는 서울프린지페스티벌로 축제 명칭을 바꿔 홍대 앞에서 개최되다가 2013년 서울월드컵경기장내에 사무실을 얻어 경기장 주변에서 축제를 개최하고 있다. 임대료가 비싼 홍대 앞에 사무실을 얻어 활동하기에는 역부족인 가난한 문화예술가들. 한국 퍼포먼스의 선구자인 김백기의 한국실험예술제도 제주도(서귀포)로 활동무대를 옮겨 국제실험예술제를 열고 있는데, 홍대 앞이 그리울지도 모르겠다.

2002년 6월에 월드컵 문화행사의 하나로 홍대 앞 놀이공원에서 개최된 프리마켓은 젊은 예술가들이 만든 수공예품을 판매하는 예술시장으로 명성을 쌓았고, 전국적으로 유사한 행사가 널리 열리고 있다.

2002년 당시 홍대신촌문화포럼 사람들과 머리를 맞댄 채 문화를 끌어안고 문화세상을 꿈꿨다. 그런 시절이 있었다. 홍대지역에서 활동하는 문화예술인들과 많은 얘기를 나누었는데, 그들은 나에 대해 문화를 알고 이해하는, 말이 통하는 공무원이라고 했다. 서로가 마음을 열어놓을 수 있어서 좋았다. 물론 나는 그들의 애로사항을 제대로 해결해 주지 못했다. 역부족인 것이 많았다. 그렇지만 그들과의 만남과 관계는 소중하게 기억될 것이다.

13

잊힌 행사,
길거리 응원 등

S!

문화체육과 근무 3년 동안 다양한 행사를 해서인지 할 이야기가 많다. 모두 꺼내어 이야기를 한다는 것은 불가능하고 오늘은 잊혀진 행사를 이야기하겠다. 당시는 심혈을 기울여 개최한 행사지만 세월이 지나면서 사람들 뇌리에서 사라진 행사에 대한 이야기다. 아, 그런 것이 있었어요? 하며 들어주기 바란다.

2002년 월드컵을 맞아 서울시에서는 월드컵을 문화월드컵으로 치르고자 했다. 그래서 서울시는 서울월드컵 프라자, 한강판타지, WOW! 여의도플라자, Flag Art Festival, 서울세계불꽃축제, 원더풀 서울 등 다양한 문화행사를 개최하였고, 마포에서는 서울(상암)월드컵경기장 주변과 홍대일원에서 여러 가지 행사가 열렸는데 그중 하나가 마포나루축제다. 마포나루축제는 1999년에 제1회, 2000년에 제2회 행사가 열렸다. 그리고 역량을 더 키우기 위해 2001년 한 해를 쉬고

2002년에 제3회 마포나루축제를 개최하였다. 1, 2회 축제가 1일 행사였던 반면, 제3회 행사는 2일 행사였다. 행사비는 1, 2회 행사 때와는 비교할 수 없이 많았다. 행사비 전액은 시비였다. 행사를 월드컵 맞이 문화행사로 치르라고 서울시에서 3억 원을 지원해주었다.

행사비가 넉넉하니 축제 프로그램도 다양했다. 합정동에 소재하고 있는 망원정에서 행사장인 월드컵공원 내 난지공원까지 세종대왕 어가행렬을 하고, 국악한마당, 열린음악회, 구민 및 외국인 장기자랑, 민속놀이공연, 줄타기 등 민속특별공연, 옛마포나루사진전, 인디·언더 록 공연, 황포돛배 탑승, 민속연날리기 등이 있었다.

이 중 인상적이었던 록페스티벌(인디·언더 록 공연), 황포돛배 탑승행사에 대해 이야기하고, 마포나루축제와는 별도의 행사였지만 길거리 응원과 전광판에 대해서 이야기해 보겠다.

한강변 록페스티벌

홍대 앞에서 야외공연을 할 때 문제가 되는 것은 음향이다. 공연에 맞게 음향을 틀면 시끄럽다는 민원이 쏟아져 공연이 위축될 수밖에 없다. 실내에서 공연하던 밴드들이 야외에서는 더 신나게 해야 하는데 현실은 그렇지 못했다. 탁 트인 한강에서 마음껏 소리 지르며 노래를 부른다면 누가 뭐라고 하지 않을 것 아닌가. 그래서 마포나루축제 프로그램으로 록페스티벌을 개최하게 되었다. 한강변 록페스티벌, 매우 흥분되는 프로그램이었다.

그러나 록페스티벌은 성공하지 못했다. 젊은이들이 많이 몰려올 것이라고 기대를 했는데, 행사장을 찾은 젊은이는 천여 명에 불과했다. 그리고 한 팀의 공연이 끝난 후 다음 팀이 공연하기까지의 시간이 짧아야 하는데 준비가 소홀해 적지 않은 시간(인터벌)이 소요됐다. 안타깝게 공연의 맥이 자주 끊겼다. 밴드 공연은 팀과 팀이 연결하는 시간을 매끄럽게 하는 것이 중요하다는 것을 알게 되었다. 2002년 마포나루축제의 한 프로그램이었던 록페스티벌이 이목을 크게 끌지는 못했지만 나름대로 의미가 있었다. 한강변을 달군 슈가도넛, 블랙홀, 이레이지보이, 크라잉넛의 공연. 과문한 탓인지 이날 공연 이전에 한강변에서 록페스티벌이 개최되었다는 얘기를 들어보지 못했다. 그렇다면 이날 공연은 한강변 최초 록페스티벌, 거의 최초의 한강변 록페스티벌이었다. 이 행사 전에 한강변에서 록페스티벌이 열린 적이 있었는지, 알고 싶다.

황포돛배 탑승행사

　두 번째 인상적이었던 프로그램은 황포돛배 탑승행사였다. 40인승의 황포돛배에 탑승해 월드컵분수대(한강에 가변식으로 설치된 분수대로 물줄기의 최대 높이는 202m이다. 2002년 한일월드컵 개최를 기념하기 위해 만들어졌으며 월드컵 때는 경기장과 가까운 마포한강에 떠 있었다)를 한 바퀴 돌아오는 것이었다. 그냥 돌아오면 밋밋해 마포문화원 경기민요팀이 탑승하여 뱃노래를 불렀다.

황포돛배가 월드컵분수대를 돌 때 시원한 물보라가 배에 탄 사람들 얼굴에 흩뿌려진다. 그리고 장구장단에 맞춰 뱃노래가 울려 퍼진다. 이때 배에 탄 사람들은 거의 황홀경에 빠진다. 멋도 이런 멋이 없다.

행사장을 찾은 사람들은 황포돛배 탑승행사를 좋아했다. 큰 기대를 하지 않았는데 인기를 끌었다. 그런데 축제 둘째 날에 황포돛배 탑승행사가 중지되었다. 윗사람의 중지하라는 지시에 놀라 이유를 알아보니 사람들이 너무 많이 몰려 자칫하면 사고가 날지 모르니 중지하는 것이 낫다고 여긴 것이다. 나는 질서요원을 추가 배치하면 문제가 없을 것이라고 말했지만 안전사고를 걱정하는 상사의 뜻을 꺾을 수 없었다. 너무 인기가 있어서 중지했다? 황포돛배 탑승행사 중지는 아쉽기만 했다.

지금 돌이켜보아도 그 행사는 멋들어졌다. 때는 6월, 황포를 펄럭이며 배가 한강을 가로질러 나간다. 배가 서서히 분수대를 돈다. 분수는 200미터 가까이 물줄기를 힘차게 뿜어댄다. 분수에서 물보라가 자욱하게 흩어진다. 물보라가 햇빛에 반짝이며 작은 보석처럼 빛난다. 빛의 요정들이 춤을 춘다. 물보라가 얼굴을 적신다. 얼굴 위에서 요정들이 뛰어다닌다. 얼굴이 간지럽다. 시원하고 아득하다. 장고 소리에 맞춰 뱃노래가 울려 퍼진다. 그 옛날 배를 타고 멋스럽게 놀았던 풍류객이 하나도 안 부럽다. 어떤 놀이기구도 이보다 멋질 수가 없다. 2002년 한강에서 있었던 황포돛배 탑승행사는 잊을 수 없는 멋진 행사였다.

16강에 진출하면 전광판 무료 사용

S! 하나 더 얘기해야겠다. 당시 전광판에 의한 길거리 응원이 있었다. 2002년 6월, 나중에 사진으로도 유명해진 서울시청 앞 길거리 응원 등 전국 곳곳에서 월드컵응원축제가 펼쳐졌다.

마포에서도 길거리 응원을 했다. 대흥동 마포아트센터 광장에 전광판을 설치했다. 당시 전광판을 1회에 5백만 원씩 총 3회 사용하는 것으로 하여 1천 5백만 원에 임차했다. 서울시에서 지원받은, 확보된 예산이 그것뿐이었다. 나는 전광판 임차계약을 할 때 전광판 업자에게 만약 한국이 16강에 올라가면 애국하는 마음으로 16강 경기 한 번은 전광판을 무료로 사용하는 것이 어떠냐고 제의했다. 16강 진출은 불가능에 가까웠다. 전광판 업자는 흔쾌히 좋다고 했다. 돈이 문제냐고. 16강 진출은 국민들의 염원이고 국가적 경사이니 돈을 안 받고 기꺼이 대여해주겠다고 했다. 그러면서 업자가 한마디 했다. 무료로 대여할 일은 결코 없을 것이라고.

기적이 일어났다. 한국이 16강에 오른 것이다. 약속대로 16강전에 전광판을 무료로 사용했다. 그런데 16강전에서 또 승리하고 8강에 오른 것이다. 그러자 방송사는 곳곳에서 길거리 응원을 전개했다. 1회 임대료 5백만 원이던 전광판이 2천 5백만 원, 3천만 원으로 껑충 뛰었다. 마포아트센터 광장에 설치된 전광판을 SBS에서 대여하여 가지고 갔다. 8강전을 앞두고 관심은 말할 수 없이 높아만 가는데 전광판이 사라져버린 것이다.

전광판을 대여할 돈이 없다고 길거리 응원을 멈출 수는 없었다. 이미 길거리 응원은 대세가 되어버렸다. 구청장에게 상황을 보고했다. 끝까지 가도 좋다는 허락을 받았다. 구 예산을 쓰기로 했다. 나는 전광판을 수배했다. 국내에서는 중계방송에 적합한 이동 전광판을 임대료 5백만 원으로는 구할 수 없었다. 이때 마침 베트남에 수출하기 위해 포장까지 해놓은 전광판을 대여해줄 수 있다는 업자의 연락을 받았다. 베트남의 20층이 넘는 건물에 설치될 대형 전광판이었다.

우여곡절 끝에 큰 전광판이 설치되었다. 그런데 해상도가 좋지 않았다. 앞서 16강전까지 네 경기를 중계한 전광판은 가까이서 봐도 잘 보였는데 새로 설치한 전광판은 가까이서 보면 흐릿했다. 이유는 전광판의 전구 크기였다. 먼젓번 것은 전구가 작아 해상도가 좋았다. 가까이서 봐도 잘 보였는데 나중에 설치한 전광판은 전구가 커 가까이서 보면 잘 안 보였다. 빌딩에 설치될 것이니 그런 것이라고 했다. 낭패였다. 그래도 멀리서는 제대로 보여 조금 위안이 되었다.

전광판을 보며 응원하는 사람들은 조금도 불평하지 않았다. 분명 전의 전광판에 비해 흐릿할 텐데 아랑곳하지 않고 전광판을 보며 열심히 응원을 했다. 수만 명의 붉은 악마들이 모여 펼치는 시청 앞 응원에 비할 수는 없지만 천 명 정도 되는 주민들은 '대~한민국!'을 목이 터져라 외쳤다. 그 큰 전광판으로 8강전, 4강전, 3·4위전을 보며 힘차게 응원을 했다.

16강에 올라가 전광판을 1회 무료로 사용한 일, 전광판 1회 사용 임대료가 5백만 원이던 것이 대여섯 배로 껑충 뛰었던 일, 베트남에 수출하기 위해 배에 싣기 직전의 빌딩 설치용 전광판을 임차했던 일,

흐릿한 전광판을 보면서도 열광적으로 응원했던 일은 잊을 수 없는 2002년 한 지역의 풍경이었다.

다들 잊었겠지만 그때의 풍경을 여기에 되살려 놓는다. 그때 이런 일이 있었노라고. 사라진 이야기 하나를 세월의 강에서 건져 올려 역사의 한 페이지에 추억처럼 새겨보는 것은 의미 있는 일일 것이다.

그리고 그때 정말 우리 모두는 하나였다. 그날의 기쁘고 자랑스러운 모습을 어찌 잊겠는가! 승리에 취해 경적을 울리며 도로를 질주하던 차량들. 붉은 유니폼을 입고 태극기를 흔들며 서로 어깨를 끼고 신이 나서 외치고 또 외쳤던, 대~한민국! 짜작~짝짝짝!

14

한여름 밤의 강변축제

(2000년~2002년)

S!

2000년 8월, 한강망원지구에서 강변축제가 열렸다.

마포구에서는 무더위에 지친 주민들을 위해 문화행사를 열기로 하고 1999년 8월 한강망원지구에서 '한여름 밤의 강변축제'란 행사를 개최했다. 내용은 오케스트라 연주, 성악, 합창, 초청가수 노래, 영화상영 순이었다. 나는 가수 강은철이 '삼포로 가는 길'을 부른 1999년 행사를 보지 못했다. 큰 무리 없이 진행이 되다가 영화 상영에서 그만 탈이 나고 말았다는 것을 나중에 들었다. 상영 중 필름이 끊어지는 사고가 발생, 한 시간 가량 상영이 중단되었다. 어쨌든 처음 이런 행사를 마련한 이들은 문화 개척자임이 분명하다.

이 행사 역시 마포나루축제처럼 전년도에 비해 행사비가 증액되었다. 내가 할 때 행사비가 늘어났으니 나는 운이 좋았다. 나는 어떻게 하면 행사를 수준 높은 공연으로 만들 수 있을까 고민했다. 전년도 행사는 처음이라는 의미가 있기는 했지만 수준이 높지 않았다. 그럴 수밖에 없는 여건이었다. 그래서 제대로 해보자고 예산을 늘린 것이다.

2000년에 정동극장(한국을 대표하는 전통공연 제작 극장으로 서울 중구 정동길에 소재하고 있다)에서는 야심찬 계획을 세웠는데, 그것은 '찾아가는 공연'이었다. 관객을 기다리는 것이 아니라 관객을 찾아가기로 한 것이다.

행사를 진행할 업체로 찾아가는 공연을 추진하는 정동극장이 정해졌다. 정동극장은 공연(예술)을 보여주는 곳이지 이익을 취하는 곳이 아닌 관계로 충분하지 않은 행사비에도 불구하고 2000년 한여름 밤의 강변축제를 맡아서 했다.

나는 행사의 특징을 두 개로 잡았다. 첫 번째는 사람들이 평소 잘 접하지 못하는 수준 높은 공연이어야 하고, 두 번째는 상영할 영화는 최신 영화여야 한다는 것이었다. 내용은 전년도 프로그램을 대체로 따르고, 시원한 타악기 공연을 추가했다. 마침 이때가 넌버벌 퍼포먼스(비언어적 공연으로 정해진 줄거리와 대사 없이 리듬, 비트, 스텝만으로 무대를 이끄는 공연)인 '난타'가 정동에 전용극장을 마련하고 막 홍보를 시작할 때였다. 난타 입장에서는 '난타'라는 공연을 널리 알릴 필요가 있었다. 이런 난타를 섭외한 것이다. 가수는 '사랑으로'를 부른 '해바라기'를 초청했다.

사물놀이로 무대를 연 다음 오케스트라 연주, 성악, 합창, 난타 공연, 초청가수 노래, 영화상영, 불꽃놀이 순으로 프로그램을 짰다. 영화는 인기리에 상영 중인 영화로 했다. 마침 2000년 7월 초에 개봉한

'비천무(신현준, 김희선 주연)'가 인기였다. 공중으로 날아다니는 무협영화였다. 그런데 극장에서 상영하고 있어서 다른 곳에서의 상영은 어렵다는 것이었다. 끈질기게 영화 제작사와 협의하여 1회 상영을 할 수 있게 되었다. 행사 포스터가 뿌려지자 관내 비디오 대여점협회로부터 항의를 받기도 했다. 2000년 그때만 해도 비디오 대여점이 성업이었다.

무대를 전년도의 두세 배 되게 크게 꾸몄다. '한여름 밤의 강변축제'란 타이틀이 새겨지고 그 타이틀 위에 '남북통일 및 월드컵 성공기원'이라는 문구를 올려놓았다. 행사장 곳곳에는 '7천만의 통일염원 민족화해로 앞당기자'는 현수막을 걸어놓았다. 그때는 그랬었다. 모두가 한마음으로 통일을 염원했다.

공무원 세계에서 행사에 대해 내려오는 말이 있다. 행사는 잘해야 본전이라는 말. 행사가 끝난 후 욕을 안 먹으면 그게 잘한 것이라는 말. 오랜 경험을 통해 나온 말인데, 나는 이 말을 받아들이지 않았다. 행사를 위해 죽도록 고생하고 기껏 본전치기를 한다는 것이 말이 되는가. 잘했다는 말을 들어야 한다. 칭찬을 들어야 한다. 때문에 적당히는 없다. 성공적인 행사를 위해 최선을 다해야 한다. 행사에는 반드시 '조금 더'가 들어가야 한다. 100%를 하는 것이 아니라 105%를 하여야 한다. 그 5%가 '조금 더'며, 나중에 칭찬으로 돌아오는 '극진한 노력'이다. '본전치기를 해서는 안 된다, 남는 장사를 해야 한다'가 나의 소신이었다. 실제로 나는 많은 행사를 했고 대부분 칭찬을 받았다. 이유는 5%의 '조금 더', 남들이 잘 하지 않는 5%의 추가된 노력 때문이었다. 5%의 추가된 노력. 남들은 내가 그런 노력을 했는지 잘 모른다. 그런 노력은 내놓고 하는 게 아니다. 추가되는 노력은 남이 쉬거나 잘 때 하는 것이다. 남이 모르게 하는 것이다. 노력을 하면서도 태연해야 하고 여유로워야 한다. 얼굴색이 변하면 안 된다. 진정한 노력은 그런 것이다. 추가된 노력을 할 때 하수는 얼굴이 붉으락 푸르락해지고, 고수는 평온하다. 다 됐다고 했을 때, 거기에다가 5%, 때로 10%의 지극한 정성을 보태는 것이다. 그러면 사람들이 말한다. '귀하는 행사의 귀재, 달인'이라고.

2000년 한여름 밤의 강변축제는 열심히 준비한 덕분인지 정말로 사람들이 구름처럼 모여들었다. 한강망원지구는 그러지 않아도 여름 저녁이면 사람들이 돗자리를 들고 찾아오는 곳이다. 그런 사람들과 망원지구 수영장에서 수영을 하고 나오는 사람들, 공연을 보러 오는 사람들로 인파가 넘쳐났다.

나는 공연이 시작되자 행사장을 돌아다니며 사람들 표정을 살폈다. 즐거워하는 모습을 보면서 그간의 고생을 말끔히 잊어버렸다. 2000년 한여름 밤의 강변축제는 성공적으로 끝났다. 행사가 잘 마무리된 것에 깊은 안도의 숨을 내쉬었다.

2001년 한여름 밤의 강변축제

2001년에도 8월이 왔다. 지난해 한여름 밤의 강변축제가 크게 성공한 것에 힘입어 2001년 행사는 전년도를 능가할 수 있게 기획했다. 행사내용은 전년도와 비슷했다. 타악팀은 '두드락'을 초청했다. 영화는 '공동경비구역 JSA'였다. 전년도에는 상영 중에 있던 '비천무'였는데, 비디오 대여점을 하는 이들에게 손해를 끼칠 수도 있다는 사실을 알고 1년 전 개봉한 영화를 택했다.

문제는 초청가수였다. 정동극장에서 추천한 가수들이 낯설었다. 아무리 가수가 음악성이 뛰어나다고 해도 어느 정도 대중성은 있어야 한다고 생각했다. 이런저런 논의 끝에 가수 안치환이 거론됐다. 그러나 넉넉하지 않은 출연료로 인기가 높은 안치환을 초청한다는 것은 어려운 일이었다.

나는 주변에 안치환을 초청하면 어떻겠느냐고 의중을 떠봤다. 열이면 열 모두 좋다고 했다. 그러면 초청해야지!

안치환은 의식 있는 노래를 서정적, 열정적으로 부르는 시대의 가객이다. 나는 다시 한 번 주특기를 발휘하기로 했다. 1999년 개그맨 김형곤을 초청하고, 2000년 목민심서 드라마 세트를 가져온 방법을 쓰기로 했다. 나는 안치환에게 메일을 보냈다. 반드시 초청해야겠기에 정성을 다해서 썼다. 지성이면 감천이라고 했다. 안치환이 초청에 응했다. 정말 감사했다.

그런데 2001년 행사의 백미는 무대였다. 황포돛배를 무대 배경으로 사용하기로 했다. 강 쪽에다가 황포돛배를 세우는 것이다. 객석에서 보면 마치 황포돛배가 강에 떠 있는 것 같은 모습이었다. 새로 해 달아 반짝거리는 황포돛이 펄럭이는 무대가 꾸며지고 행사장을 찾은 사람들은 수준 높은 공연에 즐거워했다. 오케스트라 연주와 성악, 합창에 이어 두드락의 폭발적인 타악공연은 더위를 날려버렸고, 안치환의 매혹적인 노래는 행사장을 콘서트장으로 만들었다. 진정 2001년 여름밤은, 사람이 꽃보다 아름다웠다!

8천여 명의 구름 인파. 모두가 여름밤에 흠뻑 취했다. 불꽃놀이는 또 얼마나 아름답던지! 2002 월드컵의 성공을 기원하는 2001년 한여름 밤의 강변축제는 축복처럼 성황리에 막을 내렸다.

2002년 한여름 밤의 강변축제

2000년과 2001년 두 번의 한여름 밤의 강변축제가 성공적으로 개최됨에 따라 2002년 행사는 욕심을 더 내게 되었다. 운이 좋아서인지 하는 행사마다 크게 성공했고 행사에 대한 자신감도 부쩍 생겼다.

2002년도 한여름 밤의 강변축제는 어디서 해야 하는지를 먼저 결정해야 했다. 강변축제는 말 그대로 강변에서 해야 하는 축제다. 한강망원지구나 난지지구에서 하는 것을 염두에 두고 검토를 했다. 그런데 서울시 한강관리사업소에서는 2001년부터 강변에 나무를 심기 시작했다. 여름에 한강변을 찾아오는 시민들에게 그늘을 제공해 준다는 취지에서였다. 전년도인 2001년 행사 때도 나무 때문에 다소 어려움을 겪은 터라 다시 그곳에서 하기는 곤란했다. 난지지구는 6월에 마포나루축제를 개최한 곳이지만 접근성이 떨어져 행사 장소로는 적합하지 않았다. 새로운 곳이 필요했다.

그래서 검토된 곳이 월드컵공원 내 '평화의 광장'이었다. 비록 강변은 아니지만 강에서 가까운 곳이니 강변이 아니라고 크게 흠이 될 것 같지 않았고(강변이란 말이 안 어울리면 행사명을 변경하면 되는 것이다), 무엇보다 접근성이 뛰어났다. 2002년 8월에 열린 한여름 밤의 강변축제는 평화의 광장이 만들어지고 첫 번째 문화행사였다. 월드컵축구대회가 개최된 곳에서 2개월여 만에 열리는 의미 있는 행사였다. 행사의 부제는 '2002 월드컵 성공 개최 기념'이었다.

총감독으로 국가적 대형행사를 연출한 경험이 있는 조수동 감독(문화기획가며 연출가)을 초빙했다. 나는 그와 수시로 만나 행사에 대해 의견을 교환했다. 평화의 광장에서 첫 번째 하는 행사인 만큼 오래도록 기억될 만한 멋진 행사를 하자고 의기투합했다.

인라인스케이트를 탄 사람들이 깃발을 들고 행사장에 들어오는 깜짝 이벤트에 이어 안성 남사당 바우덕이 풍물단의 공연, 정동극장 공연단의 공연, 오케스트라 연주, 합창, 성악, '살다 보면'을 부른 가수 권진원 등의 프로그램으로 구성했고, 영화는 '집으로(2002.4.5. 개봉)'를 상영하기로 했다.

행사 프로그램만 좋으면 사람들이 모인다는 것을 알기에 평화의 광장을 가득 채울 욕심으로 의자 5천 개를 준비했다. 주변에서 2천 개면 충분하지 않겠느냐는 의견을 주었지만, 나는 서서 공연을 관람하면 불편할 것이라고 여겨 굳이 의자 5천 개를 마련했다.

정말 여러 번 기획회의를 했고 한 치의 어긋남이 없도록 주도면밀하게 실행계획을 세웠다. 하늘이 또 한 번 행운을 주리라고 믿었다.

그러나 세 번 연거푸 행운은 오지 않았다. 행사 당일 하늘이 잔뜩 흐렸다. 비가 올 것이라는 예보였다. 행사를 하느냐 마느냐 걱정 때문에 몇 번이나 행사장을 왔다 갔다 했다. 중단하기에는 너무 아쉬웠다. 보여줄 것이 참으로 많은 행사였다. 지성이면 감천이라 했는데 어느 해보다 몇 배 더 열심히 준비를 했으니 비는 오지 않을 것이다, 애써 이런 생각을 하기도 했다.

그러나 야속하게도 행사 직전 비가 내리기 시작했다. 준비했던 식전행사 전부를 취소했다. 인라인스케이팅 행진이나 남사당놀이나 미끄러질 수 있기 때문에 할 수가 없었다. 무대에 옹색하게 천막을 쳤다. 모양이 참 우스워졌다. 어떻게 준비한 행사인데… 말할 수 없이 침통해졌다. 그러나 어쩌랴. 하늘의 뜻인 걸.

이날 빗속 공연이었음에도 많은 분들이 함께 안타까워하며 행사를 도와주었고 성원해주었다. 특별히 잊지 못할 분들이 있다. 굵은 빗줄기가 쏟아지는 가운데 노래를 한 가수 권진원은 무대 위 천막을 벗어나 흠뻑 비를 맞으며 열창을 했다. 쉽지 않았을 텐데… 프로란 저렇게 하는 것이구나, 프로란 어느 순간에도 프로다워야 하는 것임을 그때 알았다. 권진원은 무대 위를 펄펄 뛰어다니면서 혼신을 다해 노래를 불렀다. 정말 잊을 수 없는 모습이었다. 또 고마운 분은 구청장에 취임하고 나서 첫 번째 야외 대형행사에 참석, 끝까지 자리를 지키신 구청장 내외분이다. 우의를 걸쳤지만 의자에 흥건히 빗물이 고이는 악천우 속에서도 두 분은 행사가 끝날 때까지 자리를 뜨지 않았다. 그 덕분에 행사장에 온 사람들 대부분이 함께했다. 비가 내렸지만 행사를 중단하지 않고 질서 있게 진행할 수 있었던 것은 끝까지 자리를 지켜주신 구청장님 내외분 덕분이었다.

의욕이 넘쳐 과욕이 될 뻔한 행사. 야외행사는 비 앞에 속수무책이다. 준비한 좌석 5천 개가 주인을 맞지 못하고 빗속에서 울었던 2002년의 한여름 밤의 강변축제. 그러나 그날도 성공과 실패를 떠나 역사의 한 날이 되었다.

2000년, 2001년, 2002년 3년 동안 8월이면 나는 몸살을 앓았다. 행사를 품고 행사와 함께 살았다. 헌신적으로 행사를 함께 해준 당시 정동극장 박형식 극장장과 직원들. 지금은 고인이 되었지만 좋은 행사를 위해 머리를 맞댔던 2002년 조수동 예술감독. 아름다운 선율을 안겨주었던 오케스트라 단원들. 마포구여성합창단 정현주 단장과 단원들. 자리를 빛내준 성악가들. 타악의 진수를 보여준 난타, 두드락, 정동극장 예술단원들. 해바라기, 안치환, 권진원 등 초청가수들. 그리고 무엇보다 박수치고 환호하며 함께 축제를 즐겨준 수많은 사람들. 뒤늦게나마 모두에게 감사를 드린다.

그리고 2001년 무대 배경으로 썼던 황포돛배. 한강을 휘젓고 다니던 황포돛배. 2004년도인가 노후되고 관리상 어려움(홍수가 나면 대책 없이 떠내려가는) 등을 이유로 폐기된 황포돛배. 황포돛배가 없는 한강은 허전하기만 하다. 언젠가 황포돛배가 되살아나 황포 돛을 펄럭이며 한강을 유유히 떠다니기를 기대해 본다. 그 멋스러움이 유람선에 비할 바인가! 과거 황포돛배를 관광자원화 하려다가 역부족으로 하지 못한 안타까움이 있다. 쉽지 않겠지만 황포돛배를 다시 만들어 한

강의 상징이 되게 했으면 좋겠다. 높이 솟구치는 월드컵분수대를 가동시키고 황포돛배가 분수대를 돈다면. 흩날리는 물보라에 사람들이 젖는다면. 흥겨운 장구장단에 맞춰 뱃노래가 울려 퍼진다면. 밤섬을 가까이서 볼 수 있도록 밤섬 옆을 지나가는 황포돛배의 부활을 기대해 본다.

S!

우리는 살면서 가급적 남의 이목을 받지 않고 편안하게 길을 가고 싶어 한다. 그러나 때로 어쩔 수 없이 이목을 받을 때가 있다. 시기와 질투의 대상이 되기도 한다. 그럴수록 고개를 숙이고 겸손한 마음으로 더 열심히 일해야 한다. 때로는 왜 발탁되었는가를 스스로 증명해야 한다.

2000년 1월부터 2003년 2월까지 3년 2개월은 가시밭길을 헤치며 나를 증명한 기간이었다. 고단하고 힘겨운 시간 속에서 나는 빛이 되고자 했다. 문화가 나를 다스렸고 나를 키웠고 나를 만들었다. 나는 문화와 함께 있었고 문화를 키웠고 문화를 만들었다. 문화의 은총을 축복처럼 받았다. 공무원으로서 더할 수 없이 감사하고 보람된 날들이었다.

15
성산2동,
행복했던 1년

S!

이제 그대와 내가 처음으로 만났던 곳, 성산2동에서의 생활에 대해 이야기할 순서다.

2004년 1월 여느 때처럼 바쁜 날이었다. 부구청장이 호출을 했다. 나는 부구청장실로 가면서 전산장비 구매 때문에 부르는 것이려니 생각했다. 이번엔 어느 업자가 찾아온 것인지. 호출은 늘 신경이 쓰였다.

나는 문화관광팀장을 거쳐 2003년 3월에 기획예산과 전산팀장으로 자리를 옮겨 디지털 행정을 구현하기 위해 왕성하게 일을 하고 있었다. 나는 전산의 매력에 빠져 있었다. 구를 최고의 정보화 구로 만들겠다는 욕망에 사로잡혀 있었다. 아니 만들어야 한다는 사명감에 불타고 있었다. 왜 그토록 전산업무가 재미있었는지! 왜 그토록 집착을 하며 몰입했는지! 그때 나는 '컴퓨터'라는 강력한 무기를 장착하고

183

싶어 2000년에 개설한 사내대학(H대 컴퓨터공학과)에 다녔는데, 뒤늦게 학업을 할 수 있도록 길을 열어준 조직에 보은하고자 하는 마음이 충만했다.

부구청장은 나를 보자 발령이 날 것이니 그리 알라고 말했다. 나는 순간 귀를 의심했다. 전산장비를 취급하는 업자의 부탁을 말하고 검토해 보라고 지시할 줄 알았는데 발령이라니. 나는 발령 대상이 아니었다. 발령 대상은 1년 이상 근무자였다. 나는 업무적으로 아무런 문제를 일으키지 않았다. 나는 어안이 벙벙해 몸을 휘청거리며 무슨 말씀이냐고 물었다.

뭐 이런 경우가 있나. 무방비 상태에서 뒤통수를 세게 얻어맞은 나는 멍한 상태에서 인사팀장을 찾아갔다. 어떻게 된 일이냐고 자초지종을 물었다. 인사팀장이 곤혹스러운 표정을 지었다. 갈 자리는 있는지 알아보았다. 인사안은 거의 짜였고 두 자리가 비어 있다는 것이다. 어느 자리인지 보니 내가 갈 자리가 아니었다. 이럴 수가 있나. 안타깝고 허탈했다. 조직을 위해 분골쇄신하며 일하고 있는 자를 이렇게 무시해도 되는 것인가. 조직원을 소중한 자원, 인격체로 대해주지 않는 조직. 힘의 논리가 횡행하는 조직. 원칙과 기준이 시시때때로 바뀌는 조직. 나는 그래서는 안 된다고 생각했다. 물론 조직은 유기체이므로 얼마든지 변할 수 있다. 그러나 변화는 가급적 예측 가능해야 하고 조직원들로부터 정당성을 부여받아야 한다.

인사팀장과 얘기를 하고 있는데 성산2동장이 사무실로 들어왔다.

성산2동장이 무슨 일이냐고 물었다. 성산2동장은 며칠 전까지 총무과장이었는데 승진에서 쓴맛을 보고 동으로 내려간 것이다. 성산2동장은 해외시찰 건으로 구청에 잠깐 왔다가 총무과에 들른 것이다.

나는 볼멘소리로 말했다. 갑자기 가라 그러니 이런 경우가 어디 있습니까. 알아보니 갈 데도 없네요. 갈 만한 자리는 다 정해져 있고. 이제 와서 갑작스럽게 가라 하니 대체 어디로 가라는 것인지 모르겠습니다. 그러자 성산2동장이 나를 유심히 쳐다보더니 '나와 같이 일하면 안 될까'라고 말하는 것이었다. 순간 내 머리는 빠르게 회전했다. 성산2동장은 문화체육과에서 같이 일했었다. 이미 호흡을 맞춰본, 서로를 잘 아는 사이다. 나는 성산2동이 어떤 동인가를 생각했다. 첫 번째 떠오른 것은 인구가 많은 큰 동이라는 것이었고, 두 번째는 집에서 버스 한 번이면 갈 수 있는 곳에 위치해 있다는 것이었다. 서울에서 첫째 둘째를 다투는 큰 동이라는 것은 내 자존심을 세워줄 수 있고, 교통편이 좋으니 출퇴근 때 시달리지 않아도 된다. 나는 군말 없이 그 자리에서 성산2동으로 가기로 했다.

나중에 전산팀장 후임으로 온 직원이 이런 사실을 알고 미안해했다. 그는 자기가 그 자리를 원했는데(그도 발령대상이 아닌 줄 알았다가 갑작스럽게 가라고 해서 얼떨결에 그 자리를 희망했다고 한다), 그러면 조직에서 나에 대한 배려가 있을 것으로 알았단다. 나는 내 후임이 전산업무에 대해 나보다 더 잘할 수 있다는 생각이 들어 인사에 대한 섭섭함을 잊기로 했다.

그래서 나는 사무담당주사(팀장. 2004년에는 동사무소에 1명의 팀장만 있었다) 신분으로 성산2동에 갔다. 큰 동인 만큼 모든 것이 컸다. 다른 동에 비해 직원도 대여섯 명 더 많았다. 나는 가면서 마음을 다잡았다. 정말 열심히 일을 하자고. 나를 다시 한 번 치열하게 담금질하자고. 주민들을 위해 헌신적으로 일하자고. 이대로 주저앉아서는 안 된다고. 절대로 의기소침하거나 좌절하지 말자고. 나는 두 주먹을 불끈 쥐었다. 여기에서 나는 새로운 역사를 만들 것이다, 나는 속으로 부르짖었다.

총무과장이었다가 동장이 된 분. 나는 동장님에게 진심을 다해 말했다. 동장님은 밖으로 뛰십시오. 주민들을 만나 폭넓고 돈독한 관계를 유지하고 다음을 대비해 외연을 확장하십시오. 사무실 일은 걱정하지 마십시오. 제가 잘 챙기겠습니다. 저를 믿고 맡겨주십시오. 동장님을 도와 최고의 동으로 만드는 데 작은 힘이나마 최선을 다하겠습니다.

이렇게 해서 33년 공무원 생활 중 가장 행복했던 1년이 시작되었다. 뒤늦게 그때를 이리저리 둘러보아도 별로 고통을 느끼지 않았던 유일한 시절이었다. 직원들과 힘을 합쳐 살기 좋은 동으로 만들어나가는 하루하루는 기쁨이고 감사함이었다.

나는 성산2동에 가자마자 두 가지를 하기 시작했다. 하나는 일상을 기록하기 시작했고, 또 하나는 동사무소 홈페이지를 새로 만들어 동의 모든 행사를 홈페이지에 게시했다. 2004년 1월부터 '이것이 일선행정이다'라는 글을 쓰기 시작했다. 그리고 성산2동 홈페이지에 올린 사진을 이용해 '사진으로 보는 2004, 아름다운 성산2동'이라는 사진책자를 발간했다. 이 책자는 1년 동안 동에서 있었던 행사를 거의 빠짐없이 수록한 것이다. 총 372개의 이미지(사진 등)를 파워포인트로 편집했는데, A4 규격에 132쪽의 책자다. 12월 업무시간에 틈틈이 만든 것이다. 의미 있는 기록물이라고 여겨져 책자로 발간하고자(이때까지 이런 식의 책자가 만들어졌다는 얘기를 들어본 적이 없다) 구에 예산을 요청했지만 지원을 받지 못해 8부만 책자로 만들었다. 직원, 통장, 주민자치위원들에게는 책자 파일을 CD에 담아 주었다. 구로부터 300만 원 정도의 책자 제작 예산을 지원받지 못한 것이 무척 아쉬웠다.

성산2동에 있으면서 마음껏 일할 수 있도록 배려해준 동장님(이관재) 덕분으로 직원들과 힘을 모아 많은 일을 하였다. 손뼉도 마주 쳐야 소리가 난다고 주민자치위원회 위원장(장순현), 간사(김기석)와도 호흡이 척척 맞았다.

나는 성산2동에 있으면서 가급적 새로운 것을 보여주고 주민과 지역을 위해 특수한 사업을 열성적으로 하리라 마음먹었고 실제 그렇게 했다. 성산2동에서 한 일들은 내가 일한 모든 곳에서 그러했듯이 나 혼자 독단적으로 한 것은 없다. 모든 일은 상사의 지시를 받거나 상사와 상의한 후 직원들과 함께 손을 맞잡고 한 것이다.

지나간 시절의 사사로운 풍경에 불과하겠지만, 2004년 서울에서 두 번째로 큰 동에서 있었던 일들을 살펴보자.

2004년 12월 당시 성산2동은 인구 40,674명, 14,263세대, 44개 통으로 구성되어 있으며 관내에 서울월드컵경기장이 소재하고 있다.

2004년 4월 15일에 실시된 제17대 총선을 맞아 행정자치부장관(허성관)이 투표사무 준비사항을 점검하고 관계자를 격려하기 위해 선거일 전날인 2004년 4월 14일 제3투표소인 중동초등학교를 방문했다.

2005년 5월 22일 망원유수지체육시설에서 열린 체육대회에서 씨름과 족구에서 우승하고 400m 계주에서 준우승을 하여 종합우승을 차지했다. 다른 동은 선수를 구하지 못해 쩔쩔맸는데 성산2동은 선수를 하겠다는 주민들이 많아 자체적으로 예선전을 치러야 했다.

7월과 8월에는 여름방학을 맞아 관내 초등학교 컴퓨터교실을 활용, 통장 및 어르신들을 대상으로 인터넷교실을 운영했다.

2004년 8월 25일 서울프린지페스티벌의 배달공연이 동사무소 강당에서 열렸다. 젊은 국악인 이자람이 중심이 된 국악 '타루'의 판소리 공연과 김덕수 사물놀이패의 제자들이 신명나는 한마당을 펼쳐보여 주었다.

2004년 10월 6일 월드컵컨벤션웨딩홀(서울월드컵경기장 내 위치)에서 어르신 800명을 초청 대규모 경로잔치를 개최했다. 1개 동에서 어르신 800명 초청 행사는 전무후무한 일이었다.

2004년 11월 24일 주민자치위원회, 부녀회, 통장, 직원들이 200평의 농장(구에서 상암동의 미개발된 땅을 한시적으로 각 동에 분양해 주었는데, 성산2동은 큰 동이라고 하여 다른 동에 비해 배가 넘는 땅을 배정받았다)에서 재배한 배추 등으로 김장 담그기 행사를 열어 저소득층 200여 세대와 4개 노인정에 사랑의 김장김치를 전달했다.

이밖에 주민자치 프로그램인 스포츠댄스팀 경연대회에서 우승, 한지공예 작품전시회, 한글서예교실 전시회, 모범청소년 문화유적지 탐방, 주민자치센터 비교견학, 통장단 지역문화유적 탐방, 음식물쓰레기 분리배출 홍보 캠페인, 승용차요일제 참여 캠페인, 독감 예방접종 실시, 이웃돕기 성금모금, 풍수해 대비 민방위 방재훈련, 찾아가는 미용봉사단 활동, 여름철 자연정화활동, 골목길청소 자원봉사단 발대식, 2004.7.1부터 시행된 버스중앙전용차선제 홍보 등 많은 일을 했다.

조금 더 이야기를 하겠다. 첫 번째는 통장회의 시 빔 프로젝터를 활용한 것이다. 파워포인트로 작성한 회의자료는 통장들의 수준을 향상시키는 데 기여했다. 구청에서 회의 시 파워포인트로 만든 자료를 사용하지 않을 때 이미 동에서 파워포인트로 만든 자료를 사용했다. 통장들은 특별한 대접을 받고 있다는 느낌이 드는지 모두 좋아했다.

두 번째는 어느 날 책상 서랍에서 여러 개의 예금통장을 발견했다. 어떤 성격의 통장인지 전임자에게 알아보니 잘 모르겠다는 것이다. 자기도 전임자로부터 아무런 설명 없이 인수받았고, 그래서 나에게 아무 얘기 안 하고 인계했다는 것이다. 나는 통장에 들어 있는 돈을 추적했다. 추적 결과 통장에 있는 돈은 성산동 500-3에 소재하고 있던 풀무골새마을회관이 서울월드컵경기장 건립으로 철거됨에 따라 받은 보상금과 이자수입으로 발생한 돈이었다. 총 금액은 1억 4천여만 원이었다. 누구도 마음대로 쓸 수 없는 성격의 돈이기에 동사무소에서 보관하고 있었던 것이다. 나는 이 돈을 지역을 위해 가치 있게 쓸 수 있겠다는 생각이 들어서 동장님과 상의하여 이 돈을 지역사회 발전과 주민의 복지증진을 위한 사업에 지원하기로 하고 '마을기금설치 및 운용 규정'을 만들었다. 잠자고 있는 돈을 깨워 알토란 같은 마을기금을 조성한 것이다.

세 번째 이야기는 승용차요일제 가입 독려에 관한 이야기다. 서울시에서는 교통난을 다소나마 해결하기 위해 승용차요일제 사업을 대대적으로 전개하였고 각 구에 실적을 거양하도록 강하게 밀어붙였다. 이에 따라 구의 담당부서에서는 동을 세게 압박했다. 승용차요일제 가입자에게는 약간의 인센티브가 주어졌지만 주민들은 가입에 선뜻 동의하지 않았다. 동에서는 통장들로 하여금 승용차가 있는 가구를 일일이 방문하여 가입을 권유하도록 했고, 실적이 좋은 통장을 자체 포상하기도 했다. 실적이 저조한 동은 심한 질책을 당했고 동행정평가에서 절대 불리했다. 상황이 이러니 통장들한테만 맡길 수 없어 직원들도 이 일에 달라붙었다. 직원들이 거리에 나가 승용차요일제에 가입하도록 하는 게 주 업무가 되었다. 동사무소에서는 직원들에게 가입량을 할당했다. 일부 동에서는 여직원들이 저녁 늦게 승용차에다 승용차요일제 스티커를 붙이고 혹시 들킬세라 얼른 도망간다는 얘기도 들렸다. 몰래 스티커를 붙이는 여직원들 심정이 오죽했겠는가. 승낙도 안 했는데 차에 요일제 스티커가 붙어 있는 것을 본 차주들의 심정은 또 오죽했겠는가.

승용차요일제 업무가 마침내 나와 직원들을 압박하기 시작했다. 나는 사무실에 가만히 있을 수가 없었다. 밖에 나가 직원들을 독려하며 승용차요일제 가입을 권유했다. 직원들이 나에게 답답하다는 듯이 말했다. 일일이 차주의 의사를 묻고 승낙을 받는 것은 시간이 많이 걸리고 번거롭다, 그렇게 해서 몇 건이나 실적을 올리겠는가, 신사적으로 하면 꼴찌를 면하기 어렵다, 우리도 다른 동처럼 차주의 의사를 묻지 말고 무차별적으로 스티커를 붙여 실적을 올리자고 하는 것이었다. 실제 그렇게 실적을 올리는 직원이 있다 보니 왜 의사도 묻지 않고 스티커를 붙였느냐고 사무실로 찾아와 항의를 하는 주민들이 왕왕 있었다. 그때마다 주민을 설득시키는 일이 신경이 쓰이고 힘들었다. 나는 직원들에게 어떤 경우에도 차주의 의사를 묻지 않고 요일제 스티커를 붙이는 행위를 하지 말라고 말했다. 차주의 의사를 묻고 승낙을 받는 것이 번거롭고 느리게 가는 것이지만 그 행위가 옳은 것이라면 당연히 그렇게 해야 한다고 말했다. 실적 쌓기에 급급하여 편법을 쓰지는 말자고 말했다. 차주들의 이해 속에 자발적인 참여만이 승용차요일제를 정착시키는 것이지, 편법으로 하면 당장은 실적이 좋을지 몰라도 이 사업은 오래가지 못한다고 말했다.

최선을 다하자. 최선을 다하고도 꼴찌를 하면 받아들이자. 꼴찌를 하면 질책을 받고 동행정 평가에 불리하다고 반칙을 하는 행위는 하지 말자. 어찌 여직원이 밤늦게 차에 몰래 스티커를 붙이고 도망치는 일이 있을 수 있는가. 우리는 자존심도 없는가. 공무원을 도둑놈처럼 만드는 어처구니없는 행위는 하지 말자. 정직하게 하자. 느리게 가더라도 바르게 가자. 나는 말했고 직원들은 내 말을 이해하고 함께해주었다. 승용차요일제가 정착되었는지, 안 되었는지 잘 모르겠다.

2004년 그때 성산2동의 승용차요일제 실적은 좋지 않았다. 그러나 가입을 위해 가장 많이 노력한 동으로 나는 기억한다.

다양한 사업을 하는 한편 직원들 사기에도 관심을 기울였다. 직원들과 수시로 탁구를 치고 가끔 등산을 갔다. 직원 대부분이 그해 9월에 충남 보령시 오천면 천수만 앞바다로 바다낚시를 갔고, 12월에는 강원도 홍천으로 스키를 타러 갔다. 단체 바다낚시와 스키, 결코 쉬운 일이 아니다. 직원들 마음이 맞으니 가능한 일이었다.

2004년 한 해가 가고 새해가 왔다. 나는 1년 동안 전력투구하였고 나의 모든 것을 아낌없이 보여주었다. 해가 바뀌었는데 똑같이 반복해야 하는 것인가. 나는 떠날 수 있다면 떠나고 싶었다. 그러나 동에 내려온 지 1년밖에 안 되었기에 다른 곳으로 가기가 어려웠다.

그런데 생각지도 않은 일이 발생했다. 인사팀장을 공모한다는 계획이 발표된 것이다. 나는 사내게시판에 뜬 공지사항을 보는 순간 가슴이 덜컹거렸다. 이게 무슨 말인가? 공모라니? 인사팀장을 공모한다는 것인가? 조직의 핵인 인사팀장을? 처음 있는 일이었다. 그런데 공모기간이 딱 하루였다.

공모 계획을 접한 나는 인사팀장이 되어 인사행정을 바르게 하고 싶다는 강렬한 열망이 가슴속에서 솟구쳐 오르는 것을 느꼈다. 그러나 누구도 나에게 인사팀장에 응모하라고 말하지 않았다. 공모가 뜬 날 직원 회식이 있었다. 회식을 끝내고 집에 들어가니 자정이었다. 나는 세수를 하고 PC 앞에 앉았다. 일단 쓰자. 나는 자기소개서를 썼고, 지원동기를 썼고, 인사팀장이 되면 무슨 일을 할 것인지를 썼다. 인사팀장이 안 되더라도 나란 인간이 성산2동에 근무하고 있음을 조직에 알릴 필요가 있다고 생각했다. 인사팀장에 선정되지 못해도 조직이 나를 알게 된다면 차선으로 다른 팀장으로 발령을 내주지 않겠는가 생각했다.

다음 날 사무실에 출근했지만 누구도 나에게 인사팀장에 응모해

보라는 말을 하지 않았다. 어느 곳에서도 전화가 오지 않았다. 나는 낙담했다. 누구도 인정해 주지 않는 자가 공모에 응한다는 것은 말이 안 되는 것이다. 도전해보고 싶은 생각이 있었으나 아직 때가 오지 않은 것으로 알고 포기하려고 했다.

오후 4시쯤 되었을 때 사무실의 여직원(오, 나에게 새로운 길을 걷도록 한 직원. 2012년에 지병으로 안타깝게 세상을 떠난 사회복지 직원이었던 고 이희순 주임!)이 나에게 오더니 인사팀장에 응모해 보라고 말하는 것이었다. 나는 귀가 솔깃했지만 속내를 감추고 짐짓 뜻밖이라는 표정을 지으며 내가 무슨 자격이 있느냐고 말했다. 그 여직원은 나야말로 적격자라고 진지하게 반복해서 말하는 것이었다.

나는 그렇게 기다리던 직원의 자발적인 추천을 받은 것이다. 나는 마지막으로 다시 한 번 고심하며 심사숙고했다. 내가 응모하면 자칫 주제 파악도 못 하는 놈이라고 웃음거리가 될지도 모른다. 그러나 나라는 존재가 성산2동에 있다는 것을 조직에 알리자. 나라는 존재를 알려야지 인사팀장이 못 되면 다른 팀장이라도 될 수 있는 것 아닌가. 나는 새로운 곳으로 떠나고 싶었던 것이다.

동장실로 찾아가 내 뜻을 이야기하고 어떻게 하는 것이 바람직한 것인지 조언을 구했다. 동장님은 내 이야기를 듣더니 응모해 보라고 말했다. 나야 당신과 더 일하고 싶지. 그러나 그런 생각을 가졌다면 도전해 보세요. 그 자리가 쉬운 자리는 아니지만 열심히 3년 정도 하면 기회가 올 거예요.

나는 6시 마감이 끝나기 직전 공모신청서를 메일로 발송했다. 나는 과감하게 '보내기'를 눌렀다. 가만히 있고 신중하기만 해서는 될 것 같지 않았다. 도전하지 않으면 아무 일도 일어나지 않는다. 아무 일도 일어나지 않는 삶을 택할 것인가, 작은 변화라도 일어나는 삶을 택할 것인가. 나는 후자를 선택했다.

다음 날은 토요일이어서(당시 토요일은 오전근무제여서 직원들 2분의 1이 근무했고, 행정기관의 주5일 근무제는 2005년 7월 1일부터 시행되었다) 편한 복장—허름한 가죽점퍼—을 입고 출근했다. 일을 하고 있는데 구청에서 전화가 왔다. 회의가 있다는 것이었다. 나는 아무 생각 없이 구청으로 들어갔다. 그런데 회의가 아니었다. 회의실에 모이게 하더니 줄을 세우는 것이었다. 인사발령이었다. 나는 가슴이 쿵쾅거렸다. 앞줄이었다. 순간 머릿속이 하얘졌다. 내가 서 있는 위치를 헤아려 보니 감사과 아니면 총무과였다. 어쩌면 인사팀장일지도 모른다는 생각이 퍼뜩 들었다. 아득했다. 그리고 생각은 현실이 되었다. 인사발령인 줄 알았으면 복장이라도 제대로 하고 오는 것인데. 뒷골목이나 시장통에서 입음직한 낡은 가죽잠바를 걸치고 왔으니!

어쨌거나 나는 제 발로 호랑이굴로 걸어 들어갔다. 제1회 공모제 인사팀장. 조직의 모험에 나는 탑승했다. 나는 뭣도 모르고, 시도 때도 없이 낙차 큰 하강과 상승을 반복하며 심하게 비틀어대는 난해한 롤러코스터에 올라탄 것이다. 무턱대고 올라탄 것이다. 2005년 1월이었다.

S!

앞에서도 얘기했지만 성산2동에서의 1년은 내 공무원 생활 중 가장 즐거운 기간이었다. 직원들, 주민들과 화합하며 하나가 되었던 날들. 나는 그곳에서 바람직한 행정은 무엇이며, 공무원은 어떤 마음과 자세로 일해야 하는가를 진지하게 사색하고 탐구했다. 그런 하루하루가 얼마나 소중했던지!

S!

몇 개의 글을 붙인다. 성산2동에서 썼던 '이것이 일선행정이다'란 글의 일부다. 여섯 개의 글인데, 길구나. 나는 글을 쓰면서 생각했다. 나에게 중요한 일이 다른 이에게는 사소한 일일 수 있지만, 하찮기만 한 나의 글이 때로 다른 이의 가슴을 살포시 적셔줄 수 있을 것이라고.

16
이것이
일선행정이다

① 첫째 날과 둘째 날

2004.1.19.(월)

성산2동사무소로 첫 출근을 한 날, 나를 기다리고 있었던 것은 키보드와 마우스가 아닌 집게와 커다란 포대였다.

어둠이 다 걷히지 않은 아침 7시. 설맞이 대청소를 했다. 첫 번째 나를 신선한 충격으로 몰아넣은 것은 면장갑을 익숙하게 끼고 청소도구를 집어드는 여직원들의 모습이었다. 나는 문득 내가 타임머신을 타고 세월을 거슬러온 것이 아닌가 하는 생각을 했다. 10년 만의 동사무소 생활. 동기능이 전환된 것으로 알고 있었는데 사실은 그렇지 않은 것 같았다.

1시간 동안 담배꽁초와 쓰레기를 줍다 보니 어느새 포대가 차버렸다. 8시. 사람들이 바쁘게 출근길로 나서고 있었다. 그런데 기분은 예상외로 상쾌했다. 다행이라는 생각이 들었다.

아침 9시 조금 지나 2층 동장실에서 업무를 협의하고 사무실로 들어오는데, 민원대에서 큰 소리가 났다. 젊은 민원인이 무엇 때문인지 몰라도 고래고래 소리를 지르고 있었다.

불만족 고객 처리방법. 사람을 바꿔라, 자리를 바꿔라, 분위기를 바꿔라. 소리 지르는 민원인을 내 자리로 데리고 와 음료수를 주고 이야기를 나누었다. 사무실이 떠나갈 듯 소리치던 젊은이의 음성이 조금씩 잦아들었다. 못산다고, 옷이 허름하다고 무시하느냐는 거센 항변. 안 되는 민원을 사정이 급하니 해달라는 것 때문에 벌어진 것이다.

떠들어 미안하다고 말하며 젊은이는 떠났고, 나는 직원들에게 이런 식의 민원이 얼마나 있느냐고 물어보았다. 익숙한 풍경이라는 것이다. 워낙 민원처리 건이 많다 보니 민원대에서 발생하는 다툼, 저소득층 사람들이 따지는 소리로 사무실이 조용할 날이 없다는 말을 들으며 내가 맞이해야 할 날들이 결코 만만한 날이 아닐 것임을 느꼈다.

앞으로 내가 할 일 중의 하나는 불만족 고객이 발생하지 않도록 하고, 불만족 고객 발생 시 즉시 처리하고, 찾아오는 고객(민원인)에게 만족을 주는 행정을 펼치는 것이라는 생각을 했다. 성산2동 이곳은 그간 내가 배웠던 서비스행정의 이론과 사례를 실제 적용해 볼 수 있는 훌륭한 학습 장소, 치열한 삶의 현장인 것이다.

사회복지담당 4명이 설을 앞두고 저소득층을 위해 내려온 막대한 양의 물품을 차질 없이 배부해 주었다.

풍랑이 거셀수록 가슴이 뛴다는 철학자 니체의 말을 새삼 떠올린 첫날이었다.

2004.1.20.(화)

성산2동 근무 2일 차. 직원들 발령이 있었다. 4명이 떠나고 4명이 새로 왔다. 비창구 업무가 적격이지만 인감을 맡게 된 L이 인감창구에 앉았는데 민원인이 줄을 섰다. 처음으로 인감업무를 담당하게 된 L은 바쁘게 민원을 처리하는데, 바라보니 얼굴이 상기되어 있었다. 두 귀가 벌겋게 물들어 있었다. 사람들은 창구 앞에 줄을 서 있고 업무는 서툴러 당황해하고 있는 것 같았다.

창구 쪽으로 가 민원인들에게 기다리게 해서 미안합니다, 빨리 처리해 드리겠습니다, 라고 양해를 구했다. 그리고 인감창구에 직원을 추가로 투입했다. 어쨌든 L은 자리에 앉은 지 꼬박 3시간 만에 잠깐 일어날 수 있었다. 이런 것을 말할 때 오줌 볼 시간도 없다고 하던가. 묵묵히 그리고 빠르게 민원을 처리한 L이 고맙고 대견스러웠다.

과대동인 이곳에 발령을 받고 허둥대는 나에게 L의 발령소식은 얼마나 큰 위안이었던가. 구청에서 일 잘한다고 소문이 났던 젊은 L은 그 명성이 헛된 것이 아니었음을 보여주었다. 수고한 그의 어깨를 두드려주는 것은 선배인 내 몫이 아니던가. 잘했어요! 훌륭해요!

오후에 구청에서 전산팀 직원들이 화분을 들고 방문했다. 화분 리본에 '수고하셨습니다'라는 문구가 있었다. 자리를 옮기면 통상 '축영전'이라고 쓰는데 나의 이번 인사발령에 대해 영전榮轉이란 말을 쓰기가 적절치 않았나 보다.

사무실의 바쁜 일을 잠시 미루고 찾아온 팀원들. 이야기를 나누는데 가슴 속에서는 다하지 못한 안타까움이 애잔하게 물결치고 있었다. 9개월여 동안의 짧은 기간이었지만 그들과 함께했던 시간들이 주마등처럼 스쳐 지나갔다. 전산화, 정보화에 미친 듯 몰입했던 팀장. 그들이 나를 대할 때 뭐 저런 사람이 있어, 하는 감정을 가졌을지 모른다. 전산정보화 우수구를 향해 힘차게 달리고 싶었는데… 다음 사람이 그 일을 해줄 것이다.

팀원 간 화합하고 정보를 공유하고 업무를 협의하며 서로 도와주면서 일을 하는 팀. 뚜렷한 목표를 갖고 앞으로 나아가는 팀. 나는 기회가 있을 때마다 좋은 팀을 만들자고 말했다. 나의 때로 튀는 듯한 리더십을 팀원들은 버거워했을지 모른다. 이제는 모든 것을 털고 가야 한다. 그래 지나친 것이 있었다면 너그럽게 이해해 달라. 여러분과 함께, 가고 싶었다.

퇴근하려는데 제설대비 비상근무 1단계가 떨어졌다. 눈이 올 것 같지 않은 하늘인데… 대기하는 직원을 격려한 후 집으로 향했다. 피곤에 젖은 몸이 버스 안에서 꾸벅꾸벅 졸게 만들었다.

집에 와 식사를 하고 뉴스를 보니 서울지역에 많은 눈이 내리고 있었다. 사무실로 전화를 걸어 무슨 일이 생기면 즉시 연락하라고 했다. 그러나 전화가 오지 않기를. 눈이 더는 내리지 않기를. 눈이 내려도 대기하고 있는 직원들 선에서 처리될 수 있기를 바라면서 성산2동 사무소 홈페이지를 찾아가 지난 1년 동안 게시판에 뜬 불친절 민원사례를 살펴보고 있는데 사무실에서 전화가 왔다. 전 직원 비상근무가 떨어졌다는 것이다.

일찍 자야겠다는 생각을 접고 산악인 박영석이 남극점을 향했을 때(2004년 1월 13일 오전 11시 박영석 등 5명의 남극원정대가 무지원 도보 세계 최단 기간 기록(44일)을 세우며 남극점에 도달했다) 입었던 복장 비슷한 차림으로 단단히

무장을 하고 밖으로 나섰다. 바람이 매섭게 불고 45도 각도로 눈이 날렸다. 금세 안경에 눈이 달라붙어 시야가 흐려졌다.

버스는 엉금거리며 조금씩 앞으로 나아갔다. 한참 후에 모래내에 내려 땡땡거리를 지나 언덕길을 오르는데 길에는 이미 염화칼슘이 뿌려져 있었다. 직원들이 지나간 것이다.

사무실에 도착하니 10시 10분. 사무실 앞에서 차에 염화칼슘을 싣고 있었다. 동행정 차는 어느새 제설용 차로 변해 있었다. 한 번 동네를 돌고 와 두 번째 준비를 하고 있는 중이었다. 지역이 넓고 언덕길이 많아 눈이 오면 고생을 하는 동네였다.

동장님과 남자직원 6명이 나와 있었다. 염화칼슘을 가득 싣고 차는 떠났다. 동장님이 직접 차에 타 지휘를 했다. 나는 사무실에 들어왔다. 의자에 앉으니 피곤이 쏟아지고 졸음이 몰려왔지만 골목길을 돌며 염화칼슘을 뿌리고 있을 직원들을 생각해 무슨 일인가를 해야 했다.

44명의 통장 명단을 분석하는 일을 했다. 인구 42,000명. 44명의 통장 중 1명이 결원 상태로 총 43명의 현원 중 남자통장이 11명, 여자통장이 32명….

집이 먼 직원 3명이 헐레벌떡 사무실에 도착했고 동네에 나갔던 차량이 11시 40분에 일을 끝내고 돌아왔다. 위험요소가 있는 지역마다 적절히 조치를 하고 나니 다행히 날리던 눈발이 멈추었다.

민원실 탁자에 쭉 둘러서서 맥주로 목을 축이며 담소를 나누는데, 늦게 사무실에 나온 직원 3명이 지역을 다시 한 번 둘러보겠다고 염화칼슘을 싣고 나갔다.

사무실의 남자직원 12명 중 귀향을 한 2명을 제외한 10명이 비상근무에 임한 것이다. 그리고 정성을 다해 제설작업을 한 것이다. 설연휴를 앞두고 집에 일찍 가고 싶을 것이지만 사무실에 대기하다가 즉시 제설작업에 임한 3명의 직원. 비상근무 전화를 받고 황급히 사무실에 나온 7명의 직원들. 몇 명은 2시간여의 빙판길을 급한 마음으로 넘어질 듯 달려온 것이다. 이들이 있기에 국가가 지탱되는 것이다. 국가관이 투철해서 이런 것만은 아닐 것이다. 주어진 일이므로, 하도록 되어 있는 일이므로, 꾀부리지 않고 우직하게 임한 것이다.

모세관이 잘 작동되어야 육체가 건강한 것이다. 동행정이 비록 모세관 성격의 행정일지라도 중요한 것이다. 동행정은 일선 행정이고 최전방 행정인 것이다. 접점接點에 서 있는 행정인 것이다. 접점에서 많은 일이 이루어지는 것이다.

3차로 나간 직원들이 돌아오지 않는다. 이제 그만 집에 들어가라는 직원들의 말에 동장님과 나는 직원들이 들어오면 얼굴이라도 보고 가겠다고 했다. 3명의 직원들이 작업을 끝내고 땀을 뻘뻘 흘리며 들어온 시간은 정확히 새벽 1시였다. 나는 그들에게 시원한 맥주를 건네며 말했다. 이렇게 여러분들이 고생스럽게 일한 것, 혹 청장님께서 아실까? 직원들이 입을 모아 모르실 겁니다, 라고 말했다.

아니야. 구청장님이 아셔야 해. 그리고 주민들도 알아야 해. 아냐 구청장님은 알고 계실 거야. 누가 알아달라고 해서 일한 것은 아니지만, 마음을 합쳐 일을 했던 오늘의 제설작업은 감동적이었어. 누구는 오늘의 이런 일이 고달프기만 한 그래서 피하고 싶은 일이라고 말할지 몰라도 우리가 아니면 누가 이 일을 하겠는가. 그래서 사람들은 우리를 공직자라 부르지 않는가. 우리가 땀 흘려 닦아놓은 길을 주민들이 넘어지지 않고 편안하게 걷는 모습을 바라보며 일의 보람을 알아차리는 것. 섬김의 의미를 깨닫는 것. 주민들의 불편을 해소해주고 기쁨을 주는 일만큼 의미 있는 일이 이 세상에 그렇게 많겠는가. 나에게 권한이 있다면 오늘 밤 제설작업에 임한 직원들, 나의 동료들의 가슴에 빛나는 훈장을 달아주고 싶은 것이다. 큰 소리로 외치고 싶은 것이다. 그대들이 참으로 자랑스럽다고!

동장님과 나는 집으로 향하고 8명의 직원들은 만일을 위해 사무실에 대기했던 2004년 설 연휴 전날은 아름다움으로 기억되어야 할 것이다. 염화칼슘을 잘 뿌려 미끄럽지 않은 길을 걸어 집으로 향해 가는 나의 발걸음은 가벼웠고, 직원들이 열심스럽게 일하는 모습을 대한 나의 가슴 속에서는 감사와 감동의 눈물이 뚝뚝 떨어지고 있었다.

② 2004. 1. 29.(목) - 헛된 시간은 아니었다

구선생님 고맙습니다. 그렇치 안해도 1월26일날에 2월달 교육신청하러 갓었는데 구선생님이 보이지 안해서 조금은 이상하게 생각했습니다. 그런데 그런사정이 있었군요, 너무나 아쉽습니다. 그간 여러차례 어르신 컴퓨터 교육을 받으러 다녔지만 구선생님같이 우리들에 깊은 관심과성의를 베풀어 주신분은 없었는데… 그리고 구선생님이 오신뒤에 교육분위가 너무너무 좋아젓고요. 그래서 금년에는 우리어른들이 마음 편한게 배울수 있는 기회가 있겠구나 하고 기대를 많이 했습니다. 그리고 동우회 모임의 좋은 결실을 보지 못해 조금은 아쉽지만 공무원으로서 어쩔수 없겠지요. 부디건강하시고 올해는 좋은

일만 있기를 기원합니다. 메일보내주셔 감사합니다. - 동교동 석산 씀 -

  나는 67세의 어르신이 나에게 보낸 메일을 받고 감동에 젖는다. 군데군데 맞춤법이 틀린 글이 그 어떤 명문보다 더 나를 사로잡는다.

  나는 생각한다. 그래 지난 시간들은 헛된 것이 아니었어.

  오늘 오후에 잠깐 짬을 내어 어르신컴퓨터교실 회원들에게 뒤늦은 메일을 보냈다. "안녕하십니까. 새해 들어 저에게 연하장을 보내주시는 등 어르신들로부터 연락을 받았습니다만 답신을 드리지 못했습니다. 그리고 동우회 사이트에도 장애가 발생했었습니다. 저는 지난 1월 16일 구 인사발령에 따라 성산2동사무소로 자리를 옮겼습니다. 지금서야 자리를 잡고 메일을 보냅니다. 늘 건강하시고 새해 복 많이 받으십시오."

  전산팀장으로 있으면서 노인들의 컴퓨터 학습 열기에 나는 깜짝 놀랐다. 한 달에 20명 수요의 교육신청은 접수 첫날 일과시간 전에 이미 마감되곤 했다. 매월 26일 접수하는 날이면 이른 아침부터 노인들이 나와 기다리고 있었고, 9시경에 온 노인들은 접수가 마감되었습니다, 라는 말을 들어야 했다. 접수하지 못하고 실망스럽게 돌아서는 노인들의 한숨소리와 뭐 이런 경우도 있냐는 불만과 힐책은 내 마음을 아프게 했다.

  그래서 2004년도에는 한 달 1개 장소 20명에서 2개 장소 50명으로 확대했다. 그리고 노인들을 위한 전용 PC방, 즉 실버PC방을 마련해 보리라 했다. 동우회도 개설하여 운영자로 활동하였고, 교육이 없던

1월에는 구청의 전산교육장을 개방하기도 했다. 그리고 내년에는 어르신 인터넷 검색 경진대회를 개최할 생각을 갖고 있었다. 노인정에 PC를 보급하는 문제도 관심을 갖고 있었다.

남들은 영양가 없는 노인 컴퓨터교육에 왜 그렇게 관심을 갖느냐고 의아해했다. 그러나 노인들에게 컴퓨터, 인터넷은 새로운 세상인 것이다. 때로 그 세상은 빛의 세상, 활력의 세상인 것이다. 노인들을 놀라운 세상으로 인도하는 것은 얼마나 뜻있는 일인가. 노인들에게 인터넷을 하게 함으로써 지역정보화의 저변을 확대하는 것, 그것은 전산팀장의 책무인 것이며 나아가서는 국가 발전에 이바지하는 것이다.

짧은 기간이었지만 나는 관심과 애정을 갖고 어르신들에게 접근했었다. 그분들이 나를 어떻게 받아들였는지 잘 몰랐었는데 메일을 받고 보니 그간 내가 했던 일의 의미를 알 것 같았다.

그래, 지난 시간은 헛된 것이 아니었다. 공무원으로서 어느 자리에 있건 자기 직분에 최선을 다하는 것이 중요한 것이다. 그리고 대가는 반드시 있는 것이다. 동교동에 사시는 어르신, 얼굴도 잘 모르는 분이 오늘 밤 나를 울렸다. 나는 몇 번이고 지난 시간은 헛된 것이 아니었다고 속으로 외쳤다. 내 눈에 맺힌 눈물은 다하지 못한 아쉬움 때문이 아니라 나의 마음을 알아주셨던 한 어르신에 대한 감사함 때문에 흘리는 것이다. 그래, 내일도 나는 그런 길을 묵묵히 걸어갈 것이다. 힘들어도 기쁨을 줄 수 있는 길을.

③ 2004.2.11.(화) – 내 믿음의 동료들

거칠고 격렬한 하루가 끝났다. 민원실은 북적거렸지만 직원들은 재빠른 손길로 많은 민원을 처리했다. 일과가 끝난 후 나는 민원대로 가서 "오늘 하루 여러분 수고 많았습니다. 빠르고 친절하게 민원을 처리해준 것에 감사드립니다."라고 말했다. 이 말은 나의 진심 어린 말이었다. 내 말을 들은 제증명 담당이 말했다. "계장님 말을 들으니 하루 피로가 싹 사라집니다. 감사합니다!"

나는 그런 답변을 기대한 것이 아닌데. 나와 그 직원은 서로 쳐다보며 웃었다. 기분 좋은 웃음이었다. 주민등록을 담당하고 있는 여직원이 나에게 말했다. (민원인과) 싸우고 싶어도 계장님 때문에 싸울 수 없어요. 나 때문에 싸우지 않는다? 싸울 수 없다? 이 얼마나 감사한 말인가. 나는 눈시울이 뜨거워졌다. 그리고 직원들에게 더할 수 없는 감사의 마음을 가졌다.

눈코 뜰 새 없이 바쁜 일처리. 그러나 나는 직원들이 불친절해서는 안 된다고 생각한다. 그렇다고 일 많은 직원들을 향해 친절하라고 강요하지도 않는다. 제대로 민원처리를 해 주는 것, 그것이 우리가 할 일이다.

우리들이야 하는 일이 매일 반복되고 과다하다 보니 힘겨워하고 때로 무표정하게 될지도 모르지만 그렇다고 민원인을 향해, 민원인 여러분, 우리들의 불친절과 무표정을 바다와 같은 마음으로 이해해 주시기 바랍니다, 라고 말할 수 있는가. 우리야 매일 하는 일이지만 민원인들은 매일 동사무소를 찾아오는 것이 아니지 않는가. 어쩌다 한 번 오는 민원인들에게 좋은 인상을 심어줘야 하는 것은 우리 직업에 대한 자존심이 아니겠는가.

　내가 일하고 있는 이곳의 민원창구 직원들처럼 고생하는 공무원들은 흔하지 않을 것이다. 출근하여 자리에 앉아 업무를 시작하면 거의 휴식을 취하지 못하는 직원들. 점심식사를 하고서도 잠시 쉬지 못하는 직원들. 어느 순간에 기계가 되어버리는 직원들. 나는 그런 직원들을 안쓰러운 마음으로 바라본다. 자주 창구에 다가가 애로사항이 없는지, 내가 도울 일은 없는지 살펴본다. 그것이 내가 해야 할 일임을 나는 알고 있다.

　나는 이곳 성산2동에 와서 공무원에 대해 다시 생각하게 되었다. 나는 진정으로 열심히 일하는 공무원들을 만난 것이다. 나는 그런 직원들을 나의 동료로 신뢰하게 된 것이다. 나는 그들을 내 믿음의 동료라고 부르는 것이다.

　직원들 창구 앞에는 담당자의 사진과 이름이 실린 명패가 놓여 있다. 담당자 명패에 부담을 느껴 슬그머니 사진과 이름이 안 보이게 명패의 위치를 바꾸는 직원이 있다. 나는 명패를 바로 놓으며 웃으며 말한다. 이름이 잘 보여야지 민원인이 인터넷에 칭찬의 글을 올릴 때 담당자 이름을 밝히지요….

　그간 민원인들의 불친절 지적에 주눅이 든 직원들. 나는 그런 행태를 확 바꾸려고 하는 것이다. 민원인들이, 주민들이 우리 직원들을 칭찬하지 않고는 못 배길 정도로 바꾸고자 하는 것이다. 그것은 도전이고 나와 직원들이 힘을 합쳐 이루어내야 할 목표인 것이다. 그날이 올 것임을 나는 믿는 것이다.

　나는 민원창구에 앉아 종일 정성껏 일을 처리하는 직원들을 보며,

볼테르가 했다는 말을 중얼거리는 것이다. 우리가 하는 일은 얼마나 하찮은가. 그러나 우리가 하고 있는 일만큼 중요한 일이 또 어디에 있겠는가.

④ 2004.2.22.(일) – 프로가 되자

일요일이고 늦은 밤이다. 잠시 후 나는 잠을 자야 하며 내일 아침에는 언제나처럼 직장으로 향해야 한다.

모래내 땡땡거리를 지나 언덕길을 조금 오르면 사무실이 있다. 나의 아침길을 S, 그대도 비슷하게 걸어 사무실에 온다.

그런데 나는 방금 그대를 부르는 호칭으로 S라는 이니셜과 '그대'라는 말을 선택했다. 맞는 말인가. 사무실의 부하이며 공무원으로서 한참 후배인, 나이 차이도 꽤나 많이 나는 그대를 어떻게 불러야 할지 모르겠다. '너'라고 부를 수는 없지 않은가. '그대'란 호칭은 그냥 내가 편한 마음으로 부르는 것이니 그대도 편하게 받아들였으면 좋겠다.

이 늦은 밤 내가 애써 S, 그대에게 말을 거는 것은 TV에서 공무원의 부정부패에 대해 신랄하게 비판하고 있기 때문이다. 대통령도 취임 1주년을 맞아 도올 선생과 나눈 대담에서 정치권에 대한 청소가 대충 끝나면 바로 공직자 사정으로 몰아가겠다고 천명했다. 바야흐로 공직자에 대한 대대적인 숙정작업이 진행될 것 같다.

그런데 나는 이런 류의 뉴스를 접할 때마다 우울해지는 것이다. 언제까지 이 땅의 공무원들이 불신과 척결의 대상이 되어야 하는지. 부정과 부패의 온상이라는 오명에서 벗어날 수 있을지. 언제 공무원이 사리사욕과는 무관한 신뢰받는 존재로 인정받게 될지.

내가 아는 주변의 공무원들은 부정부패와는 거리가 먼 사람들이다. 나는 이를 다행으로 여기고 있다. 아니 나는 부정하고 부패한 사람과는 상종하지 않는다. 그러므로 내 주위에 있는 사람들이 그렇지 않은 사람들이라는 것은 당연하다 할 것이다.

부정부패란 단어를 머릿속에서 지워버려야 한다. 생각조차 하지 말아야 한다. 그리고 부정부패가 발각되면 엄히 다스려야 한다. 공직 사회의 뿌리 깊은 온정주의가 부정부패에 대해서만은 적용되어서는 안 될 것이다. 말로는 뼈를 깎는 아픔이라거니, 환골탈태니, 대오각성이니, 척결이니 하는 말을 쓰는데, 그런 말은 필요 없는 것이다. 실행하면 되는 것이다. 부정부패로 적발된 이에 대해 어쩌다가 (너만) 재수 없게 걸렸냐고, 안 됐다고, 말하는 세상이 되어서는 안 된다는 것이다.

이런, 오늘 밤의 글이 부정부패에만 매달리는 것 같다. S, 그대를 향해 글을 쓰려는데 TV에서 공무원의 부패를 꾸짖는 기자의 목소리가 하도 높아 그만 내가 열을 받았나 보다.

오늘 나는 공무원 새내기인 그대와 함께 '프로란 무엇인가'에 대해 생각해보는 시간을 갖고자 한다. 어제 사무실에서 S, 그대가 일하는 것을 보고 많이 놀랐다. 토요일, 그대는 쉬는 날이었음에도 사무실에 나와 댕기머리를 한 채 부지런히 일을 했다.

그대가 일하고 있는 곳―그래, 내가 일하고 있는 곳이기도 하다―의 인구가 4만 명이 넘고 서울시에서 두 번째로 큰 동인데, 4월 15일 총선거의 선거인명부 작업과 주민등록원장 폐기를 앞두고 진행되고 있는 원장대조작업으로 인해 그대는 지금 두 가지의 큰일을 수행하고 있다. 한 가지 일만 한다 해도 베테랑 공무원도 힘겨워할 일을 새 내기인 그대가 두 가지 일을 동시에 하고 있는 것이다.

그 일의 원활한 진행을 위해 그대는 토요일 쉬는 날(조)임에도 불구하고 사무실에 나와 일에 열중하고 있는 것이다. 내가 그대를 바라보는 안쓰러운 마음 뒤에는 그러나 그대를 프로로 인정하고자 하는 마음이 있다.

S! 우리는 프로처럼 일하라는 말을 듣는다. 아마 이 말이 내포하고 있는 의미는 일을 철저하게, 또 유능하게 해내라는 뜻일 것이다. 일에 몰입하고 헌신하여 성과를 내라는 뜻일 것이다. 거기에 하나 덧붙인다면 일을 즐기면서 하라는 뜻일 것이다.

S! 나는 그대의 일하는 모습을 보며 프로를 만난 것 같아 가슴이 뛴다. 내가 할 일은 지금 그대의 열정과 실력이 조직과 일상에 함몰되지 않고 더욱 갈고 닦여져 그대가 훌륭한 공무원으로 성장할 수 있도록 도와주는 일일 것이다.

공무원들 사이에 회자되는 말이 있다. 공무원 들어올 때는 유능했는데 세월이 지남에 따라 퇴보하여 사회에서 직장생활을 하는 친구들보다 한참 뒤떨어지게 된다는 말. 이 말은 맞는 말 같지만 맞는 말이 아니다. 이 세상은 자기가 개척해 나가야 하는 것이다. 도전하고 또 도전해 나가야 하는 것이다. 쉼 없이 도전하고 혁신하는 자 앞에 퇴보란 없는 것이다.

오늘 밤 나는 새내기인 그대에게 도전의 마음을 전해주고 싶다. 현실은 자주 힘겹지만 강인한 정신력으로 이겨나가기 바란다. 나는 그대를 통해 우리 조직의 희망을 보고 밝은 미래를 본다.

나는 오늘 밤 S, 새내기인 그대를 프로라고 부르고 싶다. 그대의 앞길을 애정 어린 눈으로 지켜보고 싶다. 그대, 빛나게 비상할 날이 있을 것이다.

⑤ 2004.4.5.(일) - 선거와 동사무소

식목일이자 한식인 오늘 전국의 산하는 상춘객으로 뒤덮였다. 그런데 이 글을 쓰고 있는 지금 직원들은 선전벽보를 붙이고 있다(선관위 예산으로 선전벽보 첨부 인부임이 3명분만 나왔다. 어떻게 하라고!).

이번 벽보는 총선 사상 최대 규모의 벽보다. 비례대표 벽보 14매의 길이 6.61m에 후보자 6인의 벽보와 주의문을 합친 길이 2.66m를 합치면 총 길이가 9.27m이지만 벽보케이스까지 포함한 실제 길이는 10.6m에 이른다. 14번째 정당은 비례대표제로 1명을 올려놓았다.

인구 1천 명 기준으로 1개소씩 첨부하는 선전벽보. 후보자 6명에 정당 비례대표제 홍보물 14매, 그리고 선전벽보 주의문 등 1개소당 총 21매의 선전벽보를 42개소에 첨부하는 일. 총 882매의 벽보를 첨부하는 일은 장난이 아니다. 사전 준비작업으로 840매의 벽보를 비닐케이스에 일일이 집어넣는 작업부터 했다.

그리고 조를 나눠 지역으로 나갔는데 무엇보다 먼저 벽보를 붙일 공간을 찾아내기가 쉽지 않으며, 못과 철사, 테이프를 이용하여 단단히 첨부해야 한다.

오늘 1차 홍보물인 선거공보 발송작업을 끝냈고, 선전벽보 첨부작업을 끝낸다. 이러한 작업의 수고로움을 나는 알아챘다. 그동안 선거 홍보물을 제대로 보지 않았는데 이제는 관심을 기울여야겠다.

아들과 이야기를 나누었다. 아이가 말했다. "아빠는 왜 일요일인데도 사무실에 나가?" 이 말을 들은 아내가 한마디 한다. "선거 때는 동사무소에 일이 많단다." 아이가 말했다. "동사무소에서 선거업무 하는 거야?" 아내가 또 거든다. "그럼 동사무소에서 하지, 어디서 하니?"(아. 공무원의 대변인으로서 손색이 없는 아내여!)

선거사무는 선거관리위원회에서 하는 것이다. 그러나 손과 발이 되어 준비하는 것은 동사무소의 몫이다. 날씨가 환장하게 좋은 휴일에도 동사무소 직원들은 선거사무를 하는 것이다.

선거사무는 업무량이 방대한 고되고 힘든 업무다. 어느 업무보다 정확성과 치밀성이 요구되는 업무며 공고, 고시 등 많은 절차를 거쳐야 하는 업무다. 사소한 실수는 시빗거리가 될 수 있으므로 선거사무에는 한 치의 오차가 있어서는 안 된다는 강박관념이 따라다닌다. 신경이 날카로워질 수밖에 없다.

직원 13명, 일용인부 3명 등 16명으로 4개 조를 편성, 42개소에 선전벽보를 첩부하러 나갔는데 오후 5시 30분이 되어도 돌아오지 않는다. 날이 어두워지고 찬바람은 불기 시작하는데 모두 어느 곳에서 고생을 하고 있느뇨. 사무실에서 홀로 상황을 보고 있는 나는 직원들이 안쓰럽고 미안한 생각이 들어 안절부절못하며 서성거리고 있다.

더 이상 직원들을 내모는 것은 가혹하다는 생각이 들었고 오늘 못 하면 내일 하면 되는 것 아니냐는 생각이 들어 그만 사무실로 돌아오라고 전화를 걸었다. 모두 막바지 작업을 하고 있었다. 그리고 첫 번째로 임무를 마친 조가 사무실로 들어왔다. 오후 5시 45분. 힘겨운 작업을 마친, 지친 기색이 역력했다. 정말 수고했다고 말했다.

잠시 후 사무실의 전화벨이 울렸다. 밖에 나가 있는 직원의 전화였다. 첫 번째 임무를 마치고 돌아온 조에서 첨부한 벽보가 잘못되었다는 것이다. 벽보 일부가 누락되었다는 것이다. 서둘러 확인해보니 사실이었다. 비례대표 벽보 5매를 누락시킨 것이다. 사무실에 놔두고 간 것이다. 잘못 첨부하고 있다는 사실을 모르고 일을 끝낸 것이다. 있을 수 없는, 어이없는 일이 발생한 것이다. 문제가 되기 전에 수습해야 한다. 날이 점점 어두워지는데 더 어두워지기 전에!

나는 밖으로 뛰쳐나갔다. 현장에 가서 수습을 하기 시작했다. 어느새 나는 면장갑을 끼고 있었고 벽보를 뜯어내고 있었고 테이프를 붙이고 있었고 철사로 벽보를 단단히 동여매고 있었다. 솔선수범. 지쳐 있는 직원들을 독려하는 일은 내 몫이었다. 누락된 벽보를 새로 첨부하는 그런 간단한 일이 아니었다. 순서에 맞게 첨부해야 하므로 이미 첨부되어 있는 벽보를 다 뜯어내고 다시 붙여야 하는 일이었다. 되도록 많은 인력이 필요한 일이었다. 3시간여의 고단한 작업을 마치고 사무실로 복귀하는 직원들에게 현장으로 오라고 전화를 걸었다. 그러나 이미 비상한 상황을 알아챈 직원들이 현장으로 달려오고 있었다.

조를 다시 3개조로 나눠 1시간 30분 동안 10개소를 돌아다니며 벽보를 새로 첨부했다. 마지막 열 번째 장소에서 모든 직원이 합류했다. 아아, 이럴 수가! 내 눈에 바보처럼 눈물이 고이고 있었다. 이를 일러 위대한 작업이라고 말해야 할 것이다. 일을 끝내고 사무실로 복귀했던 직원들은 쉴 틈도 없이 다시 현장에 투입되어 다른 조가 잘못한 것을 수습해준 것이다. 서울월드컵경기장이 바라다보이는 곳에서 직원들은 최종적으로 합류를 했다. 청구아파트 앞 난간에 벌떼처럼 달라붙어 마지막 벽보를 붙이고 있는 모습이라니! 월드컵경기장 뒤 서쪽 하늘로 해는 져서 어둑어둑한데 누구 하나 짜증내지 않고 서로 격려하고 웃으며 일을 하는 것이다. 어느 누구 하나 잘못 첨부한 조에 대해 싫은 소리를 하지 않고 일을 한 것이다. 오후 7시 20분, 상황은 끝났다. 오늘 작업은 끝났다.

자, 용사들이여. 이제 사무실로 돌아가자. 용사들이여, 통닭에 시원한 맥주 한잔을 마시며 오늘의 고단함을 씻어내자꾸나. 아, 용사들이여! 자랑스러운 용사들이여!

⑥ 2004.4.28.(수) - 잘 가거라

오늘 아침 중앙일보에서 언어의 마술사 코엘료가 쓴 편지를 읽었다. '난관 헤쳐 가는 활쏘기에 인생 살아가는 묘약 담겨'란 부제가 붙은 글에서 코엘료는 '열정'이란 무엇을 읽든 그것과 관련된 것을 찾아내고, 강박적이다 싶을 정도로 그것에 대해 이야기하고, 그 열광을 함께할 사람들을 찾아 나서고, 잠들 때나 깨어날 때나 그것에 대해 생각하게 되는 것을 말한다고 하였다.

나는 사무실에서 위의 글을 쳐서 모니터 옆에 붙여 놓았다. 그 글을 읽으며 나를 다잡으리라 생각했다. 그런데 나에게 있어 열정은 무엇인가? 나에게 남아 있는 열정은, 혹은 내가 추구하는 열정의 정체는 무엇인가, 하는 생각을 해 본다.

열정에 대해 사색하고 싶었던 하루였지만 종일 심란한 마음을 억

제하지 못했다. 이틀 동안 내리던 비가 그친 하늘은 청명했지만 마음은 허전하고 어둡고 심란했다.

삶의 치열성이 흐릿해지는 것이 아닌가 하는 생각을 한다. 때때로 전신을 진하게 훑고 지나가는 무력감. 혹은 무기력. 하루하루의 일상에 맥없이 매몰되어가는 느낌. 그저 월급날만 기다리는 듯 의미 없이 보내는 날들. 그런 느낌.

무엇인가 몰두할 것을 찾아내야 하고 거기에 매진해야 한다고 스스로를 채찍질해 보지만 퇴근 후 집에 오면 엄습하는 피로감. 이것이 나이 탓인가 아니면 삶의 생동감을 상실한 자의 초라한 모습인가 하는 생각. 정년까지 일을 한다면 이제 공무원 생활 3분의 2는 달려온 것이고 앞으로 3분의 1이 남았는데 체력이 예전 같지 않다는 느낌. 그 느낌에 자신을 핑계대고 마냥 게을러지는 일상. 그것은 못난 타성이리라. 아직 나에겐 할 일이 많고, 그 많은 일들을 해내야 하는 것 아닌가.

오늘의 심란함, 그 한가운데 S, 그대가 있었다. 아니 네가 있었다. '그대'라는 호칭 대신 '너'라고 부르는 것을 이해하기 바란다. 내가 선배고 상사며 나이가 많기 때문에 '너'라고 부르는 것은 아니다. 오늘 밤은 너라고 부르고 싶구나.

너는 서기보시보 생활 6개월을 끝내고 이곳을 떠나는 것이다. 그 섭섭함이 너무 커 차마 아무 말도 할 수 없을 것 같다. 떠나보내는 마음은 안타까움이다. 좀 더 옆에 두고 행정에 대해 알려주고 싶었는데. 튼튼하게 단련시키고 싶었는데. 마치 연약한 어린양을 허허벌판으로 떠나보내는 심정이다.

오늘 네가 맞이하는 인사발령이라는 것. 그것은 긴 여정의 서곡에 불과하다. 30년이 넘는 공무원 생활 동안 너는 수많은 만남과 이별을 경험할 것이다. 인사기록카드에 한 줄 한 줄 발령사항이 늘어나면서 공무원의 삶을 살아갈 것이다. 새로운 사람들과의 만남, 새로운 조직과의 만남은 때로 두려움을 주지만, 그런 두려움을 돌파하는 가운데 공무원으로서의 강인함을 갖추게 될 것이다.

오늘 발령장을 받고 사무실로 돌아온 너를 불러 나는 말했다. 이곳 생활이 얼마 되지 않아 강렬한 기억은 적을 것이다. 그러나 이곳은 고향, 둥지로 남을 것이다. 앞으로 많은 조직을 경험하겠지만 최초 발령지는 그리움으로 남는 것이다. 이곳에서 지냈던 6개월은 네 성장의 밑거름이 될 것이다. 너는 이곳에서 자랑스러움이었다. 6개월 동안 민원업무 전부를 꿰뚫었다. 그뿐인가. 서울에서 두 번째로 큰 동에서 전산을 담당하면서 지난 4.15 총선의 법정선거사무를 빈틈없이 해내지 않았는가. 사실 네게 지난 6개월은 벅차기만 한 힘겨운 시간이었는지 모른다. 그러나 너는 해냈다. 그 해냄을 오래도록 자랑스럽게 여기기를. 앞으로 어떤 어려운 일과 맞닥뜨렸을 때 이곳에서의 경험을 기억해내며 슬기롭게 극복해 나가기 바란다.

너를 향해 말하는 나는 그러나 슬펐다. 누군가 지방공무원, 서울시 공무원에 대해 이렇게 말한 적이 있다. 서울시 일이라는 것이 그 사람이 아니면 할 수 없는 일은 거의 없다고. 묘한 그 문장을 읽어보면 맥이 빠지는 것이다. 다시 말하면 서울시 일이라는 것이 누구나 할 수 있다는 말인데, 이 말은 맞는 말이기도 하지만 틀린 말이기도 하다. 전문가보다는 일반 행정가를 양산하는 서울시 행정을 빗댄 말인데, 그러나 어느 조직에나 특별한 존재는 있으며 그런 존재가 조직을 한 단계 향상시키는 것이다.

어느 누가 공무원 생활 6개월 만에 민원업무 전반을 꿰뚫을 수 있는 능력을 갖출 수 있는가. 그것은 아무나 할 수 있는 일이 아니다. 그러므로 나는 너를 특별한 존재라 여기며 그런 특별함으로 앞길을 당당히 헤쳐 나가기 바란다.

나는 네가 발령받은 부서에서 무슨 업무를 할지 모른다. 어떤 일을 하건 늘 성실하고 친절하게 그리고 창의적으로 처리해 나갈 것이라 믿는다. 그것이 지난 100일 동안 나와 함께 일했었다는 증거가 될 수 있을 것이다. 내가 너에게 온몸과 마음으로 보여주고 싶었던 것이다. 매너리즘에 빠지지 말고 일신우일신하는 마음으로, 열정적으로 공무원 생활을 해 달라는 것이다.

S! 이야기가 길어지고 있다. 앞에서도 말했지만 너는 앞으로 많은 사람을 만나게 될 것이다. 오늘의 헤어짐은 아무것도 아니었다는 것을 알게 될 것이다. 어느 때 어느 조직에 있건 주위에 사랑을 주고 너 역시 주위로부터 인정받고 사랑받기를 바란다. 어둠에 빛을 주는 사람, 흑백의 세계를 컬러의 세계로 바꿀 줄 아는 사람이 되거라. 불빛을 찾다 찾다 힘들면, 스스로 몸을 태워 불빛이 되거라!

S! 떠나는 너를 향해 아쉬움의 글을 쓰면서 허물어지던 나 자신을 단단히 잡아본다. 나는 바담 풍이라고 말하면서 너를 보고는 바람 풍

이라고 말하라고 하는 선배로 있어서는 안 된다는 자각. 너에게 도움이 될 수 있고 도움을 줄 수 있는 선배로 남기 위하여 촌음을 아껴 노력해야 한다는 것. 그런 생각을 한다.

오늘 참 심란했다. 일이 손에 잡히지 않았고 자주 먼 하늘을 바라보았다. 이런 나의 마음은 그간 네 성실함과 인간됨이 나를 사로잡았기 때문일 것이다. 총명하고 능력 있는 너와 이곳에서 더 이상 생활을 함께하지 못한다는 사실이 나를 우울하게 만들었던 것이다. 그러나 너의 떠남을 축하해 준다. 새로운 곳에 가서 더 많은 것을 배우기를. 좋은 사람들을 만나고 더 신나는 일을 하기를.

S! 너는 자랑스러움이었다. 잘 가거라. 지난 6개월 동안 이곳에서 고생 많았다. 늘 과중한 업무에 시달리는 모습이 안쓰러웠는데… 그래도 너는 웃음으로 극복해내며 선배들의 사랑을 한몸에 받았다. 너를 떠나보내는 선배들의 허전함을 네가 알 수 있을지 모르겠다. 너를 떠나보내며 언어의 마술사 코엘료가 한 말을 선물로 준다. 공무원 생활을 하면서 늘 열정을 갖고 지내기를. 어느 길목에서 우리는 다시 만날 것이다.

"'열정'이란 무엇을 읽든 그것과 관련된 것을 찾아내고, 강박적이다 싶을 정도로 그것에 대해 이야기하고, 그 열광을 함께할 사람들을 찾아 나서고, 잠들 때나 깨어날 때나 그것에 대해 생각하게 되는 것을 말한다."

시간이 지났다 해도 그때의 일들을 어찌 다
이야기할 수 있는가. 기억나는 것은 기억나
는 대로 잊힌 것은 잊힌 대로 모두 한시절
의 이야기였거늘. 세월을 뚫고 나온 것도
있고 세월에 묻혀버린 것도 있거늘.

PART4

파라만장했던 **날들**

17

청장님,
이러시면 아니 되옵니다

S!

성산2동에서의 이야기가 그만 길어졌다. 2004년에 쓴 글 몇 개를 집어넣으니 그리 되었다. S! 중간에서 길을 잃지 않고 잘 따라오고 있는지.

지금부터 격렬했던 인사팀장 시절의 이야기를 하고자 한다. 그러나 다 말하지는 못하겠다. 모든 이야기를 하기 위해서는 시간이 더 흘러야 할 것 같다. 그러므로 할 수 있는 이야기만 하려고 한다. 2005년과 2006년 2년 동안의 이야기다.

나는 내가 조직에서 인사팀장을 했다는 것에 자부심을 갖고 있다. 그것은 인사팀장이란 자리가 대단한 자리여서가 아니다. 나는 인사팀장에 있으면서 직원공모로 그 자리에 앉았음을 잊지 않으려고 했다. 한순간도 소홀하지 않게, 올바른 인사행정을 위해 헌신하려고 했다. 나는 '공모'란 단어에 큰 의미를 부여했다. 나를 인사팀장으로 선택한 것은 조직의 장이지만, 나는 직원을 대표해서 그 자리에 갔다고 생각했다. 때문에 조직의 장을 위해 일하는 것 못지않게 직원들을 바라보며 일을 했다. 나는 바르게 해야겠다는 우직함만 있었을 뿐 능수능란하게 대처하는 순발력과 유연성, 지혜는 부족했다. 때문에 그 자리에 있으면서 내내 힘들어했다. 어쨌든 나는 공모신청서에 들뜬 마음으로 썼던 말들을 배반하거나 무시하고 잊어버려서는 안 된다고 생각했다. 굳게 다짐하며 마음속 깊이 새긴 그 말들은 자주 나를 꼼짝 못하게 한 족쇄였지만, 탁한 시간 속에서 나를 지켜준 소금이기도 했다.

인사는 만사다. 이 말은 조직이란 것이 있는 한 불멸의 말일 것이다. 조직원들이 조직의 목표를 추구하며 일을 할 수 있게 만드는 것이 인사다. 인사는 사람을 다루는 일이다. 얼마나 엄중한 일인가. 사람에 관한 일이니 신중해야 한다. 직원들을 적재적소에 배치해야 하니 직원들의 적성과 능력을 꿰뚫고 있어야 한다. 연구해야 한다. 리더는 인사를 통해 조직을 통제하며 원활히 돌아가게 한다. 리더는 인사권을 쥐고 조직을 움직이며 이끌어간다. 인사는 꽃이며 힘이다. 인사는 조직원들을 춤추게 만들고 저항하게도 만든다. 자고로 인사에 성공한 자가 실패한 예가 없으며, 인사에 실패한 자가 성공한 예가 없다.

내가 인사팀장이 된 것은 조직원들의 입장에서 봤을 때 의외였다. 주요부서에서 일하고 있던 자가 아닌, 동사무소라는 변방에 있던 자가 인사팀장이 되었으니 사건은 사건이었다.

자리에 앉은 첫날 나는 직원들로부터 여러 통의 메일을 받았다. 축하한다, 바른 인사를 위해 애써주기 바란다, 힘없는 직원들이 소외되지 않도록 해주기 바란다, 말없이 묵묵히 일하는 직원들을 신경 써 달라….

나는 직원들이 보낸 메일을 읽으며 눈시울을 붉혔다. 나를 믿고 메일을 보내준 직원들이 고마웠다. 직원들의 바람을 저버리지 않고 기대에 어긋나지 않게 일을 할 것이다. 세심하게 살피고 챙길 것이다. 나는 굳게 다짐했다.

부조리한 인사청탁은 그 뿌리가 깊었다. 안 되는 것을 되게 해 달라는 청탁들. 곳곳에서 부당하고 거센 압력이 들어왔다. 감당하기 쉽지 않은 외압이 연일 나를 폭격했다. 그것들과 싸우는 과정에서 나는 하루도 마음 편한 날이 없었다. 그러나 나는 몸이 부서지더라도 바른 인사행정을 하고자 했다. 나에게 치명적인 약점이 있었으니, 그것은 굴복하거나 비굴해지는 것을 배우지 못한 것이었다. 옳다고 믿는 것을 행함에 있어 적당히 타협하거나 꺾이지 않는다는 것이다.

인사발령 때 일이다. 부구청장이 모 직원을 특정 부서에 발령을 내라고 지시를 했다. 그런데 그 직원은 한때 나와 같은 부서에서 근무했었다. 나는 그 직원에 대해 어느 정도 아는 편이었다. 나는 그 직원이 부구청장이 찍어서 말한 부서에서 일을 하는 데 어려움이 있을 것이라 여겨져 그 직원의 특정 부서 발령을 완곡히 반대했다. 나는 부구청장에게 재고를 요청했다. 그러자 부구청장은 공모다 뭐다 해서

고집만 센 인사팀장이 자기 얘기를 안 듣는다고 화를 내는 것이었다. 그런데 부구청장은 그 직원에 대해 아는 바가 전혀 없었다. 부구청장이 다른 이의 부탁을 받고 나에게 지시한 것이다. 하도 부구청장이 세게 지시해 하는 수 없이 그 직원을 부구청장이 말한 부서로 발령을 냈다. 그러나 그 직원은 얼마 못 가 일이 힘들다고 다른 부서에 가고 싶다고 고충을 토로했고, 다른 곳으로 갔다.

하위직 인사발령을 앞두고 구청장께서 불러서 갔다. 구청장께서 나에게 쪽지를 주었다. 쪽지에는 대여섯 명의 이름이 적혀 있었다. 나는 명단을 받아들고 '예, 알았습니다!' 라고 말하지 않았다. 건네받은 명단은 인사 원칙과 기준에 맞지 않는 명단이었다. 그래서 나는 말했다. '청장님, 이러시면 아니 되옵니다!'

내 말에 최고 인사권자인 구청장께서 화를 내기보다 허허 웃으셨는데(아마 어이가 없어 웃으셨을 것이다), 고분고분하지 않은 인사팀장의 귀싸대기를 후려치지 않고 껄껄 웃어주신 것, 감사합니다!

내가 총무과에 근무하던 1989년(지방자치제 실시 전) 웃지 못할 일이 하나 있었다. 타구에서 전입을 온 나이 많은 직원(편의상 H라고 하자)이 총무과 인사계로 발령을 받았다. 인사계는 직원들이 선망하는 곳인 만큼 그곳으로 발령을 받은 직원은 기뻐해야 하는데 첫날부터 입이 나온 채로 일을 못 하겠다고 심하게 투덜거렸다.

경위는 이러했다. 구청장이 외부로부터 직원 H의 인사와 관련하여 전화를 받았다. 전화기 너머 목소리는 '그 친구 여태껏 동에만 있었어요. 구청에서 근무하고 싶다니 구청으로 발령을 내줘요. 총무과만 빼고요.'였다는 것이다. 구청장은 메모지에 H의 이름을 쓰고 총무과라 썼다. 그리고 총무과 옆에 표시를 했다. 그런 후 구청장은 인사담당을 불러 그 직원에 대해 지시했는데, 그만 표시를 보지 못했는지 별다른 얘기를 안 하고 잘 발령을 내라며 메모지를 주었다. 메모지(지시)를 받은 인사담당은 이상하다고 생각하면서도 더 이상 묻지를 않고 구청장에게 절대 충성하는 마음으로 H를 총무과 인사계로 발령을 낸 것이다. 발령을 받은 H는 펄쩍 뛰었다. 자기가 가장 원하지 않는 곳에 발령이 난 것이다. 이럴 수가! H의 불평불만은 대단했다. 결국 조직에서 겉돌게 되었다. 동료 직원들은 매일 야근을 하는데 직원 H는 거침없이 6시 정시 퇴근을 하는 등 스스로 태업을 한 끝에 인사계에서 잠깐 근무하고 다음 인사 때 다른 곳으로 갔다.

인사는 예술이다. 인사를 통해 불균형을 균형 있게 만들고 모자라고 부족한 곳을 채워주고 곪은 곳을 도려낸다. 부서별 국별 직급 안배, 성별 안배, 적격자 배치 등 조직이 편중되지 않고 건전하게 운영될 수 있도록 하는 것이 인사다. 기분 내키는 대로 발령을 내서는 안 된다. 조직원 하나하나를 존중해야 한다. 힘이 없고 연줄이 없어 불이익을 당하고 있다고 생각하는 조직원이 없도록 해야 한다. 억울하다고 생각하는 직원이 없도록 해야 한다. 없도록 하는 것이 불가능하다면 최소화해야 하는 것이 인사행정이다. 승진, 발령 등 인사철만 되면 직원들이 어디 부탁할 곳이 없나, 주위에 전화 한 통 넣어줄 사람 없나 두리번거리는 조직. 내 경쟁자는 틀림없이 유력자에게 끈을 댔을 텐데 자기만 바보처럼 가만히 있다가 불이익을 당하는 것이 아닌가 염려하는 조직. 그런 조직은 앞날이 뻔한 것 아니겠는가.

인사는 창조다. 인사는 새로움을 만든다. 인사를 통해 조직은 새로워지고 쇄신하며 거듭난다. 생명을 부여받는다. 인사작업은 건네받은 쪽지를 대서代書하는 것이 아니라 꾸준한 관찰, 그리고 정보와 의견을 토대로 창조적으로 기획하는 것이다.

강형기 교수는 그의 저서『논어의 자치학』에서 인사담당자는 일과 사람을 설계하는 사람이라고 했다. 또한 인사행정이란 그 사람이 어떤 자리에서 어떻게 일하도록 할 것인가를 판단하는 것이라고 하였으며, 성과를 올린 사람이 좋은 평가를 받는 조직에서는 노력하는 사람이 저절로 나온다고 했다.

조직에는 여러 직렬이 있다. 어떤 경우에도 어느 한 직렬에 편중되어서는 안 된다. 어느 직렬이라도 소외되어서는 안 된다. 행정직과 기술직이 조화로워야 하며, 행정직 중에서도 일반행정직, 사회복지직, 세무직 등이 보기 좋게 어울려야 한다. 또한 계약직 등의 인사에도 소홀함이 없도록 해야 한다. 바로 앞만 보지 말고 멀리 볼 줄 알아야 한다. 인사담당자는 섬세한 인사 설계를 할 줄 알아야 한다.

인사팀장 시절 얼마나 일이 많았는지 주말에도 거의 사무실에 나가야 했다. 매일 살얼음판을 걷는 것 같았다. 격무와 긴장의 연속이었다. 인사 업무 외에도 직원 후생복지, 직원교육, 직원노조 관련 일을 했다. 늘 일을 달고 다녔다. 인사팀장 2년 동안 담당 과장 3명, 국장 4명, 부구청장 3명이 바뀌었다. 구청장도 바뀌었다. 2년 내내 조직이 요동쳤다. 격변의 시간이었다.

2006년 선거를 통해 새로 선출된 구청장(신영섭)은 당선되자마자 동 통합을 추진했다. 작은 동을 통합하였고, 구청에 새로운 부서를 만들었다. 동 통합과 조직개편으로 2007년 1월 인사 폭은 대단히 컸다.

선거를 통해 구청장이 바뀌면서 부구청장이 바뀌고 국장이 바뀌었다. 인사 물갈이가 시작되었다. 인사팀장은 물갈이 우선 대상이었다. 나는 물러나야 함을 알았다. 많이 아쉬웠지만 미련 없이 떠나자며 마음을 달랬다. 죽어라 고생을 했지만 좋은 경험을 했다고 스스로를 위로했다. 그러나 예상외로 나는 즉각 교체되지 않고 6개월 동안 더 자리에 있었다.

구청장은 24개 행정동에서 인구가 적은 4개 동을 없앴다. 전국 최초의 동 통폐합이었다. 비효율을 없앤 행정혁신이라고 언론에 크게 보도되었고 전국으로 파급되었다. 우수사례, 모범사례, 과감한 개혁이라고 언론에서 연일 추켜세웠다. 사실, 소규모 동 통폐합은 한국 행정 역사에 남을 만한 사건이었다. 아무도 시도하지 않았던, 시도할 생각조차 못 했던 것을 이루어낸 것으로 의미 있는 혁신이라 아니할 수 없다.

12월, 내 후임이 정해졌다. 나는 떠나면서 마지막으로 대규모 인사 작업을 했다. 동 통폐합과 조직개편으로 인사의 규모가 엄청났다. 조직원의 반 이상이 인사 대상이었다.

서울시 인사부서에 있었던 새로 온 국장은 서울시에서 시도하고 있는 신 인사행정을 구에 적용시켰다. 국장, 부서장이 직원을 추천하도록 했다. 부서장 추천제였다. 국장, 부서장이 직원을 추천하면 특별한 사유가 없는 한 수용하는 제도였다.

나는 시간에 쫓겼지만 공들여 인사작업을 했다. 워낙에 큰 폭의 인사인 데다가 부서장 추천제, 직원 희망 보직제, 인사고충 상담자 심사 등을 함께 하다 보니 인사작업이 더디고 힘들게 진행되었다. 미리미리 할 수 있는 여건이 되지 못했다. 2006년 12월 28일 5, 6급에게 인사발령장을 주고 7급 이하 인사작업에 들어갔다.

1월 1일 새해가 열리는 시간 하늘공원에서 해맞이 행사가 열렸다. 인사작업을 하고 있는데 행사를 마친 부구청장 등 간부들이 사무실에 와 수고한다고 격려했다. 나는 꼬박 자리에 앉아 작업을 했다. 잠을 안 자는 나를 염려해 직원들이 잠자리를 마련해 주었지만 누워 있을 수 없었다. 잠이 오지 않았다. 정신이 팽팽히 긴장되어 있었다. 마지막 인사작업을 차질 없이 해내야 한다는 생각뿐이었다. 나는 67시간 동안 거의 쉬지 않고 작업을 했다. 67시간! 이 시간을 기억하는 것은 잊을 수가 없어서며, 이 시간을 밝히는 것은 자랑하려는 것이 아니라, 무모했음을, 무지스러웠음을 말하고자 하는 것이다. 그리고 일하고 살아간다는 것은 때로 자기 뜻과는 상관없이 불청객처럼 찾아온, 혹독한 시간을 눈 부릅뜨고 견뎌야 할 때가 있음을 말하고 싶기 때문이다. 12월 30일 오전 8시부터 본격적으로 시작한 인사작업이 1월 2일 새벽 3시에 끝났다. 실로 피가 마르는 시간이었다. 지금도 눈에 선하다. 작업을 하다가 졸음을 이기지 못해 책상에 앉은 채 꾸벅꾸벅 졸던 팀원들의 모습이.

쓰임이 다해 떠나면서 생각했다. 오점 없이 일을 한다고 했으나 여기저기서 실수와 잘못이 있었으리라. 나도 모르게 남에게 상처를 준

적도 있었으리라. 할 말을 해야 할 자리에서 침묵한 비겁함도 있었으리라. 싸워야 할 곳에서 싸우지 못하고 타협한 적도 있었으리라. 굴복하지 않겠다고 안간힘을 썼으나, 그 모습이 우스꽝스럽게 보인 적도 있었으리라. 공정을 최우선으로 여겼으나 훼손한 적도 있었으리라. 나 자신의 이익일랑 일체 취하지 말자고 했으나 그것 때문에 또 괴로워하는 이중적인 모습도 보였으리라.

그래 많이 애썼다… 나는 스스로를 위로했다. 과도하게 신경을 써 자주 치통에 시달렸지… 미련 없이 떠나는 것이다. 유능한 후임자가 잘할 것이다.

어느 날 잘 봐달라는 촌지가 와서, 나는 이것을 받을 이유를 찾지 못하겠습니다, 라고 편지를 써서 정중히 돌려보냈다. 상대방이 말했다. "손이 부끄러워요." 그래서 나는 말했다. "그것을 받으면 제 삶이 부끄럽습니다." 나부터 악습을 결연히 끊어버렸다. 금전적인 청탁에서 자유로웠던 것은 천만다행이었다. 내 자존심은 손상당하지 않았다.

18

2차 동 통폐합의
회오리 속에서

S!

인사팀장을 떠나야 할 때가 왔다. 3년을 목표로 했지만 2년을 채웠을 뿐이었다. 구청장은 새로움을 원했다.

인사발령 대상자가 되면 누구나 촉각을 곤두세운다. 고려할 사항이 많지만 고생을 덜하는 곳, 중요한 데라고 인정받는 곳, 일을 배울 수 있는 곳으로 가고 싶어 한다. 그렇지만 고생이 좀 되더라도 승진에 유리한 곳으로 갔으면 하는 것이 일반적이다.

나 역시 예외는 아니었다. 그러나 가고 싶다고 갈 수 있는 것은 아니다. 그리고 엄청난 규모의 인사작업 때문에 내 앞길에 대해 제대로 궁리할 수가 없었다. 인사발령 대상자들을 배치하는 작업을 하면서 정작 내가 갈 곳은 찾지 못하고 있었다.

눈에 보이지 않는 물밑작업 등 자리마다 불꽃이 튀었다. 나는 혼란스러웠다. 결국 간 곳은 동행정을 관장하는 동행정팀장 자리였다. 내가 원하던 자리가 아니었다. 나는 픽 웃었다. 자기 앞가림도 못 하는 못난이라고….

나는 두 번에 걸쳐 동행정팀에서 9년 가까이 근무했다. 동행정팀이 속한 부서가 총무과에서 자치행정과로 변경되었지만 하는 일은 예전과 같았다. 일이 익숙하다는 것은 자칫 자기노력에 소홀해질 수 있다는 것이다. 동행정팀장은 내가 동행정을 오래 담당했기 때문에 권태와 무력감에 빠질지 모르는 자리였다. 피하고 싶은 자리였다.

그러나 이런 생각은 기우에 불과했다. 발령장을 받고 자리에 앉자마자 현안이 쏟아졌다. 당장 발등에 떨어진 일이 동 통폐합에 따른 후속조치였다. 동이 통합된 4개 동을 안정화시키는 일이 급선무였다.

정책 중에는 성공한 정책이 있는 반면 실패한 정책이 있다. 실시할 때는 뭔가 대단한 것처럼 요란했지만 어느 순간 먼지처럼 사라지는 정책이 있다. 반짝했다가 금세 사람들의 뇌리에서 잊혀진 정책. 2007년에 나는 이런 정책을 추진했다. 왜 하는지도 잘 모르면서 추진한 정책. 몹시 더듬거리며 했던 일들. 권역별 현장지원센터 운영, 동사무소 유기한민원 처리, 동장 소사장제 운영 등이 그랬다. 하나같이 위에서 떨어진 업무들인데 일을 하면서 제대로 감을 잡지 못했다. 오랫동안 행정을 한 국장이나 부구청장도 무슨 업무인지 잘 알지 못하는데 하물며 6급 팀장이 어찌 알겠는가. 그래도 주어진 업무니 추진해야 했다. 여기에 세세한 내역은 밝히지 않겠다.

행정을 하다 보면 자기 의도와는 관계없이 일을 할 때가 있다. 그중 성공하는 사례가 있고 실패하는 사례가 있다. 성공하면 다행이고 성공에 따른 과실도 얻을 수 있지만 실패하면 아무것도 아니다. 그런데 공무원들은 새로운 계획에 대해서는 홍보를 대대적으로 해서 시선을 끌고는 그 일이 잘못되더라도 아무 일도 없었던 것처럼 끝내는 것이다. 아무리 홍보가 중요하다 해도 이런 경우 마땅히 부끄러워해야 한다.

실무자 입장에서는 윗분의 지시를 거스를 수 없어 일을 추진하긴 하는데 실무자가 일의 속성을 잘 이해하지 못하니 일이 겉돌 수밖에 없는 것이다. 윗분의 지시가 비현실적이고 실현가능성이 없을 때 '아니오'라고 말할 수 있어야 하는데 현실은 그렇지 못하다. 하지도 않고 '안 됩니다'라고 말할 수 없는 것이다. 누구 말대로 '해 봤어?'라고 핀잔만 들을 뿐이다. 일을 적극적으로 안 하려고 한다, 소극적이다, 라는 말만 듣는 것이다.

그렇다 해도 무조건 예, 예 그러지 말고 생각하는 공무원이 되어야 할 것이다. 윗사람은 지시만 하지 말고 아랫사람과 허심탄회하게 소통하려는 자세가 필요하다 할 것이다. 경청이 소통인 것이다. 아랫사람의 말문을 닫아서는 안 된다. 아랫사람을 무조건 받아쓰기만 하는 수첩맨으로 만들어서는 안 된다. 윗사람은 자신을 열어놓아야 한다. 그래야 아랫사람이 들어올 수 있다. 윗사람의 지시가 정당한 것인지 부당한 것인지 아랫사람은 알고 있다. 중요한 것은 지시가 부당했을 때 부당함을 아랫사람이 윗사람에게 말할 수 있어야 한다. 아랫사람의 입이 열릴 수 있어야 한다. 그리고 토론할 수 있어야 한다. 그런 조직은 살아 있는 조직이며, 발전하는 조직이다.

앞서 든 권역별 현장지원센터 운영 등 세 가지 사례는 일을 하면서도 이건 아닌데 하는 생각이 강하게 들었던 것들이다. 아니 그보다도 큰 뜻을 헤아릴 수 있는 혜안이 없었다. 결과적으로 시행한 지 얼마 안 되어 모두 용두사미가 되고 말았으니, 돌아보면 씁쓸하기만 하다.

동행정팀장으로 있으면서 일이 너무 많아 연일 서류더미를 끌어안고 헉헉댔다. 어쩌다가 허구한 날 일에 채여 쩔쩔매야 하는가. 스스로의 처지를 한탄하며 자책도 했다.

정신없이 일에 파묻혀 있던 2007년 8월 14일, 구청장실에 다녀온 과장이 상기된 채 나를 찾았다. 2차 동 통폐합 지시가 떨어졌다는 것이다. 이 말을 들은 나는 깜짝 놀랐다. 바로 얼마 전 4개 동을 줄인 동 통폐합을 추진한 후 안정화가 덜 됐는데 또다시 4개 동을 없애라니 이 무슨 뚱딴지같은 말인가. 결국 구청장은 언론에 보도된 대로 동을 줄이고 줄여 4개 동만 남겨놓을 것인가. 1차 동 통폐합 시 주민들 반발이 만만치 않았는데, 2차 때는 또 얼마나 극심할 것인가.

어쨌든 지시를 받은 이상 일을 해야 했다. 사안 자체가 워낙 중하다 보니 보안을 지키며 일을 했다. 2차 동 통폐합 대상 동은 7개 동으로 4개 동을 없애는 것이다. 서교동과 동교동을 합쳐 서교동으로 하는 것은 어느 정도 타당성이 있으나, 아현1동과 아현2동을 합치고, 공덕1동과 공덕2동과 신공덕동을 합쳐야 하는데 이것이 쉽지 않았다. 지방의원 선거구 때문이었다. 선거구 문제 때문에 중앙선거관리위원회를 다녀오기도 했다. 결국 주민 편의를 위해 마포로라는 큰길을 중심으로 동을 나눈다는 논리를 펴, 아현1동과 공덕1동과 신공덕동을 합쳐 공덕동으로, 아현2동과 공덕2동을 합쳐 아현동으로 통폐합을 하였다. 아현동은 아현동끼리 공덕동은 공덕동끼리 합치지 못했다. 이러다 보니 법정동과 행정동이 불일치해 혼란이 야기되었다. 당시에는 강하게 밀어붙여 어어 하며 지나갔는데, 이런 동 통폐합은 주민들을 헷갈리게 하는 잘못된 행정이었다고 두고두고 시빗거리가 되고 있다.

당시 2차 동 통폐합을 밀어붙일 수 있었던 것은 '전산화' 때문이었다. 전산화가 가속화되면 대부분의 민원은 특정 장소에 구애받지 않고 해결할 수 있으니 법정동과 행정동 명칭이 일치하지 않아도 괜찮다고 생각했다. 실제 주민들은 민원서류를 아무 데서나 발급받을 수 있다. 문제는 전입하는 주민들이 제대로 안내를 받지 못해 헷갈려하고 불편해한다는 것이다.

한 번 동을 통폐합해 놓으면 원래대로 돌려놓기가 쉽지 않다. 누가 이렇게 했느냐, 불편하다는 말을 들을 때마다 마치 죄인이 된 것 같은 느낌을 떨칠 수가 없다. 바라건대 주민들이 살아가는 데 불편이 없도록 관에서는 배전의 노력을 기울여야 할 것이다.

어려운 일이 많았지만 의미 있는 일도 있었다. 동주민센터에 무인 민원발급기를 설치하고, 민원창구를 은행처럼 통합민원창구 형태로 변경함으로써 순번대기표가 등장하여 질서가 지켜지는, 기다림이 미덕인 시스템을 구축한 일. 참, 이즈음(2007년 9월 1일) 정부에서는 동사무소 명칭을 '동주민센터'로 변경하였다. 가장 기억에 남는 일은 좋은 팀을 만들었다는 것이다. 팀워크가 잘 짜여진 팀은 위기의 순간에 빛난다. 위기의 순간 위기를 슬기롭게 넘기기 위해 평소 꾸준히 팀워크를 다져야 하는 것이다.

선거부서 주무팀으로서 2007년 12월 19일 제17대 대통령선거의 법정선거사무를 끝내고 피곤을 떨칠 틈도 없이 2차 동 통폐합에 따른 특별교부금(일종의 인센티브 성격)을 받아내야 했다. 서울시에서는 돈을 주겠다고 얘기만 할 뿐 돈을 내려주지 않았다. 구청장은 돈이 언제 내려오느냐고 관심을 갖고 다그치는데 시에서는 줄 생각을 안 하는 것이었다. 알았다고만 하던 시에서 특별교부금을 내려준 것은 한 해가 거의 끝나갈 즈음이었다. 너무 늦게 돈이 떨어졌다. 팀에 비상이 걸렸다. 20억 원을 어떻게 사용할지 용도를 결정하고 집행을 해야 했다. 타 부서에서 도와주었지만 시간이 없었다. 걱정이 보통이 아니었다. 그런데 놀라운 일이 일어났다. 팀원 전원이 밤을 새며 일사불란하게 일하는 것이 아닌가. 환상이란 말을 써야 할 정도로 한 치의 빈틈도 없이 일을 하는 것이었다. 그것은 평소 잘 다져진 팀워크의 힘이었다. 강하게 다져진 팀워크는 불가능도 가능으로 만든다는 것을 그때 알았다. 해내지 못할 것 같은 일을 한 해의 업무가 마감되기 바로 전에 말끔하게 끝낸 것이다. 나는 아직도 그때의 팀원들을 생각하면 눈시울이 붉어지고 고맙게 느껴진다.

2007년 1월 3일 팀원들과 처음 만난 날, 나는 팀원들에게 다음과 같이 말했다. 최고의 팀을 만들자. 서로 신뢰하고 협조하자. 정보를 공유하자. 법규 적용을 잘하자. 일의 우선순위를 잘 가리자. 순발력 있게 일하자. 조직적이고 계획적으로 일하자. 현장을 중요시하자. 일선행정이 잘 돌아가도록 도와주자. 때로 자기희생을 감수하자. 자기발전에 매진하자. 창의적인 공무원이 되자. 그리고 1년 동안 나와 팀원들은 팀워크를 다졌고, 마침내 한몸이 되었던 것이다.

일에 채여 지냈던 동행정팀장 시절. 그러나 그 시간들이 나를 강하게 만들었다. 시간이 지났다 해도 그때의 일들을 어찌 다 이야기할 수 있는가. 기억나는 것은 기억나는 대로 잊힌 것은 잊힌 대로 모두 한 시절의 이야기였거늘. 세월을 뚫고 나온 것도 있고 세월에 묻혀버린 것도 있거늘. 나 자신이 그러하거늘.

19

음식점의
4가지 기본 지키기 운동

S!

내가 보건위생과장을 하면서 식품안전추진반장을 겸직했을 때의 이야기다. 그러니까 2008년 7월부터 12월까지의 이야기가 되겠다. 이 이야기를 하기에 앞서 2008년 상반기 때 이야기를 먼저 할까 한다.

팀장으로 일하면서 승진에 대한 전망은 밝지 못했다. 누구나 승진하고 싶은 욕망이 있지 않은가. 나도 예외는 아니었다. 나는 승진 방법을 잘 알지 못했다. 그저 묵묵히 일하는 방법밖에 없다고 생각했다. 열심히 일하다 보면 기회가 오지 않겠는가, 그런 마음이었다.

5급에의 승진방법은 심사승진이었는데, 2006년 7월에 취임한 구청장은 100% 심사승진이 바람직하지 않다고 여기고 있었다. 그래서 과거처럼 시험 50%, 심사 50%로 승진할 수 있도록 제도를 바꾸려고 했다. 그러나 시험으로 승진하는 방법은 폐해가 많다 하여(일을 안 하고 시험공부만 한다!) 폐지된 제도였다. 서울시도 마찬가지였다. 그런데 당시 서울시장(오세훈)은 새로운 승진제도의 필요성을 느껴 '역량평가시험'을 도입했다. 이 제도에 대해 서울시 자치구 중 유일하게 마포구만이 호응하고 동참했다. 2008년 상반기에 마침내 제1회 역량평가제가 실시되었다.

2008년 1월, 5급(사무관) 5명을 뽑는 승진계획이 발표되었다. 서열 20번까지가 승진후보자였는데, 내 이름이 승진후보자명부 맨 끝에 기적처럼 올려졌다. 나에게 경쟁을 할 수 있는 자격이 주어진 것이다. 60%는 심사승진을, 40%는 역량평가에 의해 승진을 하도록 했다. 즉 3명은 심사, 2명은 역량평가로 승진자를 결정했다. 서열 3번까지 심사승진을 했고, 심사승진에서 제외된 17명이 역량평가 대상이 되었다.

2008년도만 해도 역량평가라는 제도는 대단히 낯설었다(정부에서는 2006년 7월 1일부터 고위공무원단 역량평가제 도입). 서울시 역량평가의 교육목표는 핵심인재 선발 및 육성을 위해 5급 관리자로서 갖추어야 할 역량을 종합적으로 평가하여 승진에 반영한다는 것이다. 평가기간은 평가와 병행하여 역량개발교육도 함께 실시하는 것으로 하여 2008년 2월 18일부터 3월 28일까지 무려 6주였다(기간은 해마다 단축되어 최근에는 2~3일 동안 한다).

역량평가는 사례·현장중심의 학습을 통한 정책수행 및 문제해결 능력을 평가하는 것으로 평가대상은 변화관리, 성과지향, 설득/협상, 인재육성, 협조성, 의사소통, 문제인식/해결, 정책수행, 전문가의식 등이다. 평가방법은 종합평가로 '서류함기법/인터뷰'란 것이 30%, 개인 평가와 팀 평가를 하는 '역할연기'란 것이 30%, '사례연구'

란 것이 40%의 비중을 차지했다.

세 가지 평가 중에서 사례연구가 가장 중요한데 평가시간은 쉬는 시간 없이 4시간이다. 수십 쪽의 문제지가 주어진다. 문제지는 신문 내용, 논단, 사설, 설문조사결과, 보고서 등 다양한 현상과 상황을 제시한다. 이를 읽고 최적의 문제해결 방안을 찾아 계획서를 작성하는 것이다. 그런데 읽어야 할 것이 많다 보니 대부분이 '읽기'에서 애를 먹는다. 한참 읽다 보면 앞에서 무엇을 읽었는지 생각이 나지 않는 것이다. 주어진 4시간을 어떻게 안배하느냐도 중요하다. 글의 순서를 잡고, 요약한 후 써내려가야 하는데, 컴퓨터를 사용할 수 없고 손으로 써야 한다.

나는 지금도 기억한다. 다다다닥 하는 소리를. 볼펜이 답안지에 부딪치는 소리. 긴장으로 손이 떨려 글씨를 쓰지 못하고 볼펜이 답안지에 덜덜거리며 부딪쳐 나는 소리.

사례연구 평가 다음 날, 같이 평가를 보던 동료가 쓰러졌다. 그는 잠시 회복되는 듯하다가 다시 쓰러져 끝내 세상을 떠나고 말았다. 나와는 각별한 사이였는데 이루 안타까운 마음을 금할 수 없었다.

사람 목숨까지 앗아간 역량평가. 이후 구에서는 두어 번 역량평가에 참여하다가 이내 100% 심사승진제로 돌아섰다.

나는 처음 실시한 사무관 역량평가에서 승진이 결정되어 2008년 6월부터 7월 초까지 5주 동안 경기도 수원에 위치한 지방행정연수원에서 교육을 받았다(지방행정연수원은 2013.8.1. 전북 완주군으로 이전했다). 교육 기간 중 3박 4일 일정으로 금강산에 갔고, 7월 4일 아침 숙소였던 해

금강호텔을 나와 해안가를 거닐었다. 그리고 일주일 후인 7월 11일 새벽, 내가 걸었던 곳에서 얼마 떨어지지 않은 해변에서 총격사건이 발생했다. 금강산 관광객이 총에 맞아 사망한 것이다. 이 엄청나게 충격적인 사건으로 금강산 문이 날카로운 소리를 내며 굳게 닫히고 말았다.

나는 2008년 7월 보건소 보건위생과장(식품안전추진반장 겸직)으로 발령을 받았다. 그런데 발령을 받고 얼마 되지 않아 문제가 생겼다. KBS 1TV의 '좋은나라 운동본부'라는 프로그램에서 보신탕 음식점의 위생 실태를 방영한 것이다. 보신탕 음식점의 불량한 위생 실태를 보도하면서 화면 밑에다 자막으로 음식점들이 소재하고 있는 구의 이름을 밝혔다. 그런데 한 군데 음식점은 '○○구'로 자막이 떴다. 끓고 있는 보신탕으로 바퀴벌레가 뚝뚝 떨어지는 모습이 방영된 음식점이었다. TV는 음식점의 비위생적인 실태를 준엄하게 고발했다. 1988년 서울올림픽 때 점검을 한 이후 점검 무풍지대였던 보신탕 음식점이 폭탄을 맞았다. TV는 보신탕 음식점이 20년 동안 위생점검을 받지 않았다고 신랄하게 비판했다. 시청자를 경악시킨 '○○구'로 자막 처리된 그 음식점은 내가 일하고 있는 곳에 소재하고 있었다.

다음 날 업무가 시작되자 전화가 꽤나 많이 왔다. 방송을 보고 화가 난 열혈 시민들이 서울시와 방송국에 전화를 걸어 문제의 음식점이 있는 곳을 알아내고 항의전화를 한 것이다. 전화를 받은 직원들은 죄송하다며 연신 고개를 숙였다.

문제의 업소는 규모가 크고 외형적으로 번지르르한 영업이 잘 되는 곳이었다. 그 음식점을 이용하는 사람들은 끓고 있는 탕 안으로 바퀴벌레가 다이빙하는 주방에서 음식이 만들어지고 있다는 사실을 꿈에도 알지 못했다.

나는 과장으로 발령을 받자마자 어려운 숙제를 하나 받아든 것이다. 나는 철저하게 점검하고 강력하게 조치하는 것이 유일한 방법이라고 생각하여 보신탕 음식점에 대해 일제점검을 실시했다. 20년 동안 점검을 받지 않았으니 업소의 위생 상태는 좋지 않았다. 30여 개 업소 대부분에서 미흡사항이 지적되었다. 점검을 하면 지적을 안 받을 수가 없다. 관련법에 업소에서 지켜야 할 사항이 나열되어 있는데 음식점은 이를 제대로 지키지 않고 있고 관에서도 법을 세밀하게 적용시키지 않고 있는 실정이었다. 죽은 것 같은, 사문화된 것 같은 법은 그러나 필요하면 먼지를 털어내고 벌떡벌떡 살아서 일어난다. 점검을 통해 법을 들이대면 꼼짝 못한다. 법은 죽지 않고 살아 있었던 것이다. 그런데 이때 업주들이 하는 말이 있다. 우리만 어긴 것이냐. 다 그런 것 아니냐. 이 말 때문에 점검을 하는 공무원은 음식점마다 똑같은 잣대를 사용할 수밖에 없고 결과는 대부분의 업소가 법을 준수하지 않은 것으로 지적당하게 된다. 똑같이 잘못했는데 어느 곳은 봐줬다는 말이 나와서는 안 되는 것이다.

문제는 점검 후에 나타났다. 20년 만에 점검을 한 결과 대부분 업소에서 위반사항이 적출되자 놀란 업주들이 어떻게든 처분을 면해보려고 지역에서 힘 깨나 쓰는 이들에게 해결해 달라고 부탁을 했다. 점검이 끝나자 거절하기 어려운 영향력 있는 이들로부터 전화가 오기 시작했다. 웬만하면 없던 일로 해달라는 것이었다. 예상외로 많은 전화를 받으니 일일이 답변하기가 어려웠고, 괜히 벌집을 쑤셔댄 것이 아닌가 하는 생각이 들기도 했다. 부탁한 분들 입장에서는 자주 가는 업소의 업주가 간곡하게 매달리는데 나 몰라라 하기가 어려웠을 것이다. 그래서 나에게 선처해 줄 것을 부탁한 건데 문제는 적발된 업소 대부분이 예외 없이 거의 같은 행태를 보였다는 것이다.

이제 막 승진한 신출내기 과장이 상대하기에 버거운, 난처한 청탁들이었다. 잘못한 것이 있으면 시정할 것을 먼저 생각해야 하는데 어떻게든지 손을 써서 처분에서 빠져나가려는 행태가 만연되어 있음을 알 수 있었다. 일단 '빽'을 넣고 보자는 인식이 뿌리 깊게 자리 잡고 있었다. 하긴 그렇게 해서 문제가 해결되곤 하지 않았던가. 처분만 바라며 가만히 있는 것은 어리석은 것이라고 여겨지고 있었다.

섣불리 점검을 했다가 호되게 당하는 꼴이었다. 누구에게 말할 수도 없었다. 과장인 내 선에서 판단하고 끝내야 했다. 경미한 곳은 주의와 경고를 주고 심한 곳은 과태료를 부과하는 등 가까스로 수습을 하고 나서 앞으로 어떻게 해야 할지 진지하게 고민을 했다. 고민 끝에 음식점을 대상으로 청결의식을 확실하게 심어주는 것, 잘못된 행태를 바꾸는 것이 중요하다고 여기고 '음식점의 4가지 기본 지키기' 운동을 전개하기로 했다.

4가지 기본은 '첫째 주방청결 준수, 둘째 위생모·위생복 착용, 셋째 잔반(남은 반찬) 재사용 금지, 넷째 원산지 표시'다. 4가지 모두 법으로 준수해야 하는 것들이었다. 유인물을 만들어 배포했다. 가지고 다니기 쉽게 명함 크기의 유인물도 만들었다. 부서 직원 전원이 홍보요원이 되도록 했다. 운동이라는 것은 지속적이어야 하고 강력해야 효과를 볼 수 있다. 하는 둥 마는 둥 하면 아무런 것도 얻을 수 없다.

4가지 중 가장 중점을 둔 것은 위생모(조리모, 주방모자) 착용이었다. 위생복도 착용하면 좋지만 우선 위생모부터 착용하도록 하는 것을 목표로 삼았다. 규정상 주방에서 일하는(음식을 조리하는) 이들은 위생모를 반드시 쓰도록 되어 있는데 우리나라는 이의 준수율이 너무도 낮다. 이웃 일본의 경우 주방에서 일하는 이들의 위생모 착용은 100%다. 위생모를 안 쓰고 음식을 다루는 일은 없다. 그런 일은 상상조차 할 수 없다. 그런데 우리나라는 지나치게 관대하다. 위생모를 안 쓰고 음식을 만들면 머리카락이나 비듬이 음식에 떨어질 수 있다. 가정에서야 위생모를 쓰지 않는다 해도 일반음식점에서는 반드시 착용해야 하는 것이 위생모다. 그리고 위생모를 착용하면 음식을 다루는 자세가 달라진다. 위생모를 쓴 사람이 더욱 정성껏 음식을 다루게 된다(틀림없다!). 직업의식이 높아지는 것이다.

나는 TV에서 맛집을 소개하는 프로그램을 볼 때 주방에서 일하는 사람들의 복장을 유심히 본다. 위생모를 착용했으면 신뢰를 보내고 위생모를 착용하지 않았으면 미심쩍어한다. 위생모를 착용했다는 것은 음식을 만드는 기본적인 자세가 되어 있다는 것이다. 위생모 착용은 직업에 대한 긍지, 직업정신의 발로다. 음식을 청결하게 만들고 있다는 증거며 손님에 대한 예의이다. 이 글을 읽으시는 분들 참고하시라. 혹 위생모를 안 쓰고 조리하는 이들을 보면 위생모를 쓰라고 부드럽게 한 말씀 하시라! 그리고 맛있고 특별한 음식점을 방송해 주시는 분들. 혹 취재 시 음식을 취급하는 이들이 위생모를 안 썼으면, 위생모를 쓰게 하고 취재하시라. 그래야 방송인의 자격이 있는 것이다!

하여튼 나와 직원들은 음식점에 가서 주방에서 일하는 이들이 위생모를 쓰지 않았으면 위생모를 쓰라고 권유했다. 위생모 미착용 시 과태료가 부과됨을 알려주었다. 열심히 권유했음에도 위생모를 쓰지 않아 그 이유를 알아보았다. 이유는 위생모를 안 써도 누가 뭐라 그러지 않기 때문이었다. 뭐라 그러지 않는데 굳이 위생모를 쓸 필요가 있는가. 또 다른 이유는 여성의 경우 위생모를 쓰면 머리가 망가지기 때문에 위생모를 안 쓰려고 한다는 것이다. 이유를 알아갈수록 더욱 강력하게 4가지 기본 지키기 운동의 필요성을 절감했다. 하다 보니 서서히 효과가 나타났다. 구청 근처에서 차량을 이용해 음식을 조리하여 파는 이가 있었다. 직원들이 찾아가 당신은 음식을 만드는 사람이니 위생모를 착용해야 한다, 그렇지 않으면 영업하기가 어렵다고 몇 번 말하자 마침내 노점에서 음식을 조리해 파는 이가 위생모를 착용했다. 혹시 약자로서 공무원의 말을 듣지 않다가 불이익을 당할까 봐 그리했을지 모르지만, 나는 그 모습을 보며 '하니까 되는구나'라는 생각이 들어 고삐를 조여 나갔다.

2008년 11월 음식점협회에서 주관하는 소양교육이 있었다. 나는 일반음식점 업주를 대상으로 여섯 번에 걸쳐 교육을 실시했다. '음식점의 4가지 기본 지키기'를 전파할 수 있는 절호의 기회로 삼기 위해 직접 강사로 나섰다. 나는 심혈을 기울여 교육자료를 만들었다. 매년

하는 교육이라선지 교육에 임하는 업주들의 태도는 시큰둥했다. 나는 의례적인 교육이 아닌 음식점을 하는 이들에게 필요한, 이익을 주는 교육이 되었으면 했다. 음식점 업주들이 들어서 피가 되고 살이 되는 내용으로 교안을 만들었다. 직원들이 말했다. 교육을 받는 이들의 95%는 잠을 잔다고. 그런 성격의 교육이라고. 그 말을 듣고 나는 웃으며 말했다. 95%는 눈을 크게 뜨고 교육을 받도록 하겠다고. 나는 그런 사람이라고.

직원들의 말이 맞았다. 단상에 올라가서 보니 대부분이 의자에 몸을 깊이 웅크린 채 눈을 감고 있었다. 밤늦게까지 일을 한 관계로 소양교육 시간은 피로를 푸는, 자는 시간이었다. 나는 정성껏 교육을 실시했다. 내가 만든 교육자료는 세상에 처음 모습을 보이는 독창적인 자료였다. 나는 일전 방송에 나왔던 바퀴벌레가 음식으로 떨어지는 영상을 보여주었다. 그리고 일본의 사례와 우리나라의 사례를 비교하고, 왜 음식점에서 우선하여 4가지 기본을 지켜야 하는지를 호소력 있게 설명했다. 내 교육은 업주들에게 도움을 주는 교육이었다.

교육이 참신했기 때문이리라. 아니 그것보다는 교육장의 앰프 성능이 우수했기 때문이리라. 자는 사람 없이 모두 내 말을 경청하던 모습을 나는 똑똑히 기억하고 있다. 교육을 받고 공감한 업주가 종업원들을 교육장으로 보내기도 했다(업주만 받으면 되는 교육으로 종업원들은 받지 않아도 되는 교육이었다). 나는 알았다. 열정은 사람을 감동시킨다는 것을. 나쁜 것만 아니라 좋은 것도 전염이 된다는 것을. 나는 남을 전염시키는 공무원이었다. 나는 타인의 가슴에 마구 불을 붙이는 공무원이었다. 나는 불 같은 공무원이었다!

그런데?

음식점의 문화를 새롭게 바꿔보려고 온몸으로 일하는 나를 조직의 리더는 잘 알지 못했다. 보건위생과장이 회전의자에 앉아 결재나 하며 하품하고 있는 것으로 알고 있었나 보다. 그곳에 간 지 6개월 만에 생각지도 않던 발령이 났다.

나 같은 사람을 그곳에 2, 3년만 놔두면 음식점을 몰라보게 바꿔놨을 것을. 그 당시 나는 정말 뜨거운 공무원이었다. 일선 동행정을 강화한다는 명분으로 불같이 일하고 있던 자를 동장으로 보내고 퇴직을 얼마 안 남겨놓은 동장들을 구청으로 불러들여 한가한 듯이 보이는 부서의 과장 자리에 앉혔는데, 조직의 리더는 몰랐다. 보건위생과장 자리를 한가한 자리로 인식하고 있었다니!

벽이 없는 큰 사무실에 2개 부서 직원들이 일하고 있었고, 나는 2개 부서의 장을 겸직하고 있었다. 기억하건대, 나는 많은 시간 서서 일했다. 나는 직원들을 독려하며 쏟아지는 업무를 처리했다. 나는 격무를 두려워하지 않았다. 반드시 이루어야 할 과업이 있었기 때문이었다. 그런데 조직의 장은 그런 부서를 일 없는 부서로 여기고 있었다.

나는 심사숙고하여 추진한 사업이 중단될지도 모른다는 생각에 너무도 안타까웠다. 정말 뭔가를 하고 싶었는데. 막 시작했을 뿐인데. 이제 굴러가기 시작했는데. 그만하라니. 접으라니. 참 많이 아쉬웠다. 과거 전산팀장으로 일할 때 구를 최고의 디지털 구로 만들겠다고 맹렬하게 일하던 중 9개월 만에 발령이 나 안타까워하던 때가 있었지만 이번의 경우는 상실감이 더했다. 후임자가 열심히 일하는 자라면 아쉬움이 덜했을 텐데 후임자는 그렇지 않았다. 내가 직원들과 혼연일체가 되어 추진했던 '음식점의 4가지 기본 지키기 운동'에 대해 후임자는 조금의 관심도 보이지 않았다. 열화와 같이 추진되던 운동은 김이 빠지고 유야무야되고 말았다. 직원들이 나에게 달려와 어떻게 해야 하느냐고 호소했지만, 나는 이미 다른 곳으로 떠나버린 힘없는 자일 뿐이었다.

놓친 고기가 더 크게 보인다는 말이 있다. 내가 그곳을 6개월 만에 떠나지 않고 2년 내지 3년을 더 있었으면 성과를 낼 수 있었을 것이라는 것은 희망사항에 불과할지 모른다. 아무런 성과를 못 냈을 수도 있다. 그러나 의미 있는 시도는 해볼 수 있었을 것이다. 이 사회에 선명한 메시지 하나는 분명 던졌을 것이다. 한 곳에서 타오른 불길이 전국으로 번져갔을지도 모른다. 그런 일이 사명감에 불타는 공무원이 할 일이 아니겠는가. 내가 생각하고 추진한 일이 호응을 얻어 전국으로 퍼져나가고 결국은 판을 흔들고 판을 바꾸는 일. 공무원이라면 그런 일에 한 몸을 던져 해볼 만하지 않겠는가. 시간이 흘러도 그때의 안타까움이 사라지지 않아 이렇듯 객석에 앉아 조명이 꺼진 무대를 바라보며 아쉬움을 토로하고 있다.

일을 한 기간이 6개월에 불과했지만 나름 하루하루는 보람된 날들이었다. 그때 막 시작된 원산지표시제를 정착시키기 위해 7, 8월 쏟아지는 불볕더위 속에 음식점과 시장을 돌며 애쓴 직원들과 함께했던 날들. 2008년 9월 중국산 유제품 멜라민 오염사건, 일명 멜라민

파동 시 수습하기 위해 직원들과 힘겨워하는 몸을 이끌고 밤늦도록 식료품가게를 돌아다녔던 날들. 그때 함께 일했던 직원들은 얼마나 헌신적이었는지!

이런 일도 있었다. 2000년 문화팀장으로 있으면서 홍대 앞 문화예술인들과 친분을 쌓게 되었고 클럽을 운영하는 이들의 어려움을 조금은 이해할 수 있게 되었다. 춤을 추는 클럽이건만 춤을 춰서는 안 되는 규정 때문에 혼란스러워하고 있는 이들을 위해 클럽 단속을 신중하게 하겠다고 하였다. 신뢰의 문제였다.

그런데 2008년 11월 6일 홍대 앞 한 라이브클럽에서 화재가 발생하여 사람이 사망하는 사고가 발생했다. 담당 공무원 입장에서는 언제 또 유사한 사고가 터질지 몰라 조치가 필요하게 되었다. 나는 평소 홍대 앞 클럽 단속을 신중하게 할 것을 담당에게 주지시키곤 했다. 라이브클럽에서 사고가 난 다음 날 나는 서울시 신규자 채용 면접 업무로 인해(서울시인재개발원에 가야 하기 때문에) 사무실을 비웠다. 그런데 이날 담당 직원은 홍대 앞 클럽을 모조리 단속하여 소방시설 미비, 무도행위(춤추는 행위) 등으로 18개 업소를 적발했다. 다음 날 사무실에 출근하니 홍대 앞 클럽 업주들이 이럴 수 있냐며 나에게 집단으로 하소연을 했다. 나에게 전화를 걸거나 사무실로 찾아와 섭섭함을 강하게 토로했다. 몇몇은 문화팀장 때 알게 된 낯이 익은 업주들이었다. 식품위생법상 일반음식점에서는 춤추는 행위를 할 수 없다. 그런데 홍대 앞 클럽에서는 춤을 춘다. 춤 없는 클럽은 존재할 수 없다. 유흥음식점 허가를 받은 클럽에서는 춤추는 행위가 위반이 아니나 일반음식점 허가를 받은 클럽에서는 춤을 출 수 없다. 홍대 앞 클럽들이 그렇다.

담당이 말했다. 클럽에 한 번 가보세요. 정말 겁이 납니다. 지하 클럽에서 수백 명이 춤을 추는데 불이라도 난다면. 가만 놔뒀다가 큰 사고라도 나면 저는 직무유기로 죽습니다. 그러니 단속을 안 할 수가 없습니다. 과거에는 클럽이 크지 않았는데 요즘 생긴 클럽은 정말 큽니다. 단속을 통해서라도 비상시 조속 대처할 수 있는 안전장치와 시설을 구비하도록 해야 합니다.

나는 담당의 입장을 충분히 이해했다. 내가 소극적으로 대처하라고 말한다면 그것은 또 다른 직무유기다. 그런데, 그래도 단속만이 능사는 아니지 않는가.

이 문제를 해결하기 위해 구에서는 2016년 객석에서 춤을 추는 행위를 허용하는 조례를 만들었다. 별도의 춤을 추는 공간이 아닌 객석에서 춤을 추면 되는데, 춤은 수시로 객석을 뛰쳐나가고 싶어 한다는 것이다. 어쨌든 공존이 필요하다. 홍대클럽, 그곳이 안전과 춤이 공존하는 곳이 되기를 바란다.

20

그 무엇이 나를
염리동으로 이끌 것인가

S!

아쉬움을 품은 채 보건위생과장 자리를 떠나 2009년 1월에 간 곳
은 염리동이다.

S! 염리동을 아는가? 한때 소금창고가 있었다는 동네. 가파른 언덕
이 많아 눈이 오면 쩔쩔매는 동네. 평양냉면으로 유명한 음식점 을밀
대가 있는 동네. 새로운 주택지로 탈바꿈하고 있는 동네. 1년 동안 내
가 동장으로 머물렀던 동네.

내가 염리동에 갔을 때 염리동은 이미 마을 만들기 사업으로 일정
성과를 거두고 있었다. 이는 전임 동장(장종환)이 열과 성을 다해 마을
만들기 사업을 펼쳤기 때문이다. 많은 사업 중 인상적이었던 것은 '극
단 민들레(대표 송인현)'와 함께한 '마포 사는 황부자' 연희극 공연과 '마
을이야기' 수집이었다. 마포 사는 황부자 연희극은 주민들이 배우가
되어 참여했다는 것에 의의가 있는 사업이었다. 2008년 8월 학교 운

동장에서 공연을 했는데 공연을 통해 주민들은 화합하고 하나가 될 수 있었다. 마을이야기 수집은 마을에 오래 살고 있는 어르신들로부터 마을에 전해 내려오는 이야기나 유래 등을 수집해 책으로 만드는 사업으로 자칫 사라지기 쉬운 마을의 역사를 발굴하고 복원하는 사업이었다. 이런 마을 만들기 사업을 통해 마을의 정체성을 세우고 공동체 마을로 가꾸어 나가는 것이다.

나는 염리동장으로 일하면서 전임자가 추진했던 마을사업을 계승 발전시키기로 했다. 전임자의 업적을 존중하고 훼손시키지 않으려고 했다. 나는 '계승'이란 말을 중요시했다. 사람들은 전임자의 공을 인정하지 않으려는 심리를 갖고 있다. 전임자가 했던 것을 무시하고 깎아내리고 자신이 최초, 처음, 제1회… 이런 말의 주인공이 되고 싶어 한다.

나는 내가 전임자보다 마을 만들기 사업을 잘할 수 있다고 생각하지 않았다. 그래서 욕심을 내지 않았다. 대신 내가 잘할 수 있는 사업 두어 개를 추가해서 했다. '마을소식지'를 만들었다. 주민들로 하여금 편집위원회를 구성하고 편집위원들이 자율적으로 회의하고 토론하고 취재를 하도록 했다. 소식지에 마을사람들의 삶과 이야기를 진솔하게 담고자 했다. 소식지를 통해 마을을 소통하는 공동체로 만들고 싶었다. 이런 뜻을 담은 마을소식지를 상·하반기에 발간해 각 가정에 배부했다. 그리고 연희극을 실내로 끌어들였다. 연희극은 야외가 더 어울리나 야외공연은 비에 취약했다. 그래서 비가 오면 어떡하나 걱정하지 않아도 되게 마을에 있는 '마포아트센터'로 장소를 옮겼다. 또한 주민들이 연출하고 공연하는 인형극을 육성했다. '방귀쟁이 며느리'란 인형극을 갖고 어린이집과 노인정을 돌며 여러 차례 공연을 했다.

이런 염리동은 마을 만들기 우수 동으로 유명해졌다. 전국으로 이름이 알려져 지방의 여러 곳에서 염리동을 방문했다. 동장의 일 중 하나는 방문객을 맞아 추진한 사업을 설명하고 마을 만들기에 대한 정보를 나누는 일이었다.

2009년 3월이었다. 관내 교회(신촌교회)에서 평생노인대학 수료식이 있는데 와서 축사를 해달라는 제의를 받았다. 나는 어르신들에게 무슨 말씀을 해드려야 하나 고민하다가 인터넷에서 본 영화 '워낭소리(2009.1.15. 개봉)'를 압축한 5분짜리 동영상을 생각해냈다. 나는 간단한 축사를 준비해 교회에 갔다. 교회 본당에 많은 어르신들이 앉아 계셨다. 나는 말했다. "어르신들의 평생노인대학 수료를 진심으로 축하드립니다. 제가 오늘 작은 선물 하나를 가지고 왔습니다. 요즘 영화관에서 워낭소리란 영화가 상영되고 있습니다. 소와 인간과의 애틋한 정을 담은 영화인데 그 영화를 요약한 짧은 영상입니다. 한 번 보시기 바랍니다."

불과 5분짜리 영상인데 생각지도 않던 일이 벌어졌다. 늙은 소가 할 일을 다하고 죽음을 맞이하는 장면이 나오자 여기저기서 훌쩍이는 소리가 나고 몇몇 할머니들은 손수건을 꺼내 눈물을 닦는 것이었다. 나는 영상에 푹 빠진 어르신들(대부분 할머니들)을 보면서 결심했다. 이분들에게 진짜 워낭소리를 보여드리자!

나는 다시 마이크를 잡았다. 어때 잘 보셨어요? 내가 말하자 네!

하는 소리가 합창처럼 울렸다. 나는 말했다. "어르신들께서 진지하게 보시는 모습을 보고 감동했습니다. 오늘 보신 영화는 아주 짧은 5분짜리 요약분입니다. 지금 극장에서 상영 중에 있는데 빠른 시일 내에 제가 진짜 영화를 가지고 와 어르신들께 워낭소리를 보여드리겠습니다!"

나는 빈말을 한 게 아니므로 약속을 지켜야 했다. 혹시나 무료로 영화를 볼 수 있을까 해서 워낭소리를 만든 영화사에 전화를 걸었다. 여차저차 사정 이야기를 하고 어르신들을 위해 무료로 영화를 제공해 줄 수 있는지를 알아보았다. 영화사에서는 완곡하게 어렵다고 했다. 1회 상영에 얼마면 되느냐고 물었다. 영화사에서는 1회 상영에 50만 원 정도 하나 대상이 어르신임을 감안 30만 원에 해주겠다고 했다. 나는 흔쾌히 좋다고 했다. 담당팀장을 불렀다. 예산으로 영화 상영권을 살 수 있는지 알아보았다. 그럴 만한 예산이 없다는 것이었다. 낭패였다. 그러나 나는 주저하지 않았다. 사비를 쓰기로 했다. 어르신들과의 약속을 위하여, 아니 어르신들의 행복을 위하여 봉사하는 마음으로 임하면 된다고 생각했다. 나는 기쁜 마음으로 영화 워낭소리 상영권을 구매했다.

나는 이 일을 통해 어르신들이 영화를 좋아하지만 실제 영화를 잘 보지 못한다는 것을 알았다. 마침 동주민센터 지하에 악기 연주를 위하여 시설을 개선한 방음시설이 잘 되어 있는 공간이 있었다. 나는 이 공간을 이용 동네 어르신들을 위한 영화를 상영했다.

이 경험은 다음해 구청강당을 실버영화관으로 활용하게 되는 계기가 되었다. 2010년 봄에 나는 문화체육과장 신분으로 상암동에 소재한 한국영상자료원을 방문하였고, 그곳에 한국의 모든 영화 필름(특히 오래된 옛날 필름)이 보관되어 있는 것을 알아, 한국영상자료원과 협의하여 실버영화관을 운영하기로 하였다. 2010년 7월에 업무협약을 맺고 어르신들을 위한 실버영화관의 문을 열었다.

S! 내 2009년 업무일지(비망록)에 적혀 있는 염리동장의 1년 행적을 한번 따라가 보자.

1월

5일 드럼교실과 통기타교실을 열었다. 뮤직 아카데미 개강이라고 불렀는데 '동 청사 지하가 음악의 전당으로'란 제목으로 1월 21일자 서울신문에 크게 보도되었다. 16일 3층 다목적실에서 주민들과 구청장을 모시고 동행정 업무보고회를 가졌다.

2월

10일 새마을부녀회장 등 주민자치위원 7명을 신규 위촉했다. 24일에는 통장과 직능단체원 등 62명이 참석한 가운데 복지마을 만들기 워크숍을 개최했다.

3월

4일 책자 '염리동 마을이야기' 출판기념회를 성황리에 개최했고, 각 언론에서 보도해 주었다. 15일 염리동 27-118번지 축대가 무너졌다. 다행히 인명피해는 없었다. 안전의 중요성을 다시금 깨달았다. 25일에 복지아카데미를 열었다.

4월

1일 ㈜씨엔앰 미디원에서 마을을 취재했다. 정병선 14통장이 리포터로 활약했다. 염리동이 '펀펀동네'라는 프로그램의 첫 번째 방영 동이 되었다. 21일 문화체육관광부와 한국문화예술교육진흥원에서 실시하는 생활문화공동체 만들기 시범사업 현장심사가 있었고, 22일에는 서울시인재개발원 자치회관 교육과정 교육생 66명이 내방했다. 26일 새마을부녀회가 동청사 앞에서 이웃돕기 기금 마련 먹거리장터를 운영하였고, 29일에는 염리동마을소식지 편집위원회 발대식을 가졌다. 30일 대흥, 염리, 신수, 서강동 등 2권역 주민자치위원 40명이 수안보 서울시연수원에서 워크숍을 가졌다.

5월

4일 염산 등 3개 어린이집이 서울형 어린이집으로 선정되어 현판식을 가졌고, 6일에는 바르게살기협의회에서 어르신 20명을 초청 점심식사를 대접해드렸다. 9일 마포아트센터 광장에서 염리동주민생활지원협의회 주관으로 제2회 행복건강나눔축제를 개최하였고, 13일에는 경기도 공무원 30명이 내방했다. 20일 '세계 문명과 문화이야기'라는 주제로 인문학 강좌를 개강하였고, 25일에는 아동학대 관련 복지아카데미를 열었다. 29일 ㈜효성에서 20kg 쌀 60포를 기증했다.

6월

1일 희망근로사업이 시작되었고, 2일에는 주민자치위원들과 통장들이 '내 고장 탐방'을 하였다. 4일 새마을부녀회에서 어르신 100여명을 초청 점심식사를 대접하였고, 9일 경기도 의왕시 주민자치위원들이 내방했다. 10일 3층에서 보사노인센터가 주관한 무의탁 어르신 생일상 차려드리기 행사가 있었다. 11일 정기반장교육이 있었고, 17일 마포아트센터 소공연장에서 주민 200명이 참석한 동민노래자랑이 있었다. 18일에는 다목적실에서 노인일자리사업 어르신들을 위해 영화를 상영했다.

7월

7일 생활문화공동체 만들기 시범사업인 연극교실과 인형극교실을 개강했다. 18일 염리동청소년지도협의회에서 독거(홀몸)노인과 청소년과의 행복한 동행을 다짐하는 결연사업 발대식이 있었다. 22일 오전 7시 서울클린데이(대청소) 행사가 있었고, 23일 새마을부녀회에서 어르신 200명에게 삼계탕을 나누어드렸다. 24일 ㈜효성에서 쌀 68포를 기증했다.

8월

7일 마을 만들기 사업인 '내사랑 염리마을' 마을소식지를 각 가정에 배부하였고, 12일 폭우로 아현뉴타운 염리지역 옹벽이 무너지는 사고가 발생했다. 25일 홍대 일원에서 열린 서울프린지페스티벌의 배달공연팀이 찾아와 공연을 하였다. 25일 통장들을 대상으로 6회에 걸쳐 실시한 복지아카데미가 끝나 수료식을 가졌다.

9월

23일 서울디자인고 운동장에서 민방위 비상소집 훈련이 있었고, 25일 ㈜효성에서 쌀 69포를 기증했다. 29일 KTV(한국정책방송)에서 연극교실을 취재했다.

10월

1일 KT에서 기증한 사과를 염리 1, 2노인정에 전달했다. 13일 염리창조마켓 추진위원회 첫 번째 회의가 열렸고, 신촌교회에서 1,135명이 독감예방접종을 하였다. 15일 마포나루새우젓축제 자치회관 프로그램 경연대회에서 고전무용팀이 장려상을 수상했고, 17일 구민노래자랑에서 80명의 응원단이 열심히 응원했다. 23일 경로의 달을 맞아 8개 노인정에 쌀을, 300명 어르신들에게 김 세트를 전달했다. 26일 염리창조마켓 홍보를 위해 동네를 돌며 거리퍼레이드를 하였고, 31일 마포아트센터 광장과 공연장에서 염리창조마켓을 개최하였다. 대공연장에서는 연희극 '마포 황부자', 소공연장에서는 인형극 '방귀쟁이 며느리'를 공연했다.

11월

13일 동주민센터 민원실에 U-헬스 마을건강센터가 개소되어 간호사가 연중 상주하게 되었고, 15일 신촌교회에서 개안수술 대상자 5명에게 개안 수술비를 지원하고 쌀 100포를 기증하였다. 16일 마포구 희망기획단과 함께 벽화그리기 사업, 난간에 계단을 설치하는 사업을 추진하였다. 2층 마을문고를 대대적으로 정비하고 서가를 확충하였다.

12월

제2호 '내사랑 염리마을' 마을소식지를 배부하였다. 살기 좋은 마을 만들기 사업 평가(홍성택 주민자치위원 발표)에서 최우수, 동행정 종합평가에서 최우수를 하였다. '최우수'를 축하하고 기념하기 위해 시상금으로 우산을 사서 애쓰신 분들께 선물로 드렸고, 31일 3층 다목적실에서 성대하게 송년의 밤 행사를 가졌다. 염리동 생긴 이래 처음이라고 모두가 기뻐하고 좋아했다.

그 무엇이 나를 염리동으로 이끌 것인가

세월이 흘러흘러 먼 후일 어느 날
한 시절 염리동을 회상해볼 때
그 무엇이 나를 염리동으로 이끌 것인가

마포 황부자 연희극
방귀쟁이며느리 인형극
내사랑 염리마을, 마을소식지
통장복지사
그 무엇이 나를 염리동으로 이끌 것인가

월요일 오전 10시 반 노래교실
지하의 드럼교실, 기타교실, 사물놀이반
2층 문고의 책 읽는 아이들
그 무엇이 나를 염리동으로 이끌 것인가

숨 가쁜 비탈길과 오래된 집들
뉴타운과 재개발
KT의 기다란 담장과 염전터
구민회관길과 아소정길
그 무엇이 나를 염리동으로 이끌 것인가

평양냉면 을밀대
이웃사촌 동해횟집
따끈한 국물 한강순대국, 일미식당
그 무엇이 나를 염리동으로 이끌 것인가

구구슈퍼 앞, 대흥가압장의 희망벽화
알록달록 희망계단들
어르신들 영화 보세요
워낭소리, 마파도
그 무엇이 나를 염리동으로 이끌 것인가

살기 좋은 마을 만들기 성과 최우수
동행정 종합실적 평가 최우수
염화칼슘에 녹아버린 가죽장갑
고단한 제설작업
그 무엇이 나를 염리동으로 이끌 것인가

늦은 시간에도 늘 자리를 지키던
복스런 맏며느리 이정식 주임
민원창구의 이창목
휘청휘청 정원균
부산갈매기 이상은
현장기동반장 이정우 주임

터줏대감 고일성 팀장
그 무엇이 나를 염리동으로 이끌 것인가

새날을 여는 창조마켓을 일구던 그대는
예산업무를 다루는 곳으로
마을문고에서 겨울방학 이벤트를 벌이던 그대는
소송업무를 다루는 곳으로
강에서 바다로 나가듯 큰물 찾아 떠나갔나니

아아 먼후일
무엇이 우리를 염리동으로 이끌 것인가

어둡고 슬펐던 기억들은 사라져라
돌아보면 눈물 한 움큼
고맙고 그리운 시간들이었다
돌아보면 잔잔한 미소
애틋하고 소중한 시간들이었다

아아 염리동에서 만났던 우리들
사랑했었다, 2009년 365일
우리는 한 시절 서로를, 한 마을을
부둥켜안고 뜨겁게 사랑했었다.

21

2010년 제3회
마포나루새우젓축제

S!

나는 2010년 1월에 문화체육과장으로 발령을 받았다. 염리동장으로 일한 지 1년이 되니 지역사정에 눈이 떠지고 주민들을 조금씩 알아가고 있었는데 떠나게 되어 아쉬웠다. 그렇지만 내심 가고 싶었던 곳으로 가게 되어 다행이라는 생각이 들었다. 문화체육과는 2000년부터 3년여간 일한 적이 있어 낯설지 않았다. 내 몸에 딱 맞는 옷을 입은 것 같았다. 이곳에서 지난 경험을 토대로 새로운 역사를 쓰리라 생각했다. 문화체육과장 발령에 나는 만족했다.

10년 전에는 일개 팀장이었지만 이제는 책임과 권한이 한결 커진 과장으로 일하게 되었다. 나는 직원들과 호흡을 맞추며 많은 일을 해나갔다. 부서에 가서 살펴보니 현안이 많았다. 현안이란 것은 하라고 있는 것이니 하나하나 풀어나갔다.

생활체육관을 잘 짓기 위해 설계자문위원회를 최초로 구성한 일,

월드컵공원 내 난지천 인조잔디구장 운영권을 서울시로부터 넘겨받은 일 등 이런저런 일을 하였지만, 가장 신경을 써서 한 일은 제3회 마포나루새우젓축제였다. 마포나루축제란 명칭의 축제가 1999년, 2000년, 2002년 한강고수부지(망원지구, 난지지구)에서 열렸지만 2002년을 끝으로 명맥이 끊어졌다.

그러던 것을 2008년 '새우젓'이란 말을 넣어 월드컵공원 평화의 광장에서 새롭게 시작하였다. 과거 마포나루는 전국 물산의 집산지였다. 사람들은 마포를 '새우젓 동네'라고 불렀다. 새우젓이 마포나루를 통해 서울 곳곳으로 유통되었던 것이다. 전국의 유명 산지에서 생산된 새우젓을 김장철을 앞두고 판매할 수 있도록 한 축제는 크게 성공했고, 나는 세 번째 축제를 책임졌다.

많은 준비를 했다. 몇 가지 변화를 줬고 운도 따랐다. 1회와 2회 때는 행사비가 부족하여 후원금을 얻기 위해 기업체를 찾아다녀야 했다. 그런데 3회 때는 생각지도 않던 농어촌문화행사 관련 예산 8천만 원을 지원받는 등 행사비가 부족하지 않았다(물론 행사비는 다다익선이다). 농어촌문화행사비는 공연비로만 쓸 수 있었다. 때문에 들소리, 뿌리패, 노리단, 고창 판소리, 진도 강강술래 공연 등 수준 높은 공연팀을 초청할 수 있었다. 전년도까지는 시장바닥 각설이타령 수준이었는데, 제3회 때는 질 높은 훌륭한 공연팀을 여럿 초청할 수 있었다.

목·금·토에 개최하던 것을 금·토·일로 변경하여 좀 더 많은 사람들이 축제를 즐길 수 있도록 했고, 행사장과는 일정 거리 떨어진 구청광장에서 열렸던 자매결연지 지역특산물 판매를 행사장 내로 옮겨 집중화시켰다. 그런데 장소 사용 승인권을 갖고 있는 서울시(서부공원녹지사업소)가 사용 승인을 안 해주는 것이었다. 국장이 부탁해도, 부구청장이 말해도 승인을 해주지 않았다. 이미 홍보 리플릿에는 지역특산물 판매장소를 행사장 내로 인쇄해 놓았는데 낭패였다.

　마포나루새우젓축제가 대규모 행사다 보니 행사 개최 전 구청장이 서울시청에 가서 기자들을 상대로 설명회를 갖는다. 2010년 10월에도 행사 개최 4일 전 서울시청에서 구청장의 기자설명회가 있었다. 그런데 이날 담당과장인 나는 기자설명회에 참석하지 못했다. 그 시간에 나는 홀로 터벅터벅 걸어 서부공원녹지사업소를 방문했다. 내가 펼쳐놓은 것, 내가 수습해야 했다. 서부공원녹지사업소를 찾아가는 발걸음은 천근만근이었다. 승인을 못 받으면 어떻게 하나? 내가 해낼 수 있을까? 나는 지푸라기라도 잡는 심정으로 사업소를 찾아갔고 진심을 다해 호소했다. 거짓이 아닌 진정성 있는 마음뿐이었다. 나는 리플릿을 보여주면서 사업소의 승인을 받지 않은 상태에서 성급히 인쇄를 한 것에 대해 심심한 유감을 표시하고 도와줄 것을 간곡히 요청했다. 모두가 불가능하다고 말해도 나는 가능하다고 생각하고 가능성에 목숨을 걸었다. 나는 신념으로 상대방을 설득했다. 그것이 공무원 생활 동안 나의 태도며 자세였다. 나쁜 일이 아니고 좋은 일인데… 사람들이 오지 않아 썰렁한 특산물 매장을 발 디딜 틈 없는 곳으로 옮긴다면 얼마나 좋은가! 자매결연지인 농촌을 진정으로 돕는 일 아닌가!

　내 뜻을, 아니 마포구의 뜻을 깊이 헤아려주고 흔쾌히 장소 사용을 허락해준 서울시 서부공원녹지사업소에 진심으로 감사의 마음을 전한다.

하늘공원의 억새축제를 보러 왔다가 행사장을 찾았다는, 서초구 구민이라는 어르신 한 분이 나를 붙잡고 이렇게 말했다. "서울에 이렇게 멋진 행사가 있는지 몰랐네. 그런데 이렇게 재미있고 좋은 축제를 왜 3일만 하나. 일주일은 해야지. 3일만 하는 것이 너무 아쉽네. 참 대단한 축제야!" 축제 기간 3일 내내 사람들이 너무 몰려와 인파에 의한 사고가 나지 않기만을 바랐던 2010년 제3회 마포나루새우젓축제. 해마다 발전하여 많은 이들에게 즐거움을 주는 좋은 축제로 자리 잡아가고 있다.

3년 정도 문화체육과장을 하겠다고 마음먹고 왔지만 뜻대로 되지 않았다. 산하기관의 대표를 공모하는 일이 있었다. 그때 누가 공모에 응했는지 명단을 알려 달라는 모 인사의 부탁을 들어주지 않아 나중에 나는 혹독하게 시달렸다. 그리고 평소 마포아트센터 운영에 불만을 갖고 있던 구의원들이 마포아트센터(마포문화재단에서 운영) 예산을 전액 삭감하겠다며 칼을 갈았다. 일부 삭감이 아닌 전액 삭감이라니. 나는 매일 구의회로 출근을 했다. 구의원들을 만나 전액 삭감은 안 된다고 설명하고 설득했다. 구의원들은 내 말을 들은 체도 하지 않았다. 그렇다고 손을 놓고 있을 수는 없었다. 의원들을 만나고 의장을 만나 어떻게든지 파행을 막아보려고 애썼다. 결국 당초 예산에서 일부를 삭감하는 것으로 가까스로 절충이 되었다.

이 일은 나중 몇 년 동안 내가 구의원들과 밀고 당기는 일을 수없이 했는데 그 맛을 살짝 보여준 것이었다.

홍대 앞 문화를 부흥시키겠다느니, 새로운 문화행사를 기획하여 추진하겠다느니, 관광을 활성화시키겠다느니, 생활체육을 새롭게 변모시켜 보겠다느니 하는 여러 가지 포부가 있었지만 제대로 하지 못하고 나는 문화체육과장 자리를 황망히 떠나고 말았다. 아쉬운 퇴장이었다.

22

파노라마,
혹은 파란만장했던

S!

늘 떠남은 아쉬움이고 새로운 만남은 설렘이다. 3년은 있을 줄 알았던 문화체육과장 자리를 1년 만에 떠나고 말았다. 지역에 흩어져 있는 광범위한 문화자원을 조사해 네트워크화 하고 문화지도를 만들려 노력하는 등 쉴 틈 없이 일했다. 한시도 문화발전이라는 말을 잊은 적이 없다. 그러나 문화를 진흥시키는 것이 내 몫은 아니었나 보다. 나는 낯선 교육지원 업무를 맡게 되었다. 교육지원 업무는 크게세 가지로 나눠진다. 첫 번째가 관내 학교를 지원하는 것이고, 두 번째가 도서관 관련 업무를 하는 것이고, 세 번째가 평생교육을 하는 것이다. 나중에 청소년 관련 업무가 추가되었다. 담당한 업무가 대단치 않게 보였고, 격무로 느껴지지 않았다. 처음에는 그랬다.

구청에 교육 관련 부서가 생긴 것은 2007년이다. 팀 단위로는 2003년에 가정복지과에 학교환경개선팀이 생긴 것이 처음이다. 2007

년을 전후로 각 구에 교육지원 부서가 생기기 시작하여 현재는 서울시 전 구에 있다. 구청장들이 학부모들의 요구를 받아들인 결과다. 어느 구를 막론하고 '교육'을 앞세우고 있으며, 교육도시 조성에 주력하고 있다.

교육지원과장 때니 2011년부터의 일이다. 교육지원과장 3년, 교육청소년과장 1년 등 4년 동안 교육 관련 부서에 있었으니 짧지 않은 기간이었다. 기술직이나 계약직이 아닌 일반행정직 과장이 한 자리를 4년씩 맡는 일은 드문 일이다.

S! 나는 왜 떠나지 못하고 한곳에 4년 동안 있어야 했을까. 지금부터 그 곡절 많았던 이야기를 들려주겠다.

교육지원과를 떠올릴 때 가장 먼저 생각나는 것은 우수한 직원들과 일했다는 것이다. 하나같이 일을 잘했던 직원들. 내가 가기 전까지 교육지원과는 여직원 선호부서였고 대체로 근무하기 좋은 부서로 여겨졌다. 그런데 내가 부서장으로 가고 몇 년 동안 지지고 볶으면서 일을 하다 보니 어느 날 사업부서처럼 변해버렸다.

교육지원과에 가서 첫 번째 부닥친 업무는 친환경무상급식 업무였다. 2010년 지방선거 때 무상급식은 쟁점사항이었다. 구청장은 무상급식을 공약했고 당선되자 바로 실행에 들어갔다. 우여곡절 끝에 예산이 편성되었다. 그렇지만 모두가 동의한 것은 아니었다. 구의회는 반으로 갈렸다. 찬성과 반대가 각각 절반이었다. 구의회가 열리면 반대하는 구의원들로부터 날카로운 질문이 쏟아졌다. 퍼주기가 아니냐, 포퓰리즘이 아니냐는 것이었다. 지루한 공방은 오래 갔다. 무상급식에 들어가는 예산은 교육청이 50%, 서울시가 30%, 구가 20%를 담당했다.

두 번째 현안은 장학재단을 만드는 일이었다. 업무를 살펴보던 나는 눈이 휘둥그레졌다. 내가 가기 직전 부서에서 작성해 놓은 보고서를 보니 장학재단이 실익이 없다고, 즉 장학재단을 설립할 필요가 없다는 의견이었다. 그런 의견은 구청장께도 보고되었다. 그럼에도 구청장은 장학재단 설립을 포기하지 않았고, 그 과업이 내게 떨어진 것이다.

아이들의 행복한 밥상을 위하여

친환경무상급식은 보편적 복지를 실현한 것이다. 친환경무상급식을 통해 우리나라에 보편적 복지와 선택적 복지라는 말이 활발히 그리고 뜨겁게 논의되기 시작했다. 3월 초 개학이 되자 초등학교에서 무상급식이 시작되었다. 구청장은 학교에 가서 국회의원, 교육지원청 교육장, 학교장 등과 함께 배식봉사를 함으로써 무상급식 실시를 환영하고 축하하였다.

친환경무상급식이 마침내 한국사회를 들었다 놓는 일이 발생했다. 줄곧 선택적 복지를 주장한 서울시장은 급기야 무상급식을 주민투표에 붙이는 강수를 두었다. 2011년 8월 21일 오전 10시, 오세훈 시장의 기자회견이 있었다. 회견 내내 감정에 복받쳐 눈물을 흘리고, 마침내 무릎을 꿇고 읍소를 했다. 충격적인 장면이었다. 2011년 8월

24일 서울시민을 대상으로 주민투표가 실시되었다. 최종 투표율이 25.7%로 개표 득표율 33.3%에 미치지 못하여 투표함은 개봉하지 않고 파기되었고, 오세훈 시장은 사퇴를 했다. 10월 26일 새로 서울시장이 된 박원순 시장은 초등학교 5·6학년 무상급식 예산 지원 서류에 결재를 함으로써 역사적인 시장직무의 첫발을 내디뎠다.

나는 무상급식 논란과 주민투표 과정, 시장 보궐선거 등 일련의 과정을 예의주시하였다. 내 업무와 연관이 있었던 만큼 기록하고 모색하고 더불어 고민하였다. 뒤돌아보니 그때, 아이들 밥 먹는 문제로 세상이 참 떠들썩했었다.

그 당시 무상급식업무를 취급한 공무원으로서 나는 당혹감을 떨치지 못했다. 나는 어느 날 이렇게 썼다. '어떤 것이 옳은 것인지에 대한 논의는 차치하고, 아이들에게 차별 없는 밥 한 끼 먹이는 것이 이렇게까지 확대되고 비화될 문제인가. 이렇게까지 혼란스럽고 국가의 미래까지 운운해야 할 문제인가. 죽기 살기로 이전투구 해야 할 문제인가. 아이들에게 부끄럽다는 생각에 비통하기만 하다. 자라나는 새싹들에게 따뜻한 밥 한 끼 먹이는 것이 이토록 모두를 심란하게 하고 서울시를 들썩거리게 만들 만한 일인지. 안타까울 뿐이다….'

학교에 가서 아이들이 밥 먹는 모습을 보면, 그 모습이 얼마나 사랑스러운지! 아이들의 행복한 밥상을 위해 지속적으로 관심을 갖고 노력해야 할 것이다.

인재육성장학재단 설립

다시 장학재단 설립 이야기를 이어나가겠다. 전임 국과장이 장학재단 설립에 조심스러웠던 것은 그만한 이유가 있었다. 재단 설립 후 자칫하면 파행으로 가기 십상이기 때문이었다. 공무원이 하는 일은 크게 세 가지로 나눌 수 있다. 규정상 하게 되어 있는 일이 있고, 정책(사업)을 제안한 것이 채택되어(결재가 되어) 하게 되는 일이 있고, 윗사람의 지시를 받고 하게 되는 일이 있다. 윗사람의 지시는 위법하거나 부당한 것이 아니면 따라야 한다. 구청장이 장학재단 설립을 지시했고, 검토 결과 큰 문제가 없으면 관철될 수 있도록 최선을 다해야 한다. 꼬여 있는 업무를 어떻게 풀어갈까 고심하고 있는데 마침 감사원에서 2010년 전국 140여 개의 지자체 장학재단을 감사하고 2011년 초에 결과를 공개했다. 나는 두꺼운 감사결과 보고서를 교과서처럼 보았다. 감사결과 보고서에는 전국 지자체 소속 장학재단의 실상이 적나라하게 나와 있었다. 대체로 잘못된 운영 등 부정적인 모습이었다.

장학재단을 설립하기 위해서는 첫 번째로 장학재단 관련 조례를 만들어야 했다. 조례 제정에는 구의원들의 협조가 절대적으로 필요했다. 그런데 어찌어찌해서 감사결과 보고서를 구의원들도 보게 되었다. 나는 구의원들이 전국 장학재단 실태를 알게 된 것을 다행으로 여겼다. 어떤 것이 잘못이라는 것을 알았으니 잘되는 방향으로 운영하면 될 것이라 생각했다. 구의원들이 이해해주고 협조해주리라 생각했다. 그러나 구의원들은 감사결과 보고서에서 잘못된 것만 본 것 같았다. 하나부터 열까지 부정적이었다.

구에는 이미 상당액의 장학기금이 조성되어 있었다. 그런데 기금이다 보니 확장하는 데 어려움이 있었다. 그래서 재단을 만들어 기금을 크게 조성하고 활발하게 장학사업을 펼치고자 재단 설립을 추진하게 된 것이다.

꼬박 2년 동안 구의회와 밀고 당기는 일이 이어졌다. 구의회 상임위원회에서 심의 결과 보류, 보류, 또 보류가 되었다. 구의원들은 '부결'은 안 하고 보류만 했다. 끈기의 싸움이었는데 나는 점점 지쳐갔다. 구의원들을 만나 설명하고 호소하고 설득하는 날이 계속되었다. 오죽하면 구의원들이 나만 보면 또 왔느냐고 하며 피할 정도였다. 구의원들 입장에서 나는 진드기처럼 달라붙는 귀찮기만 한 존재, 되지도 않는 일을 포기할 줄 모르는 미련한 존재였다.

2012년 10월 23일 마침내 상임위원회에서 장학재단 조례를 통과시켜주기로 했다. 근 2년 동안의 지루한 여정에 마침표를 찍을 때가 온 것이다. 나는 상임위원회실에서 기도하는 마음으로 기다렸다. 지난 일들이 머리에서 스쳐 지나갔다. 조례안이 상임위에서 몇 번이나 보류되었는지! 구의원들을 졸졸 따라다니며 설명하고 설득했던 날들. 이제 끝나는 것이다. 마침내 대단원의 막을 내리는 것이다. 나는 해방되는 것이다. 나는 그렇게 생각했다.

상임위원회가 열리기 전 본회의에서 마포문화재단 관련 회의가 열렸다. 나는 상임위원회에 주력하기 위해 본회의장에 참석하지 않았다. 그런데 본회의가 끝났는데도 예정되었던 시간에 상임위원회가 열리지 않았다. 나는 분위기가 안 좋다는 것을 느꼈다. 알아보니 본회의에서 문화재단 대표 사퇴 문제와 관련하여 구의원들의 심한 성토가 있었다는 것이다. 구의원들이 문화재단 대표의 사퇴를 종용했건만 구는 구의원들의 의견을 수용하지 않고 있다는 것이다.

구의원들이 긴급회의를 하더니 장학재단이 설립되면 문화재단처럼 말을 듣지 않고 마음대로 운영할지 모르니 장학재단 조례안 심의를 또 다시 보류하는 것으로 결론을 냈다. 그리고 상임위원회에서 나를 세워놓고 심의를 보류한다고(또 보류한다고) 결정했다.

마침내 상임위원회에서 조례안이 통과될 것으로 잔뜩 기대하고 있던 나는 '보류'라는 말을 듣고 크게 실망했다. 그동안 조례 통과를 위해 얼마나 노심초사했던가. 기대가 와르르 무너진 것에 대한 허탈감, 무슨 일이 있어도 조례를 통과시켜주겠다고 단단히 약속을 했었는데 너무도 쉽게 구의원들과의 신뢰가 깨진 것에 대한 안타까움, 내 능력이 부족한 것에 대한 무력감이 나를 휘감았다. 그리고 희롱당한 것 같은 느낌에 감정을 억누를 수가 없었다. 나도 모르게 눈물이 솟구쳤다. 나는 깜짝 놀라며 이래서는 안 된다, 약한 모습을 보여서는 안 된다고 입술을 깨물었다. 그리고 황급히 뒤로 돌아서서 눈물을 닦았다. 나는 이날 조례안이 통과되면 그동안 구의원들과 숱하게 밀고 당기기를 해왔기에 감사의 인사를 하려고 인사말을 준비해 왔었다.

'우리 구 교육 발전을 위해 추진한 장학재단 설립 관련 조례를 심의 의결해 주신 존경하는 J복지도시위원장님과 의원님들께 깊이 감사를 드립니다. 우여곡절이 많았습니다만 지난해 10월 20일 보류되었던 조례안이 의원님들께서 염려해 주시고 잘못되지 않도록 애정과 관심으로 따끔하게 지적해 주신 덕분으로 오늘 수정 의결하게 된 것을 매우 기쁘게 생각합니다. 장학재단의 순기능 못지않게 역기능이 있음을 잘 알고 있습니다. 앞으로 장학재단을 운영함에 있어 의원님들이 걱정하신 문제점이 나타나지 않도록 재단 운영에 만전을 기하도록 하겠습니다. 먼 후일 오늘을 되돌아볼 때, 만들어서는 안 되는 장학재단을 만들었다는 비난을 듣는 것이 아니라, 지역 인재를 육성하는 건실하고 모범적인 재단을 설립하는 데 다함께 뜻을 모아 역사적인 결단을 내렸다는 칭송의 말을 듣기를 기대하고 희망합니다. 오늘 이 자리에 계신 의원님들께서 증인이 되고 감시자가 되어 장학재단이 올바르게 갈 수 있도록 지속적으로 지도편달해 주시기를 당부드리면서 장학재단 관련 조례를 심의 의결하여 주신 것에 진심으로 감사를 드립니다.'

그러나 나는 아무 말도 못하고 어깨가 축 처진 채 상임위원회실을 빠져나왔다. 사무실에 있는데 구청장께서 찾는다는 연락을 받고 구청장실에 갔다. 내가 상임위원회에서 눈물을 보인 것이 보고가 된 모양이었다. 구청장께서 바보처럼 눈물을 흘리느냐고 한 말씀 하시는 거였다. 나는 어렵게 입을 열었다. 드릴 말씀이 없습니다. 송구스럽습니다. 아침에 보고 드렸듯이, 어제 저녁 위원장 등 구의원들과의 간담회에서 오늘 조례를 통과시켜주겠다고 철석같이 약속을 했습니다. 그런데 또 보류가 되어… 저도 모르게 바보짓을 했습니다. 내 말을 듣고 구청장께서는 다시 한 번 해보자고, 힘을 내라고 격려해 주셨다.

운영사례를 살펴보기 위해 구의원들과 함께 타 장학재단을 방문했다. 2012년 11월 초, 모범적인 장학회로 언론에 크게 보도가 난 강원도 양구군의 장학회(양록장학회)를 찾아갔다. 신문기사에 의하면 양구군 장학회는 선순환의 구조를 갖게 되어 양구에 사는 대부분의 학생들에게 장학금을 지급하고 있었고, 장학금을 받은 학생들은 나중에 사회인이 되어 장학기금을 기탁한다는 것이다. 그리고 지역사회에서는 대소사가 있으면 장학기금을 냈고 음식점 등 상점에서도 이익의 일부를 장학기금으로 내곤 한다는 것이다. 훈훈한 미담이 수북이 쌓여 있는 양구군 장학회는 누가 봐도 두말이 필요 없는 모범적인 장학회였다. 양구군 장학회가 구의원들의 마음을 일거에 돌려주기를 잔뜩 기대하고 양구군청에 도착, 회의실에서 설명을 듣는데 놀랄 만한 일이 발생했다. 이름은 '장학회'인데 재단이 아니고 장학기금으로 운영하는 것이었다. 그러면서 설명을 하는데, 과거에 재단이었던 것을 운영에 문제가 있어 장학기금으로 변경했다는 것이다.

이런 낭패가 없었다. 나는 아연실색했다. 도대체 상상이 안 되는 일이 일어난 것이다. 양구장학회에 대하여 사전조사를 소홀히 한 게 잘못이었다. 재단으로만 생각했지, 기금으로 운영되는 장학회라고는 꿈에도 생각하지 못했다. 장학기금에서 장학재단으로 변경하기 위해, 그 모범적인 사례를 보기 위해 왔는데, 오히려 장학재단에서 장학기금으로 변경한 곳이라니!

나는 할 말을 잃었다. 참담했다. 머리는 뒤죽박죽이 되었다. 장학재단 설립은 물 건너갔구나 하는 생각이 들었다. 위기였다. 절망스러웠다.

그렇다고 윗분에게 '일을 그르쳤으니 사업을 접어야겠습니다'라고 말할 수는 없었다. 일단 양구에 다녀온 결과를 보고 드렸다. 어떻게 일을 그따위로 하냐는 불호령이 떨어질 것이다. 무능하다는 소리를 들을 것이다. 얻어터지는 일만 남은 것이다. 그러나 윗분은 질책하지 않았다. 윗분은 틀림없이 울화통이 터지는 심정이었겠지만, 양구 거기는 거기고 우리는 우리다, 다시 힘을 내서 해보자고 코가 빠져 있는 나를 오히려 격려해주시는 것이었다. 나는 부끄러웠다. 그리고 감사했다. 나는 다시 냉정하게 상황을 분석했다. 결론을 내렸다. 양구 같은 곳도 있지만 예외다. 장학재단을 설립하는 것이 맞다!

다시 구의원들과의 힘겨루기가 시작되었다. 구의원들은 난공불락이었다. 그런데 구의원들의 성향이 조금씩 바뀌고 있었다. 상반기 구의회가 끝나고 하반기에 원 구성을 다시 했는데, 다행히 장학재단 설립에 찬성하는 2명의 구의원(오진아·유동균, 이 두 분은 뒤에 이야기하는 도서관 및 청소년교육센터 관련 조례 제정에도 큰 도움을 주었다)이 타 상임위원회에서 상임위원회를 변경하여 들어온 것이다. 새로 상임위원회에 들어온 두 명의 구의원은 논리적이고 조리 있게 발언을 해 조례 제정에 미온적이거나 부정적인 구의원들을 차분하게 설득해 나갔다.

2012년이 서서히 저물어 마지막 정례회 일정만 남겨 놓았다. 조례안이 또 보류되었지만 멈출 수는 없었다. 다시 논리를 개발하고 설명 자료를 보완하여 개별로 구의원들을 거듭 만나 대화하고 설득했다.

구의원들이 선뜻 장학재단 설립에 동의하지 않는 것은 이유가 있었다. 구의원들이 감사원 자료인 전국 장학재단 감사결과 보고서를 읽고 장학재단에 대해 갖게 된 부정적 시각이 너무 컸다. 사무국을 운영하면서 인건비 등 과다한 운영비가 드는 것은 아닌가. 장학재단 기금 모금을 빌미로 업체나 직원들에게 부담을 주는 것은 아닌가. 장학재단이 구의 감독권을 벗어나 멋대로 운영되는 것은 아닌가. 장학생을 공정하게 선발하는 것이 아니라 청탁에 의해 자격이 안 되는 자가 장학금을 받는 등 왜곡되는 것은 아닌가.

구의원들의 우려와 걱정은 타당한 것이다. 구의원들이 각별히 신경을 쓴 탓으로 장학재단을 건전하게 운영할 수 있는 여러 장치가 마련되었다.

오랫동안 밀고 당기는 우여곡절 끝에 2012년 11월 27일 마침내 장학재단 관련 조례가 상임위원회에서 통과되었다.

2011년 1월 구청장의 뜻을 읽고 장학재단 설립 업무를 추진한 지 근 2년 만에 재단 설립 근거 마련을 위한 조례를 제정한 것이다. 나는 주어진 소임을 완수한 것에 한없이 감사해했다. 이제 나는 가벼운 걸음으로 2년간 몸담았던 곳을 떠나 다른 곳으로 가면 되는 것이었다. 나는 충분히 지쳐 있었다. 나는 새로운 업무를 갈망했다.

그러나 발령은 나를 비켜갔다. 나는 지쳐 있는 상태였으므로 다른 곳으로 가는 것이 맞았다. 그러나 조직은 조례 제정에 이어 재단 설립까지 하도록 나를 내몰았다. 나는 거부할 수 없었다. 나는 조직인이었다. 12월 31일 종무식 때 부구청장(김경한)께서 격려차 사무실을 방문한 자리에서 교육지원과에 놀라운 빅 프로젝트가 기다리고 있다고 말했다. 나는 놀라운 빅 프로젝트가 무엇인지 모른 채 제야의 종

소리를 들었고 2013년 새해 아침 하늘공원에서 해맞이를 했다.

2013년 1월 업무가 시작되자 빅 프로젝트의 모습이 드러났다. 그것은 옛 구청사區廳舍가 있던 곳에 대규모 도서관과 청소년교육센터를 건립하는 일이었다. 파란만장했던 이 일에 대해 이야기하기 전에 장학재단 설립업무 과정 이야기를 간단하게나마 마무리 지어야겠다.

장학재단 조례 제정이 끝이 아니었다. 실체가 있는 장학재단을 설립해야 했다. 정관을 만들고 이사들을 영입했다. 이사들 영입은 쉽지 않았다. 덕망 있고 애향심이 있고 교육에 대한 관심이 있고 재력도 어느 정도 있어야 했다. 기업하는 분들을 만나 재단에 대해 설명하고 이해를 구하고 동의를 얻었다. 마음이 따뜻한 분들을 이사로 영입하고 구의회 의장을 역임한 분을 이사장으로 추대했다. 상암동 출신인 이사장(권오범)은 장학회를 운영하고 있었는데 본인이 운영하는 장학회를 해산하고, 장학회 재산을 마포장학재단에 증여하겠다는 뜻을 비쳤다. 본인의 장학회 규모가 작기 때문에 활발하게 장학사업을 하기가 어렵다고 판단한 것이다.

장학재단의 정관과 규정을 만들고 임원을 구성하고 창립총회를 개최했다. 설립허가를 받고 재산을 이전하고 설립등기를 마치고 사업자등록을 하는 등 1년간의 준비기간을 거쳐 마침내 2014년 1월 2일 장학재단이 첫발을 내디뎠다.

이사장이 운영하던 장학회의 기본재산(5억 원)을 새로 설립한 장학재단으로 이전하는 데 뜻밖에 어려움이 많았다. 서울시교육청에서 선례가 생긴다는 이유로 극구 반대를 했다. 나는 관련법을 해석하고 구청 고문변호사의 자문을 구한 결과 교육청이 억지 반대를 하고 있다고 여기게 되었다. 조금만 시야를 넓히면 능히 해결할 수 있는 문제로 보였다.

이사장이 운영하고 있던 장학재단의 기본재산을 이전받기 위해 교육청을 아홉 번 방문했다. 부구청장을 수행하여 부교육감을 만났고, 구청장을 모시고 2013년에 문용린 교육감을, 2014년에 조희연 교육감을 각각 만났다. 시의원들도 적극 도와주었다. 전방위적인 노력 끝에 마침내 얽힌 매듭을 풀었다. 하여튼 나는 교육청을 열 번 방문하지 않고 아홉 번 방문으로 끝난 것을 다행으로 여겼다. 사실 일이 된다면, 백 번이라도 찾아갈 마음이었다. 대승적, 전향적, 긍정적으로 문제를 해결해준 교육청 관계자들이 진심으로 고마웠다.

마포중앙도서관 및 청소년교육센터 건립 관련

S!

교육지원과에서 여러 해 근무해서인지 할 이야기가 많구나. 한동안 조직 내에서 최고의 관심사였던 도서관 및 청소년교육센터 건립에 관한 이야기다.

그러나 S! 내 이야기는 기공식을 했을 때까지가 되겠다. 이야기가 한없이 길어질까 걱정된다. 줄여서 이야기하겠다.

막상 이야기를 하려니 가슴이 먹먹해진다. 공무원이 되고 어느 한해 여유로웠던 적이 있었는지. 2004년 성산2동 시절이 그나마 조용했던 해. 그때를 빼곤 늘 어려웠다. 그런 시간 속에서도 2013년이 가장 격렬했던 것 같다. 거친 업무의 연속이었다. 장학재단 설립 업무, 구청사 12층에 하늘도서관 조성 업무, 그리고 지금부터 이야기하는 도서관 건립 관련 일로 나는 시간시간 장렬했다.

S! 지나가버린, 관심 밖의 업무 이야기를 따분하게 하느냐고 핀잔 주지 말기 바란다. 덮어두면 그만이라는 것을 알고 있다. 사사로운 개인 이야기에 불과하다고 치부해버릴 수도 있다. 그럼에도 내가 참지 못하고 입을 여는 것은 이 일이 너무도 인상적이었기 때문이다.

S! 은방울자매가 부른 '마포종점'이란 노래를 알고 있는지.

밤 깊은 마포종점 갈 곳 없는 밤 전차
비에 젖어 너도 섰고 갈 곳 없는 나도 섰다
강 건너 영등포에 불빛만 아련한데
돌아오지 않는 사람 기다린들 무엇하나
첫사랑 떠나간 종점 마포는 서글퍼라

저 멀리 당인리의 발전소도 잠든 밤
하나둘씩 불을 끄고 깊어가는 마포종점
여의도비행장에 불빛만 쓸쓸한데
돌아오지 않는 사람 생각하면 무엇하나
궂은비 나리는 종점 마포는 서글퍼라
(작사 정두수 작곡 박춘석 노래 은방울자매)

1968년도에 나온 노래다. S! 그대는 노래가사에 있는 마포종점이나 여의도비행장을 보지 못했을 것이다. 나는 보았다. 마포나루 인근에서 태어난 나는 위 노래 가사의 모든 것이 선명하다. 해 저문 저녁 강 둑에 앉아 바라보던 강 건너 영등포의 모습을 기억하고 있다. 우리나라 최초의 비행장인 여의도비행장과 미군의 낙하산이 떨어지던 여의도 백사장이 눈에 선하다.

내가 마포종점 노래에 대해 얘기하는 것은 노래가사에 있는 당인리발전소 때문이다. 당인리발전소란 이름은 1969년 이전까지의 명칭이고 지금의 명칭은 서울화력발전소다. 당인리발전소는 말 그대로 당인리란 지역에 세워진 발전소다. 우리나라 최초의 화력발전소로 1930년에 세워졌다. 마포종점 노랫말에는 우리나라 최초의 비행장과 화력발전소가 들어 있는 것이다.

S! 그대도 알다시피 당인리발전소는 세계 최초로 지하화되고 지상에는 공원이 들어선다.

당인리발전소(서울화력발전소지만 옛 명칭이 정겨워 당인리발전소라 쓴다)는 지하화하는 과정에서 마포구에 법으로 정한 보상금 외에 당인리발전소가 80년 이상 지역에 말할 수 없이 큰 피해를 끼쳤기에 기업의 사회공헌 차원에서 지원금 130억 원을 추가로 내놓았다. 지원금 용도는 교육문화시설물 건립에 쓰는 것으로 했다.

2013년 1월 2일 시무식이 끝나자마자 부구청장이 현안부서 대책회의를 소집했고 업무가 떨어졌다. 옛 구청사 자리에 교육지원센터가 포함된 도서관을 건립하라는 지시였다. 생각지 않았던 쓰나미 같은 프로젝트가 부서에 떨어졌다. 이날 구청장께서 사무실에 오셔서 힘을 내서 일을 하라고 격려하셨다. 새해가 시작되는 첫날부터 여러 가지로 분주했다.

옛 구청사는 1979년 성미산 자락에 지어졌는데, 서울월드컵경기장 옆에 새로 청사가 건립되어 2008년 11월에 신청사에 입주하였고, 옛 구청사는 서울시에서 강북청년센터로 사용하고 있었다.

나중에 안 사실이지만 박홍섭 구청장께서는 2005년 한 주간지와의 인터뷰에서 구청사가 이전하면 그 자리에 도서관 등 교육문화시설을 건립하고 싶다는 뜻을 나타냈었다. 그러나 (기초자치단체 입장에서) 막대한 예산이 들어가는 사업이다 보니 엄두를 내지 못하다가 당인리발전소가 지하화 사업을 추진하면서 보상금과 지원금을 받게 되어 그 돈을 허투루 쓰지 않고 미래세대를 위해 투자해야겠다고 마음먹게 된 것이다(후에 법정 보상금은 발전소 주변지역의 주민복지를 위해 쓰는 것으로 용도가 정해져, 도서관 건립에는 지원금만 쓰는 것으로 변경되었다).

우선 전체적인 윤곽을 그리는 것이 중요했다. 나는 직원들과 기본계획을 수립하는 데 심혈을 기울였다. 계획이 제대로 수립되어야지 이후 진행하는 데 수월하다는 것은 자명한 사실이다. 건립 목적은 무엇인가. 건립할 시설물은 어떤 용도인가. 큰 규모의 시설물을 짓는 것이 타당한가. 예산은 얼마가 소요되는가. 재원은 어떻게 조달할 것인가. 어떠한 절차를 거쳐야 하는가. 건립기간은 얼마나 걸리는가. 시설물에 대한 의견 수렴은 누구를 대상으로 어떤 방법으로 해야 하는가. 건립 근거가 될 조례 제정은 언제까지 해야 하는가. 사업을 전담하여 추진할 인력은 몇 명이면 적정한가.

시설물은 우선 도서관다운 도서관이 들어서야 하고, 교육지원센터에는 특기적성교육, 영어교육, 자기주도학습, 진로직업체험지원센터 등이 들어가는 것으로 큰 윤곽을 잡았다. 그리고 주민들의 만남과 소통의 공간이 되도록 했다. 청소년들이 끼와 재능을 펼칠 수 있도록 공연장을 만들고 동아리방을 꾸미기로 했다. 예술가들을 위해 갤러리도 조성하기로 했다.

추진 경위를 요약하면,

2013년 2월 27일 구의회 본회의장에서 사업 설명을 위해 자료를 깔았다가 무슨 일인지 의장이 갑작스럽게 반대하여 자료 회수. 주 1회 정기적으로 관련 팀장 회의.

3월 15일 구의회 의장단을 대상으로 오찬 설명회. 3월 19일 구의원 전원을 대상으로 상수동 소재 음식점(동천홍)에서 설명회. 3월 29일 교육지원센터 건립 계획(안) 구청장 방침.

4월 2일부터 4월 5일까지 구청장을 비롯한 구의원, 관련 과장 등 일행 8명이 일본 도쿄도 카츠시카구를 방문하여 지역 및 대학의 도서관 등 견학. 4월 10일 타당성 조사 용역 결재. 4월 11일 국회의사당 인근 식당에서 노웅래 국회의원 보좌관에게 센터 건립에 대해 설명. 4월 12일 성산동 소재 식당에서 정청래 국회의원 보좌관에게 설명. 4월 17일 구청 시청각실에서 관내 교장, 학부모 대상 1차 설명회. 구청장께서 혼신의 힘을 다해 건립 당위성에 대해 열변을 토함. 4월 19일 교장, 학부모 대상 2차 설명회. 4월 29일 추진단 직원 3명 발령.

5월 2일 구의회 복지도시위원회에서 구의원들이 센터 건립에 대해 질문. 5월 7일 구의회 구정질문을 통해 두 명의 구의원이 센터 관련 구정질문(찬성과 반대). 5월 8일 강당에서 직원 대상 1차 설명회. 5월 9일 직원 대상 2차 설명회. 5월 13일 부구청장 주재 대책회의. 5월 23일 새누리당 김성동 마포을당협위원장을 만나 설명. 5월 23일 센터 명칭을 '마포중앙도서관 및 청소년교육센터'로 변경. 5월 26일 지역신문(마포신문)에 교육지원과장이 쓴 '일본 도쿄도 카츠시카구 방문을 되돌아보며'란 부제가 붙은 글이 실림. 도서관을 건립해야 하는 사유를 밝힌 기고문의 제목은 '이제는 어른들이 나서야 할 때다.' 5월 29일 새누리당 신영섭 마포갑당협위원장을 만나 설명.

6월 4일 발전소 주변 지역주민들을 대상으로 갖고자 했던 설명회 취소. 취소 사유는 설명회를 방해하겠다고 노골적으로 말하는 자들이 다수 있어 설명회 개최가 불가능하다고 판단. 6월 5일 부구청장 주재 대책회의. 6월 11일 부구청장 주재 또 대책회의. 6월 14일 센터 건립 관련 조례 입법예고문을 구홈페이지에 게재하지 않은 사실 발견. 절차적 하자 발생. 상황 심각. 6월 17일 타당성조사 용역 최종 보고회. 6월 18일 도서관 투융자심사의뢰서 서울시에 제출. 6월 20일 구의회 복지도시위원들에게 도서관 건립 관련 자료 재배부. 6월 20일 구청장 주재 구의원 오찬 간담회(거구장), 이 자리에서 관련 조례 상정 철회 선언(1991년 구의회가 생기고 최초 철회 사례 발생). 6월 24일 복지도시위원들 대상 오찬 설명회 및 부구청장 주재 대책회의.

7월 8일 서울시에서 도서관 건립 관련 현장 실사. 7월 11일 도서관 투융자심사 관련 심각한 결함 발견, 도서관 면적 과다 책정 사유 규명. 7월 12일부터 3일간 한국리서치에 의뢰 구민 대상 여론조사 실시. 7월 17일 도서관 건립 여론조사 결과 86% 찬성. 7월 23일 구의원 및 지역 언론사에 설문조사 결과 보고서 제공 및 전 직원에게 결과 공지.

8월 20일 부구청장 주재 2회 대책회의(하루 두 번 회의는 처음). 8월 21일 서울시 투융자심사. 8월 26일 투융자심사 결과 서울시 공문 접수. 8월 27일 건립 재원 계획에 있어 발전소지원금을 130억 원으로 하고, 법정지원금 152억 원은 발전소 주변 지역에 투입하기로 결정. 8월 27일 부구청장 주재 대책회의. 8월 29일 중앙 투융자심사 자료 제출. 8월 29일 구청장과 구의회 의장단 조례 관련 만찬. 8월 30일 구의회 본회의장에서 S의원 도서관 건립 관련 5분 발언. 8월 30일 추진단 안전행정부 방문 업무 협의.

9월 2일 복지도시위원회에서 도서관 건립 관련 조례 심의 결과 보류(찬성 2, 반대 6). 구청장께서 부서에 오셔서 격려. 9월 23일 공청회 및 설문조사 건 관련 복지도시위원회 간담회. 9월 27일 공청회 패널 섭외.

10월 1일 공청회 패널로 선정된 김신복 전 교육부 차관에게 사업 내용 설명. 10월 9일 패널 중 한 명이 공청회 포스터 패널 명단에 본인 이름이 빠진 것에 강력 항의. 추가로 선정되어 빠진 것이라고 설명했으나 설득 실패. 항의하는 패널의 집을 방문하여 사과함. 명단에 이름이 빠진 패널의 입장을 충분히 이해하고 포스터, 전단지, 초청장 등 홍보물 일체를 다시 인쇄했으나 패널로 참석하지 않겠다는 강경한 입장. 10월 10일 국장과 함께 구청장께 어렵게 상황 보고. 구청장께서 크게 화를 내고 안타까워하심. 소임을 다하지 못하고 일을 그르쳤다는 생각에 고개를 들지 못함. 청장님, 실망시켜드려서 대단히 죄송합니다. 그러나 때려치울 수 없고 물러날 수 없습니다. 뼈가 으스러지더라도 부딪치겠습니다. 다시 도전할 것입니다! 저녁, 참석하지 않겠다던 패널이 참석하겠다는 연락을 받음. 가슴을 쓸어내림. 10월 14일 도서관 건립을 반대하는 패널이 반대쪽 패널 2명 추가 선정 요청, 미반영 시 패널로 참석하지 않을 것임을 통보. 오후 5시 중학교 학교장 간담회를 열어 공청회에 학부모들이 많이 방청할 수 있도록 협조 요청. 10월 15일 반대쪽 패널 2명 추가 선정. 마포경찰서 정보과 형사가 공청회 때 돌발상황이 발생할 수도 있다고 걱정하는 전화를 함.

S!

공청회가 열리기 전의 상황을 장황히 밝힌 것은 그 과정이 하나의 역사이기 때문이다. 공청회를 준비하면서 나는 이쪽저쪽으로부터 수없이 얻어터졌다. 긴장도는 최고치로 오르고 나는 파김치가 되어 기진맥진했다. 참으로 어렵게 준비를 한 후 2013년 10월 16일 마포아트센터에서 '교육 발전을 위한 대토론회'라는 명칭으로 공청회가 열렸다. 무슨 일이 벌어질지도 모른다는 정보과 형사의 우려 섞인 말이 귓가에 맴돌았다. 센터 광장에 실체를 알 수 없는 수십 명이 떼를 지어 앉아 있었지만 설마 무슨 일이 일어나랴 싶었다. 무대에 설치된 자리에 패널들이 앉았다. 공청회를 시작하기 위해 나는 마이크를 잡았다. 대충 700여 명이 모인 것 같았다. 객석에 빈자리가 보이지 않았다.

국민의례를 하고 패널을 소개하며 역사적인 공청회가 시작되었다. 서강대학교 정유성 교수(교육문화학 교수)가 기조연설을 하고 있는데 객석 뒤쪽에서 웅성거리는 소리가 났다. 그리고 뒤이어 와 하는 함성소리가 났다. 급히 눈을 들어 보니 사람들이 출입문에 서 있는 직원들을 떠밀며 들어오고 있었다. 순식간에 벌어진 일이었다. 사람들이 무대 위로 올라오기 시작했다. 무대 앞에서 직원들이 말렸으나 직원들을 밀치고 무대로 올라와 그대로 대자로 누워버리는 것이었다. 기가 막히는 일이었다. 예상하지 못한 상황이 발생한 것이다. 정보과 형사의 말이 맴돌았다. 돌발상황이 발생할지 모릅니다! 이건 돌발상황이 아니라 최악의 상황이었다. 격한 몸싸움이 벌어졌다. 난투극이었고 난장판이었다. 이전투구. 무대 위로 오르려는 자들과 올라오지 못하게 막는 자들. 눈앞에서 희한한 장면이 꿈인 듯 펼쳐졌다. 무대는 아수라장이 되었다. 경악스러웠다. 나는 마이크를 잡고 외쳤다. 이러시면 안 됩니다! 오늘은 우리 구의 교육을 논하는 중요한 날입니다! 이성을 찾으시기 바랍니다! 구민들이 보고 있습니다! 부끄럽지 않습니까! 왜 이러십니까! 내 목소리는 처절했지만 아우성 속에 묻히고 말았다. 패널들이 앉아 있는 자리가 무너졌다. 패널들이 혼비백산하며 자리를 피했다. 끌어내! 안 돼! 소리와 소리, 아우성과 아우성이 날카롭게 부딪쳤다.

결국 공청회는 무산되었다. 저들은 누구인가. 무대 위로 올라와 공청회를 방해한 저들은 누구인가. 저들은 무엇 때문에 공청회를 방해했는가. 저들은 오늘 행사의 의미라도 알고 온 것일까. 저들은 무엇을 주장하려 하는가. 저들은 공청회를 방해해도 괜찮은 자들인가. 아무 얘기도 안 듣고 막무가내인 저들은 도대체 누구란 말인가. 발전소에서 나온 지원금(교육문화시설물을 짓는 데에 사용한다는 협약에 의한 법정외 지원금)으로 미래세대를 위해 도서관을 짓겠다는 계획에 항의를 하는 저들의 주장은 귀 세워 들을 만한 것인가. 정당한 것인가.

패널이 정해졌다가 바꾸기를 몇 번 했던가. 여기저기 참견하는 사람들이 참 많았다. 좋은 의견을 들어보려고 어렵게 마련한 자리인데 허무하게 끝나다니. 이럴 수가 없는 것이다. 이런 일이 일어날 수가 없는 것이다. 부끄럽지 않는가. 하늘을 우러러 부끄럽지 않은가.

나는 정말 많이 실망했다. 안타까웠다. 구에서는 공청회를 방해한 이들을 고소했다. 무대 위에 오르려는 사람들을 막다가 부상을 입은 직원들의 이름으로 고소장을 제출했다. 나는 담당과장이라는 직책 때문에 대표 고소인이 되었다. 진술을 하기 위해 몇 번이나 경찰서에 갔다. 일문일답을 했다. 뻘건 손도장을 찍었다. 조서를 꾸미던 수사관이 답변이 미흡하다며 난데없이 나를 향해 소리를 질렀다. 나는 어이가 없어 얼굴이 벌게진 채 왜 소리치느냐고 항의를 했다. 다 지나간 일이지만 아픈 이야기다. 부끄러운 이야기다. 잊을 수 없는 이야기다.

고소를 당한 이들도 구청 직원들을 상대로 맞고소를 했다. 고소를 당한 직원들 중에 내 이름이 빠진 것을 다행으로 여겨야 할까. 상처며 아픔이었던 공청회 사건도 시간에 묻혀 역사 속으로 사라졌다. 진심으로 용서하고 화해해야 할 것이다. 바라건대 공청회 파행, 그날의 사건은 명품 도서관을 짓기 위해 치른 액땜이었으면 좋겠다.

2013년 10월 23일에 구의회에서 구정질문이 있었다. 한 명은 도서관 건립에 찬성하는 발언을 했고 한 명은 반대하는 발언을 했다. 본회의장에 팽팽한 긴장감이 흘렀다.

10월 24일 복지도시위원회가 열렸다. 도서관 건립 관련 조례가 보류되었다(9월 2일 1차 보류에 이어 2차 보류).

10월 25일 중앙투융자심사결과가 통보되었다. 내용은 '재검토'였다. 중기재정계획을 수립하고 국비 지원에 대해 재협의하라는 것이었다.

11월 3일 구청 강당에서 직원조례 후 박원순 서울시장이 주재하는 청책聽策토론회가 열렸다. 초청받지 않은 주민 3명이 참석, 도서관 건립을 반대한다는 악성 질의를 시장에게 퍼부었다.

11월 6일 복지도시위원회에서 도서관 관련 조례를 심의하여 부결시켰다(찬성 4, 반대 5).

11월 8일 구의회 의장(정형기)이 학부모 23명을 의장실로 초청, 도서관 건립에 대한 의견을 청취했다. 학부모 대부분이 도서관 건립이 절대적으로 필요하다는 의견을 피력했다.

11월 11일 구의회 임시회 본회의 개최. 마포중앙도서관 및 청소년교육센터 건립 기금 설치·운용 조례안 심의 결과 통과(찬성 12, 반대 6). 상임위원회에서 부결된 안건을 본회의에서 가결시킨 최초의 사례. 여러 구의원들의 진심 어린 도움이 컸다. 그리고 나는 소임을 다했다.

그러나 끝난 것이 아니었다. 2014년 선거에 의해 새로 구성된 구의회는 도서관 건립을 문제 삼아 또다시 지루한 공방이 전개되었다. 그렇지만 시간은 좋은 방향으로 흘러가고 있었다. 2015년 5월 20일 중앙투융자심사가 통과되었고, 10월 21일 마침내 기공식을 개최하여 감격적인 첫 삽을 떴다. 기공식 행사 때 나는 참석한 구민들께 추진경과를 보고 드렸다. "마포구 성산로 128(옛 마포구 청사 부지)에 세워지는 도서관 및 청소년교육센터의 규모는 지하 2층, 지상 6층에 연면적은 20,229㎡입니다…." 많은 사람들 앞에서 내 목소리는 감회에 젖었다. 잊지 못할 많은 분들의 도움이 있었다. 구는 정말 총력을 기울였다. 숱한 난관을 뚫고 추진되는 사업. 막대한 예산이 투입되고 운영비 또한 상당하게 드는 사업인 만큼 잘 짓고 잘 운영해 사랑받는 건물이 되기를 기공식 자리에서 나는 누구보다 간절히 소망하였다.

2013년 4월 2일부터 4월 5일까지 구청장, 구의원, 관련 과장 등 8명이 일본 도쿄도 카츠시카구를 공식 방문했다. 카츠시카구청과 구의회를 방문했고 지역 및 대학 도서관 등을 견학했다. 4월 5일 귀국하기 위해 나리타공항으로 향하는 버스 안에서 방문단 일행은 돌아가며 방문 소감을 애기했다. 당시 박홍섭 구청장님은 이렇게 말했다.

"저는 정말 잘 살고 싶은데 나 혼자 잘 사는 것이 아니라 더불어 함께 잘 사는 세상을 만들기 위해 줄기차게 노력해왔는가 자문해 봅니다. 우리가 말들은 다 잘하는데 구체적인 전술을 찾아내고 실천에 옮기는 부분에 대해서는 미흡하다고 생각합니다. 한국 사람들이 대체적으로 총론에서는 말을 잘하지만 각론에 들어가면 흔들립니다. 이번 여행에서 많은 것을 느꼈는데 느낀 것으로 끝나는 것이 아니라 실천으로 옮겨보자, 그런 각오를 가지고 한국으로 돌아간다는 말씀을 드립니다.

도서관 얘기를 하면 소홀하게 듣는 사람들이 있습니다. 카츠시카 구 구립 중앙도서관을 갔는데 5학년 초등학생 아이가 인터넷을 검색 하고 있었어요. 내가 물어봤더니 비행기 이륙하는 책을 찾는다고 합 니다. 너 왜 비행기에 관한 책을 찾느냐고 물었더니 자기는 파일럿이 되는 것이 꿈이기 때문에 공부를 한다고 합니다. 이 아이는 파일럿이 못 되더라도 비행기 정비사는 될 것이라고 생각했습니다.

목표를 향해서 가는 것이 인생에서 중요한데 우리 청소년들은 목 표가 없어요. 약해요. 그것이 안타깝습니다. 그리고 한 청소년이 범 죄에 떨어지고 낙오하면 청소년이나 가정문제로 끝나는 것이 아니라 지역사회와 국가에 부담을 줍니다. 이런 점에서 생각을 해야 하고, 보다 깊이 생각해야 할 것은 앞으로의 시대는 어떤 시대냐, 우리가 살아가야 할 앞으로의 시대는 어떤 시대냐 하는 것입니다. 말하기 쉽 게 지식정보화 시대라고 합니다. 지식정보화 시대라고 하면서 책을 가까이하지 않는다고 하면 그것은 말이 안 되는, 웃기는 얘기라는 것 입니다. 책을 가까이하고 책을 읽고 그리고 자기의 품격을 높이고 그 런 가운데 '아, 내가 이러저러한 공부를 해야 되겠구나' 하는 생각을 하게 되고, 그걸 할 수 있도록 사회가 뒷받침하는 것이 좋은 지역사 회입니다. 우리가 그런 방향으로 가기 위해서 구립도서관과 함께 청 소년교육센터를 건립하겠다는 것입니다.

이번 일본에 와서 청소년센터, 문화센터, 그리고 도서관의 그 초등 학생을 보면서 정말 부럽고 구청장으로서 마포 청소년들한테 미안하 고 죄 짓는 마음을 느꼈습니다. 어렵지만, 쉬운 일은 아니지만, 우리 함께 그런 목표를 향해서 노력하면 100%는 아니더라도 90%라도 된다면 마포가 진보하고, 앞으로 나아가고 다음 사람이 대를 이어서 밀고 나갈 수 있을 것입니다.

중요한 것은 목표를 가지고 나아가는 것입니다. 개인이든 집단이든 목표 없이 가는 것은 아니라고 생각합니다. 목표가 분명해야 된다, 목표가 분명해야 성취하든지 하는데 우리는 목표조차 없습니다. 헬렐레하며 지내고, 누이 좋고 매부 좋고 하며 적당히 적당히, 그러면 사회가 진보할 수 없습니다. 그런 면에서 이번 일본 방문은 저 자신 많은 것을 확인할 수 있었고, 내가 생각했던 것이 옳은지 그른지 확인할 수 있었던 대단히 좋은 기회였다고 생각합니다."

나는 도서관 관련 일을 했기에 도서관에 대한 관심과 애정이 남다르다. 나는 도서관을 이용하는 사람들, 도서관에서 일을 하는 사람들, 도서관을 조성하는 사람들을 위해 '도서관 예찬'이란 글을 썼다. 내가 도서관에 바치는 사랑의 마음이다.

도서관 예찬

도서관은 수많은 세계가 모여 있는 곳
광막하고 신비한 우주와 같은 곳
도서관은 도장이며 배움터

도서관은 쉼터며 안식처
도서관은 만남과 교류의 장
도서관은 내일을 준비하는 이들이
암중모색하며 치열하게 탐구하는 곳
지금은 웅크리고 있지만
고단한 인고의 시간을 견디며
나비가 되어 훨훨 나는 꿈을 꾸는 곳
도서관에서 흐르는 시간은
깨알보다 작은 보석을 캐는 시간
도서관에서 보내는 시간이 쌓이면
값진 보석을 얻을 수 있을 것이다
도서관이 없는 곳은 사막과 같아
도서관이 없는 곳에선 사람이 크지 못한다
도서관은 수많은 이야기와 지혜가
굽이굽이 강물처럼 물결치며 흐르는 곳
어린이, 청소년, 젊은이, 중년, 노인네들이
알고 깨닫는 재미와 기쁨으로 충만해지는 곳
마음으로 느껴 듣는 휘파람 소리가 드높은 곳
때로 지루한 시간의 비를 피하는 처마 같은 곳
신문과 잡지를 읽거나 인터넷을 검색하거나
엄마 품에 안겨 동화책을 보거나
안경 너머로 두툼한 책을 읽거나
도서관 사람들은 바다를 항해하는 사람들

지식과 정보의 바다에서 노를 젓는 사람들

도서관을 정성껏 조성하고 가꾸는 사람들은

세상에서 무엇이 소중한지를 아는 사람들

아무리 다른 시설이 뛰어난 게 있어도

도서관이 없으면 살기 좋은 곳이 아니다

살고 싶은 곳은 도서관이 있는 곳이다

그곳은 귀한 보석을 캘 수 있는 곳이므로

늘 새롭고 아름답게 살 수 있는 곳이므로.

구의원은 2인 3각의 동반자

S!

나는 업무로 인해 구의원들과의 접촉이 많았다. 과장이 되고부터는 구의원들과 빈번하게 만났다. 과장의 중요한 일 중 하나가 구의원들의 협조를 이끌어내는 것이다. 특히 2011년부터 2014년까지 4년 동안 장학재단 설립과 도서관 건립 관련 조례를 제정하기 위하여 구의원들을 만나 대화하고 토의하였다. 장학재단 관련 조례는 몇 번의 보류 끝에 해를 넘겨 2년 만에 제정되었고, 도서관 관련 조례는 두 번의 보류와 한 번의 철회, 그리고 상임위원회 부결을 거쳐 본회의에서 극적으로 가결되었다. 이런 과정 속에서 구의원들과 수시로 만나 밀고 당기며 애증의 시간을 가졌다.

지방의회의 실효성이나 지방의원의 자질을 의문시 여기며 지방의회가 없어져야 한다고 말하는 이들이 있다. 그러나 나는 이런 의견에 동의하지 않는다. 지방의회는 반드시 있어야 한다고 생각한다. 주민의 대표기관인 지방의회는 집행부를 견제하는 훌륭한 기구인 것이다. 지방의회가 있음으로써 풀뿌리 민주주의가 실현되고 지방자치가 꽃을 피우는 것이다.

아직도 일부 공무원이나 주민들은 지방의원들의 자질을 지적하며 함량 미달이라고 백안시하는 경향이 있는데 내가 상대한 지방의원들은 결코 그렇지 않았다. 간혹 우월한 자의 위치에서 공무원들을 강압적으로 대하고, 시도 때도 없이 청탁을 하고, 말도 안 되는 억지 주장을 하고, 자료를 무리하게 요구하고, 툭하면 의회를 경시한다며 윽박지르고, 자기에게 충성하면 승진을 시켜주거나 좋은 데 보내주겠다고 미끼를 던져 공무원을 하수인으로 만들려고 하고, 함부로 반말을 하고, 집행부 일에 지나치게 간여하고, 아는 것은 없는데 목소리는 크고, 딱할 정도로 무지하고, 이권에 개입하는 지방의원들이 있는 것은 사실이다.

그러나 대부분의 의원들은 불철주야 지역을 누비며 주민들이 무엇을 원하고 있는지, 불편사항은 무엇인지, 부지런히 파악하고 해결하기 위해 백방으로 뛰어다니며 노력하고 있다. 관련 사례나 법을 열심히 공부하고 있다. 집행부가 놓친 사각지대를 찾아내고, 공무원들이 찾지 못한 대안을 제시하는 등 갈수록 자질과 능력이 향상되고 수준이 높아지고 있다. 단세포적인 지적이나 감정적인 토로보다는 논리정연하게 의견을 제시하고 있다. 주민의 대표자로서의 역할에 조금의 소홀함도 없으며, 심층적으로 깊이 연구하고 문제점을 지적하기에 공무원들이 상대하기에 벅찰 정도다.

공무원들 입장에서는 자기 일에 태클을 걸지 않고 협조해 주는 의원이 좋을 수 있다. 그러나 자주 문제를 제기하는 의원도 '집행부 견제'라는 본래의 역할에 충실한 것이라고 생각하면 기피하며 못마땅하게 여길 이유가 하나도 없는 것이다.

나는 일을 하면서 구의원들의 도움을 많이 받았다. 물론 간혹 서운하게 느꼈던 적도 있다. 그러나 서운하다고 느끼는 것은 어불성설. 따져보면 그것은 내 정성과 노력, 설득력이 부족했던 탓이다. 내가 구정에 대해 염려하고 구가 발전하기를 기대하는 것 이상으로 구의원들도 구정에 대해 걱정하고 구가 발전하기를 바라고, 한 푼이라도 예산을 아껴 요긴한 데 쓰기를 원하고, 주민들의 복된 삶을 위해 헌신적으로 봉사하고 있다는 것이다.

따라서 지방의회와 집행부는 견제와 협조를 통한 상생의 관계에 있는 것이다. 불가근불가원의 관계지만 서로 존중하며, 지역과 주민을 위한다는 면에서는 백지장을 맞잡은 동지며, 2인 3각이 되어 먼 길을 함께 가야 하는 동반자인 것이다. 공무원은 구의원을 진심으로 대하고 자주 만나 업무를 협의하며 이해를 구해야 한다. 구의원을 업무를 도와주는 협조자로 생각해야 한다. 진심은 통한다고 나는 생각한다.

구의원들을 상대하면서 아쉬운 것은 있었다. 중요사항을 의사 결정할 때 구의원 개인의 의견보다는 국회의원 등 지구당위원장 의견이 크게, 때로 절대적으로 영향을 끼친다는 것이다. '나는 찬성하는

데 의원(국회의원)님이….', '나는 찬성하는데 위원장님이….'라고 말하는 것을 여러 번 들었다. 내가 구의원들을 만나 설득하는 것이 안쓰럽다고 하며, '우리들을 일일이 만나 설득하려고 애쓰지 말고 차라리 국회의원(위원장)을 만나 한번에 해결하는 것이 좋지 않겠나. 우리들이야 의원(위원장) 의견을 좇을 수밖에 없지 않느냐.'라고 말하는 것을 곧잘 들었다.

지역의 중대한 일을 국회의원이나 지구당위원장(당협위원장)이 모른 체할 수는 없지만, 생활정치인인 지방의원들이 본인의 뜻과 소신보다는 공천권을 쥐고 있는 이의 눈치를 살피고, 맹목적으로 따라가는 일은 없어져야 할 것이다. 이의 심화는 지방자치를 훼손하는 것이요, 지방자치가 중앙정치에 예속되는 것이기 때문이다,

하늘도서관은 이렇게 만들어졌다

S!

4년간의 교육지원과장 생활을 얘기할 때 빠져서는 안 되는 것이 있다. 구청 12층에 있는 하늘도서관에 관한 이야기다.

S! 아이들 동화책이라도 빌릴 겸 해서 하늘도서관에 올라가 봤겠지. 경치가 꽤나 좋은 곳이지. 어떻게 조성된 것인지 그 이야기를 하려고 한다.

2011년 1월 초 구청장으로부터 구청사 내에 도서관을 조성하라는 지시를 받았다. 확실히 리더는 앞서갔다. 리더의 머리는 아이디어로

부글부글 끓고 눈은 남들이 보지 못하는 것을 본다. 생각하는 차원이 다른 것이다. 구청장은 공무원들이 생각하지 못하는 것을 생각하고 공무원들이 보지 못하는 것을 본다. 구청장의 생각은 오로지 구민들을 위한 것이다. 구민들을 편안하고 행복하게 하려면 어떻게 해야 하는가, 그 생각이 구청장을 지배하고 있다. 지역에 구민들이 이용할 수 있는 변변한 도서관이 없다는 것을 구청장은 알고 있었다. 그 사실이 구청장을 안타깝게 만들었다. 넓은 청사에 작은 도서관 하나 들어갈 공간이 없겠는가. 그래서 구청장은 청사에 도서관을 조성하라고 한 것이다.

나는 명을 받고 궁리를 했다. 어디에 설치해야 하는 것인가. 나는 우선적으로 고려해야 할 것은 접근성이라고 생각했다. 쉽게 접근할 수 있는 곳은 1층이거나 2층이었다. 나는 1층 공간을 활용해 240㎡ 규모의 작은 도서관을 계획했다.

그러나 구청장의 뜻은 그게 아니었다. 구청장은 청사 맨 위층에 있는 강당(다목적 공간)에다가 도서관을 조성하기를 원했다. 12층 강당의 이용률이 저조하다는 것을 구청장은 알고 있었다. 구청사의 가장 좋은 곳을 구민에게 돌려주자는 것이 구청장의 뜻이었다.

구청장의 의중을 확실히 알게 되자 모두는 뜨악했다. 공무원 시각에서 12층은 도서관 위치로 부적합했다. 청사 관리 부서에서 난색을 표명하며 안 되는 이유를 쭉 열거했다. 간부들이 동조했다.

나는 도서관과 관련된 사람들을 만나면 12층으로 데리고 가 의견을 물었다. 12층이 매우 좋다고 감탄하는 이가 있는가 하면, 12층에 도서관을 설치하겠다는 발상 자체를 탓하며 접근성이 최우선적으로 고려되어야 한다고 주장하는 이도 있었다. 판단하기가 어려웠다.

구청장께서는 본인의 뜻을 헤아리지 못하는 간부들 때문에 많이 속상해하셨을 것 같다. 치열한 논의 끝에 12층에 도서관을 설치하는 것으로 결정이 났다. 2011년 10월 구청장 방침을 받고 도서관 조성 예산으로 10억 원을 편성했다. 그러나 재정 악화에 따른 예산 부족의 압박감을 느낀 구청장은 예산 편성 최종 단계에서 본인 손으로 도서관 조성비를 잘라냈다. 청사 내 도서관 설치는 다음으로 미루어졌다.

그런데 예상치 못한 곳에서 행운이 찾아왔다. 2012년 서울시는 '내가 짜는 서울시 예산, 투명한 서울의 시작입니다'라는 슬로건을 내걸고 야심차게 주민참여예산제를 전격 시행했다. 총 500억 원의 예산에 대해 주민들이 사업을 제안하고 주민들이 사업을 평가하는 제도였다. 선정된 사업에 대하여 예산을 배정하는 제도였다. 2012년 9월 1일 덕수궁길에서 참여예산한마당 행사가 열렸다. 각 구에서는 심사위원들을 대상으로 열심히 홍보를 했다. 난장이고 축제였다. 이 한마당 행사에 10억 원으로 청사 12층에 도서관을 조성했으면 좋겠다는 사업을 제출해(사업이 제출되어) 주민참여예산제 사업으로 선정되었다.

2012년도 예산에 편성하지 못해 실망이 컸었는데, 운이 좋아서 서울시주민참여예산제 덕을 톡톡히 봐 10억 원이란 돈을 확보할 수 있었다. 보통 행운이 아니었다. 다른 곳에 뺏기거나 삭감될 걱정을 하지 않아도 되는, 도서관 조성에만 쓰는 10억 원으로 도서관을 만드는 작업을 시작했다.

그런데 윗분으로부터 곤혹스러운 주문을 받았다. 도서관보다는 북카페를 조성하라는 지시였다. 처음부터 도서관만 조성하는 것으로 계획을 세웠던 나는 당황했다. 서울시로부터 받아온 예산은 도서관을 조성하는 예산이지 북카페를 조성하는 예산은 아니었다. 그렇다고 윗분의 지시를 무시할 수 없었다. 일단 다른 곳의 실정을 알아보기 위해 나는 도서관팀장, 담당자와 함께 타 지자체를 방문했다. 관악구(1층 용꿈 꾸는 작은도서관), 금천구(1층 꿈나래도서관), 성동구(3층 무지개도서관), 종로구(1층 삼봉도서관), 노원구(6층 북카페), 성북구(12층 북카페), 용산구(10층 북카페) 등을 방문했다. 그리고 경기도 성남시청 9층에 있는 북카페를 방문했다. 상당한 규모의 성남시청 하늘북카페를 방문하고 어떤 암시를 받았다. 영감을 얻은 것이다.

나는 답을 얻었다. 북카페와 도서관이 함께 있는 공간을 만들자. 북카페 같은 도서관을 만들자. 북카페는 아니지만 북카페 같고, 북카페 같지만 도서관인 곳. 나는 배치도를 그렸다. 설계에 반영될 중요한 배치도였다. 행운이 또 찾아왔다. 좋은 설계사를 만난 것이다. 완성된 설계는 내가 머릿속으로 생각한 것보다 훨씬 매끈하고 아름다웠다. 426㎡의 작은 공간을 절묘하게 배치했다. 조성되고 나면 많은 이들의 탄성을 자아내게 될 것이라는 예감이 들었다.

2013년 6월 공사업체를 선정하고 12층에 도서관을 조성하는 과정에서 구는 도서관 이용자 편의를 위해 엘리베이터 한 대를 추가로 설치하는 어려운 결정을 했다. 이미 지어진 건물에 엘리베이터를 추가 설치하는 것은 난공사 중의 난공사였다.

연일 쉴 틈 없이 이어지는 격무 속에서도 나는 틈틈이 12층에 올라갔다. 날이 더운 날은 일하는 이들을 위해 수박 등 다과, 음료를 지원했다.

가꾼다는 것은 바라만 봐서는 안 되는 것이다. 관심과 사랑을 쏟아야 하는 것이다. 필요하면 물을 주고 햇빛을 받게 하고 잡초를 뽑아주어야 한다. 내가 일하는 이들에게 시원한 음료를 진심으로 제공한 것은 그들의 수고스러운 노동에 감사해하는 마음 외에 그들이 기쁜 마음으로 도서관을 조성했으면 하는 뜻에서였다. 일하는 이들의 즐거움이 도서관 곳곳에 배었으면 했다. 그렇게 조성된 도서관은 좋은 기운이 돌 것이라고 생각했다.

2013년은 정말 바쁜 해였다. 장학재단 설립업무와 도서관 관련 조례 건으로 신경이 곤두선 채 바쁘게 일을 했다. 연일 발바닥은 땀으로 흥건했다.

그래도 시간은 어김없이 흘러가서 12층 공사가 완료되었다. 어떤 집기들을 들여놓았으면 좋겠냐고 담당직원이 내 책상 위에 제품 목록이 담긴 샘플 책자(카탈로그)를 올려놓았지만 깊이 있게 들여다보지 못했다. 나는 팀에서 잘 살펴서 좋은 것으로 들여놓으라고 말했다. 그런 후 얼마 있다가 집기를 들여놓았다는 말을 듣고 12층에 올라가보니 이건 카페 분위기가 나는 도서관이 아니라 딱딱한 사무실 같았다. 관공서 냄새가 너무 났다. 도서관에서 힐링할 수 있어야 하는데 사무실 분위기에서 어떻게 힐링이 되겠는가. 예산 형편을 살펴보았다. 다행히 이리저리 치고 바꾸고 하면 집기를 살 수 있을 것 같았다. 나는 직원들을 데리고 가구점이 밀집해 있는 을지로로 향했다. 나는 같이 간 일행으로부터 의견을 들으며 함께 집기를 골랐다. 색감이 좋은 집기들을 골랐다. 12층 도서관은 반은 도서관 반은 북카페 형태였다. 북카페에 놓는 집기는 대부분 교체했다. 먼저 구매한 집기들은 여러 작은 도서관으로 보냈다.

2013년 10월 31일 12층 도서관에서 현장시장실을 운영, 서울시장 주재하에 동 주민자치위원장 간담회가 열렸다. 2013년 11월 11일 중앙도서관 관련 조례가 구의회 본회의에서 극적으로 가결 통과된 기쁨 속에 11월 12일 하늘도서관을 개관하였다. 참 많은 분들이 오셔서 축하해 주었다. 강당에서 개관 축하 공연도 성황리에 개최했다.

하늘도서관이 그 자리에 오래도록 있을지 아니면 어느 날 사라질지 나는 모른다. 바라건대 작지만 뛰어난 경관을 자랑하는 하늘도서관이 힐링하는 도서관, 꿈을 꾸는 도서관, 기쁨을 주는 도서관, 길을 밝히는 도서관으로 사랑받았으면 한다.

나는 2012년 9월 1일 주민참여예산제 행사 때 어떻게 하면 조금이라도 더 홍보할 수 있을까 고심한 끝에 '마포구립 하늘도서관'이라는 글이 실린 리플릿을 만들었었다. 그 글의 몇 군데를 고쳐 하늘도서관 개관을 뜨겁게 축하하였다.

마포구립 하늘도서관

누가 생각이나 했을까
마포구청 가장 좋은 곳에

빛나는 도서관이 들어서리라는 것을

내려다보면
유유히 흐르는 한강과
초록으로 드넓은 월드컵공원
함성으로 메아리치는 월드컵경기장이
물결치며 펼쳐져 있는 곳

12층 가장 높은 곳에
책으로 기둥을 삼고
꿈으로 지붕을 엮어
하늘도서관이 세워졌나니
사람들은 이곳을 미래로 가는 길목
지혜의 보고라 부르리

사랑으로 불을 밝혀
길을 인도하는
등대의 마음으로 서 있는 도서관
아 우리들의 도서관
마포구립 하늘도서관이여!

몸에 금이 가다

S!

2014년이 되었지만 나는 발령을 받지 못하고 교육지원과장(직제가 개편되어 교육청소년과장으로 바뀌었다)으로 계속 근무했다. 2014년 1월에 장학재단이 출범했다. 지역인재 육성과 교육 발전을 위해 큰 뜻을 품고 재단이 첫발을 내디뎠으나 인력을 채용하지 않았다. 직원 2명을 재단에 파견하여 일을 보게 했고, 내가 재단 사무국장을 겸직했다. 재단에 자생력이 생길 때까지, 사무국장을 채용할 때까지, 재단이 순조롭게 이륙할 수 있도록 나는 재단의 일을 챙겨야 했다.

3년 동안 고단한 일을 하면서 지쳐버렸지만 다른 곳에 가지 말고 더 있으라고 조직은 나에게 명령을 했다. 나는 거부하지 못했다. 나의 업業이거니 하고 생각했다. 그러나 나는 침체되어 있었고 건강도 좋은 편이 아니었다.

2014년 2월 3일 밤 10시가 조금 넘어 한 직원으로부터 전화가 왔다(그 당시의 구체적인 이야기는 할 수 없지만). 직원은 몹시 불편한 심기를 나에게 강하게 토로했다. 격앙되어 있었다. 나보고 자기의 어려움을 꼭 해결해 달라고 신신당부했다. 사람과 사람 사이의 갈등에 관한 문제였다. 나는 전화를 받고 나서 고민을 하기 시작했다. 마음을 진정시키려고 무척이나 애썼지만 되지 않았다. 갈등을 풀기가 쉽지 않으리라는 생각이 들었다. 어떻게 하면 심각한 갈등을 해소시킬 수 있는지 이 궁리 저 궁리 했다. 이런저런 생각에 그만 잠을 못 자고 밤을 하얗게 새고 말았다.

2월 4일, 출근을 하는데 매서운 한파가 몰아쳤다. 예상하지 못한 갑작스러운 한파였다. 몹시 추웠다. 사무실에 도착했다. 보름 전 신규 발령을 받은 직원이 눈에 띄었다. 조직에 잘 적응해 나가고 있는지 궁금했다. 그 직원에게 다가가 아침인사 겸 "일할 만한가?"라고 물어보는데 말이 나오지 않았다. 이상했다. 처음 있는 일이었다. 희한한 일도 있다고 여기며 자리에 앉았다. 업무가 시작되자 전화가 왔다. 나는 전화기를 들었다. 여보세요, 라고 말을 하는데 말이 나오지 않았다. 아 이게 무슨 일이지? 어어 하며 전화를 끊었다. 컴퓨터 자판을 두드리는데 되지가 않았다. 볼펜을 쥐고 글씨를 쓰는데 손에 힘이 없어 글씨가 써지지 않았다.

나는 몸이 정상이 아님을 느꼈다. 당황스러웠다. 급한 마음에 보건소로 달려갔다. 의사가 나를 진료하더니 병원에 가보라고 하며 병원을 소개해 주었다. 나는 서교동에 있는 병원에 가서 MRI를 찍었다. 병원에서는 큰 병원으로 가보라고 했다. 나는 가까이 있는 대학병원에 가서 또 MRI를 찍었다.

의사는 뇌에 이상이 생겼다고 진단했다. 자칫하다간 중풍 등 크게 잘못될 수 있다고 했다. 잠을 한숨도 못 자고 출근을 하는 길에 그만 찬바람을 맞아 몸에 이상이 생긴 것이다.

오른손에 힘이 없어 글씨를 못 쓰고 컴퓨터 자판을 두드리지 못했다. 말이 어눌해졌다. 나는 덜컥 겁이 났다. 하는 일이 말을 하는 일인데 말이 잘 안 되니 어떻게 해야 하나. 회의가 잦고 각종 심의가 계속 예정되어 있는데 어떻게 하나. 여기서 끝나는 것인가.

밤늦게 전화를 한 직원이 야속하게 느껴지기도 했다. 그러나 몸에 이상이 생긴 것은 평소 몸을 부실하게 관리한 내 탓이라 여겼다. 과도한 스트레스와 피로 누적! 문제는 더 이상 악화되지 않고 시급히 회복하는 게 중요했다.

정상적으로 직무를 할 수 있는지 스스로를 점검해 보았다. 걷는 데 이상은 없었다. 말하는 게 어눌하고 글씨를 또박또박 쓸 수 없다는 것을 제외하면 나머지는 정상이었다.

부구청장, 국장과 함께할 예정이었던 서울시청 간부와의 저녁약속 (간담회), 구청장과 장학재단 이사진과의 첫 번째 간담회 등에 나갈 수 없었다. 장학재단 사무국장 신분으로 처음 개최되는 간담회에 불참이라니 곤혹스러웠다. 급하게 일주일 연가에 들어갔다. 윗분들께 연가를 가는 사유를 말씀드리는데 말이 제대로 나오지 않았다. 내 몸에 쩍 금이 간 것이다. 윗분들께 부실한 모습을 보여드리게 된 것이 민망스러웠다.

연가를 다녀온 후 조심스럽게 일을 했다. 여러 개의 심의가 있었는데 담당과장 입장에서 의견을 피력하지 못했다. 심의를 주재하는 국장을 도와주지 못했다.

공무원 생활을 접어야 하는 것 아닌가 하는 생각이 들었다. 구청장께 보고할 때마다 난처했다. 주로 팀장들이 보고하도록 했지만 어떤 것은 과장이 직접 보고를 해야 했다. 보고 중 숫자가 발음되지 않아 한참을 더듬거리기도 했다. 얼굴이 확확 달아올랐다.

내 질병, 결함이 조직에 나쁜 영향을 미치고 누가 된다면 자리에서 물러나야 한다. 그것이 내 공직관이고 인생관이다. 구차해지지 않는 것. 그러나 막상 어려운 상황에 처하자 나는 흔들렸다. 성급히 결단하기보다 기다려보자고 생각했다. 결단도 결단이지만, 어떻게든지 갑작스럽게 찾아온 난관을 극복해야 한다는 마음뿐이었다.

정신력으로 버텼다. 곧 나아질 것이라고 믿었다. 수년 동안 내가 어려운 일을 수행한 것을 모두가 알기에 주변에서 나보다 더 나를 걱정해주었다. 나는 되도록 남이 눈치채지 못하도록 각별히 노력했다. 다행히 더 이상 악화되지 않고 조금씩 나아졌다. 4개월이 지나자 거의 정상으로 돌아왔다. 완전하지는 않지만 글씨가 써졌고 말을 할 수 있게 되었다. 깊은 늪에서 빠져나온 것이다. 절망에서 일어선 것이다.

병이 다른 이에게 갔으면 그는 쓰러졌을지 모른다. 그런데 병이 나에게 왔다. 나는 쓰러져서는 안 되었다. 나는 해야 할 일이 남아 있고, 돌보아야 할 사람들이 있다. 나는 쓰러지면 안 되었다. 나는 더 나아가야 하고, 더 달려가야 한다. 이루어야 할 업業이 있다. 그 업業을 이루기 전에는 쓰러질 수 없다. 나는 약하지 않다. 나는 숱한 역경과 온갖 쓰디쓴 간난을 이겨낸 강철 같은 사람이다. 나는 밟아도 밟아도 다시 일어나는 잡초다. 나는 절대 쓰러지지 않는다. 나는 그렇게 생각했다. 나는 병 앞에서 무한히 독해졌다. 그런 나를 병이 결코 이길 수 없었다. 간절히 두 손 모은 나를.

하나둘 공무원 생활을 하면서 만났던 정겨
운 얼굴들이 스쳐 지나가는 지금, 마지막으
로 고백하노니, 33년의 세월 속에 있었던
모든 것은 사랑이었다.

PART5

공무원 생활을 **마무리하며**

23

이 또한
지나가리라

S!

조직에서는 2011년 과장급 이상 간부들을 대상으로 '공감 창의 릴레이'란 것을 했다. 매주 월요일 온라인 게시판에 간부들이 쓴 글을 게시했다. S, 기억이 나는지?

글을 쓰는 것을 피할 수 없었다. 내 순서가 와서 '생각하고, 연구하고, 실천하고, 창조하라'는 글을 썼다. 평소 나를 지탱해주는 말들을 제목으로 삼은 것이다.

그런데 내 주변이 너무 안 좋았다. 나는 장학재단 관련 조례 제정에 애를 태우고 있었다. 그래서 글을 다시 써서 제출했다. 그 글의 제목은 '이 또한 지나가리라.'

S!

아래 두 개의 글은 지나간 한 시절의 이야기다. 굳이 이 글을 보여

주는 것은 그 시절의 나를 보여주고 싶기 때문이다. 글이 어둡다고 탓하지 말고 읽어주기 바란다.

생각하고, 연구하고, 실천하고, 창조하라

나는 네가 '공감 창의 릴레이'라는 이곳에 어떤 글을 쓸지 궁금했다. 너는 달력을 보며 네가 쓸 글이 게시될 일정을 추측해 보기도 했으며 안 쓰면 안 되나 그런 생각을 했음을 알고 있다. 시간은 어김없이 흘러 거리에는 세상에 의해 선택받고자 하는 이의 확성기 소리가 드높고, 혁신의 아이콘인 스티브 잡스가 홀연히 세상을 떠나면서 던지고 간 말, '끊임없이 갈망하고 추구하라. 항상 우직하게 살아가라 Stay hungry. Stay foolish'라는 말의 뜻을 깊이 새겨보아야 하는 이때, 너는 황망함으로 무딘 붓을 들어 이곳에 무엇인가를 써야 한다.

너는 새삼 공무원 첫날부터 오늘까지 지난날을 되돌아보았다. 그러면서 너는 그간 잊고 있었던 사실들을 발견하고 깜짝깜짝 놀라곤 했다. 지금은 뉴타운 지역이 되었지만 눈길 미끄러지며 찾아갔던 첫 발령지 아현동사무소. 연탄난로가 있었던 그 어두운 곳에서 너는 전입담당, 사회담당, 새마을담당을 하며 공무원 세계에 발을 들여놓았다. 네 첫 번째 봉급날, 사무실에 찾아와 좋은 공무원이 되라고 격려해준 친구들을 너는 지금도 감사한 마음으로 기억하고 있다.

1984년 8월 말, 숙직실 창문을 때리며 비는 쏟아져 내렸고, 그날 밤 너는 숙직실에서 돈 몇 푼에 목숨을 걸고 화투장이나 만지던 그런 존재였다. 그날 폭우로 망원동 수천 가구가 물에 잠겼다. 그리고 1984년 9월 대통령이 일본을 순방하던 때, 너는 마포로 17번 가로등의 책임자로 지정되어 일장기 도난 방지를 위해 밤늦게까지 가로등 주변을 서성거려야 했다. 1986년 아시안게임과 1988년 올림픽 기간 동안 너는 아침마다 횡단보도 앞에서 모자를 푹 눌러쓰고 차량 매연에 콜록거리며 질서 지키기 캠페인을 했다. 그것은 매일 아침의 일과였다. 그러면서 너는 서서히 무채색, 무감동의 공무원으로 변해갔다.

흐르는 세월과 함께 너는 이런저런 일을 하면서 조금씩 눈을 뜨고 잔뼈가 굵어갔다. 때로 진흙탕 속에서 때로 가시덤불 속에서 허우적거리고 늦은 밤 낯선 벽에 기대어 꺼이꺼이 울음 운 적도 있었다. 그런 너에게 지금 주변의 후배들은 얼마나 눈부신가. 그들의 경쾌한 걸음, 뛰어난 실력, 자부심, 환한 웃음에 너는 놀라며 그들이 미래의 주역임을 믿고 또 믿는다.

공직기강, 청렴, 친절, 행정서비스, 민원, 만족도 제고, 열린 행정, 창의, 혁신, 열정, 난관, 갈등, 조정, 협상, 문제해결, 사례연구, 역량, 팀워크, 비상근무, 캠페인, 선거, 2002 월드컵, 문화, 행사, 축제, 복지, 사기진작, 처우개선, 절감, 절약, 인사, 근무평정, 성과, 인센티브, 기획, 계획, 철저… 수많은 말들이 너와 함께했다. 그리고 지금 너는 선배들이 갔던 길을 뒤따라가고 있다. 돌아보면 뿌옇고 아스라한 길. 단축키를 누른 듯 갑자기 몇 년 앞으로 다가온 정년. 어느 날 네 삶의 전부인 듯 지냈던 소중한 이곳을 표표히 떠나가야 할 것이다. 네 선배들이 그러했듯이. 아쉬워하며 그러나 의연한 척하며.

너는 청사의 어느 귀퉁이에 희망 노래 한 줄이라도 적어놓았느냐.

잠시라도 회자될 이야깃거리 하나라도 만들었느냐. 귀감이 될 그 무엇 하나 만들었느냐. 늘 부족함에 힘들어했을 뿐! 지혜 없음에 안타까워했을 뿐!

그래도 그동안 너를 지탱해준 것이 있을 것이다. 말해 보아라. 그것이 무엇인지. 네가 청사 한구석에 흘린 땀과 눈물, 지역의 어느 골목길에 쏟은 탄식과 희열이 무엇이었는지.

아, 그래요. 내 잘 열리지 않는 입을 열어 더듬더듬 말합니다. 「생각하고, 연구하고, 실천하고, 창조하라!」 이 말은 내 공무원 생활을 관통한 말입니다. 단조롭고 지루한 일을 할 때나 신명나서 일을 할 때나 나는 늘 이 말을 지렛대 삼았습니다. 이 말과 함께 필생의 업業인 공직의 길을 어렵고 힘들어도 한없이 꼿꼿하고 싶은 마음으로 걸어왔습니다. 가끔은 이 말이 낯설고 무거워 던져버리고 싶었지만, 이 말을 내 것으로 만들기 위해 미욱한 나는 부지런히 읽고 깨치며, 스스로를 조직화하며, 변화의 거센 물결에 기꺼이 몸을 던졌습니다.

항상 맡은 바 소임을 묵묵히 다하며 존경과 배려를 아는 마음으로, 심성이 선하고 열심히 일하는 직원들과 소통하며 함께하는 날들. 살기 좋은 고장을 만들기 위해 주민들과 어울리며 오늘도 뚜벅뚜벅 걸어가는 선후배 동료들과 함께하는 날들. 나는 말합니다. 우리 스마트해지자고. 우리 스마트한 공무원이 되자고. 우리 스마트한 세상을 만들자고. 그리고 또 말합니다. 남몰래 흘린 땀과 눈물, 어느 골목길에 쏟은 탄식과 희열이 무엇이었는지, 그 이야기는 나중에 말하자고. 오늘은 그저 사랑하자고. 오늘은 사랑만 하자고. (2011.10.17.)

이 또한 지나가리라

아침저녁으로 날씨가 제법 쌀쌀하고 가을이 깊어가고 있습니다. 가벼운 겉옷이라도 걸쳐 입어야 할 것 같습니다.

지난 10월 8일 직장산악회에서 강원도 정선에 있는 민둥산에 갔는데, 꼭 가고 싶었던 그곳에 가지 못했기 때문인지 몸이 무겁고 일이 잘 풀리지 않는 것 같습니다.

최근(10월 어느 날) 나름 애를 썼음에도 성사시키지 못하고 난관에 봉착한 일이 있어 바둑을 두고 나서 복기復棋하듯 일의 전후좌우를 살펴보니 결국은 전략과 경험이 미흡했음을 알게 되었습니다. 이거 경험만 하다가 경험에서 얻은 것을 제대로 써보지도 못하고 퇴직하겠다 하고 실없는 소리를 던져보았지만 사실은 노력과 역량, 지혜가 부족했기 때문이었고, 행정이 쉽지 않은 것임을 새삼 깨닫게 되었습니다.

일을 잘하여 큰 성과를 내거나 칭찬을 받고 부러움의 대상이 되면 좋으련만 오히려 질책을 받아야 하니 마음이 편치 못했습니다. 그렇다고 의연한 척할 수도 없고 마음 불편함을 내색하기도 어려워 그저 끙끙 앓는 기분이었습니다. 이럴 때 누가 내 귀에 대고 '야, 너무 실망하지 마. 너는 열심히 했는데 세상이 네 진정성을 알아주지 않은 거야. 곧 네 마음을 알아줄 거야. 그러니 너무 상심하지 말고 다음을 기다려.'라고 속삭이는 소리라도 듣고 싶었지만, 나를 응원하고 위로하는 소리는 잘 들리지 않았습니다.

하여튼 그날 퇴근하는 나의 어깨는 축 처졌고 나라는 존재가 한없이 작게 느껴졌습니다. 무거운 발걸음을 옮기면서도 노래를 들으면 위로가 될 듯싶어 노래 하나를 들었습니다. '울지 마라 / 외로우니까 사람이다 / 살아간다는 것은 외로움을 견디는 일이다… / 눈이 오면 눈길을 걸어가고 / 비가 오면 빗길을 걸어가라… / 가끔은 하느님도 외로워서 눈물을 흘리신다(안치환 노래. 정호승의 시 '수선화에게' 중에서)' 세상에! 하느님도 눈물을 흘리신단다! 그래 내 지금의 고통, 이거 아무것도 아니구나! 하고 마음을 다잡았습니다.

그러면서 문득 남들은 힘겨움을 어떻게 이겨낼까, 나는 그동안 힘겨움을 어떻게 이겨냈나 하는 생각을 했습니다. 술로? 수다로? 노래로? 사랑하거나 좋아하는 이의 위로의 말로? 기도로? 침묵으로? 여행으로? 무엇으로 이겨낼까 궁금했습니다. 하루하루의 삶이 잔잔한 호수처럼 평화로우면 좋으련만 현실은 자주 격랑이며 소용돌이입니다. 고민을 안고 살면, 스트레스를 극복하지 못하면 병이 생기기 때문에 일상에서의 힘겨움을 슬기롭게 이겨낸다는 것은 그 무엇보다 중요합니다.

가는 길이 늘 탄탄대로일 수는 없겠지요. 가다 보면 때로 상처를 입고 실의와 좌절의 구렁텅이에 빠질 때가 있습니다. 세상이 온통 거부의 장벽을 치고 자신을 둘러싼 채 옥죄고 있는 것처럼 느껴질 때가 있습니다. 그래도 우리는 또 한 번의 패자부활전이 있음을, 더 한층 도전적이 될 수 있음을, 분발할 수 있음을 믿고 지쳐 있는 육신을 추스르고 심기일전해야 할 것입니다. 정선에 있는 민둥산처럼 억새를 가득 품어 또 다른 아름다움과 매혹을 발산하는 산이 될 수 있음을 알아야 합니다.

그리고 힘겨울 때는 휘파람을 불듯 '이 또한 지나가리라'라고 중얼거려야 할 것입니다. 파이팅, 파이팅을 외치는 곳! 주어진 목표를 이루기 위해 힘을 합쳐 전력투구하는 곳! 나는 당신을 응원합니다! 이 말이 메아리처럼 울려 퍼지는 곳이 우리가 몸담고 있는 일터임을 믿으며, 아래에 소설가 김별아가 쓴 자유의 산행이라는 부제가 붙은 책 『이 또한 지나가리라』 194쪽에 있는 글을 옮겨 적습니다.

"어느 날 다윗 왕의 부름을 받은 궁중의 세공인은 전쟁에서 승리를 거두어 환호할 때 지나치게 들떠 오만하지 않도록 하고, 패배를 겪었을 때 헤어나지 못할 정도로 좌절하지 않도록 하는 글귀를 반지에 새겨 오라는 명령을 받고 깊은 고민에 빠졌다. 권력과 부와 명예를 얻었을 때 자칫 빠지기 쉬운 교만을 이기고, 실패와 치욕과 가난 속에서도 절망하며 쓰러지지 않는 용기와 희망을 북돋을 수 있는 글귀는 무엇일까? 아무리 쥐어짜도 이 기묘한 수수께끼를 풀 수 없었던 세공인은 지혜로운 사람으로 널리 알려진 솔로몬을 찾아가 도움을 청했다. 솔로몬이 그에게 일러주었다는 보석보다 귀한 한마디, 훗날 미국 대통령 에이브러햄 링컨부터 피겨스케이팅 선수 김연아까지 많은 이가 좌우명으로 삼게 된 그 경구는 다음과 같다.

Soon it shall also come to pass! 이 또한 지나가리라!"

24

동행하는 자로
함께하고 싶었다

S!

1984년 1월 9급으로 공무원 생활을 시작하여 강산이 세 번 변한 2015년 1월 나는 4급 서기관이 되었다. 질병의 간난을 이겨내고 맞이한 승진이었다. 승진은 매사 어려운 여건 속에서도 의지와 신념으로 난관을 극복하며 성과를 이루어낸, 함께 일을 한 선후배 동료 직원들과 그리고 아낌없이 성원해주고 거들어준 분들 덕분이었다. 여러 약점이 있음에도 나를 선택해준 조직에 감사했다. 직무에 따른 책임감과 업무 난이도가 높아졌지만 기쁨으로 받아들였다. 1개 부서 20명을 상대하다가 7개 부서 180명을 상대하게 되어 통솔의 범위가 급격히 넓어졌고 업무 범위가 확대되었다.

기초자치단체의 국장이란 자리. 언제나 그랬듯이 최선을 다하리라 마음먹었다. 아랫사람을 따뜻하게 대하고 항상 공부하고 노력하며 일에 정성을 다하리라고 다짐하였다.

복지교육국장. 내가 4년간 교육지원(청소년)과장으로 있는 동안 5명의 국장이 주민생활국장이란 이름으로 거쳐간 자리, 그 녹록지 않은 자리에 내가 앉은 것이다. 지금 시대는 복지가 화두며, 복지를 추구하는 시대다. 복지는 중심어다. 그리고 교육은 미래를 만들어가는 것이며 미래를 위한 투자다. 교육이 살아야 모든 것이 산다. 교육은 미래어다. 복지교육국. 요람에서 무덤까지 전 생애에 걸친 일을 하는 곳. 출산, 유아, 어린이, 청소년, 어르신, 여성, 장애인, 다문화, 저소득층, 생계곤란자, 위기가구, 사각지대, 찾아가는 복지, 찾동(찾아가는 동주민센터), 맞춤형 기초생활보장제도, 노숙자, 보훈단체, 교육지원, 평생교육, 장학사업, 도서관 운영. 도서관 건립, 그리고 청소 관련 일이 소관 업무였다. 종류가 다양하고 예산이 많았다. 각종 시설, 기관, 단체가 많고 심의를 할 위원회가 많았다. 하루를 집중해서 일을 해도 시간이 부족했다. 회의, 심의, 간담회, 위원회, 협약식, 기탁식, 기관·시설 방문, 내방인 면담, 교육·행사 참석 인사말 등 분주한 일도 일이지만 직원들과의 관계에 소홀하지 않으려고 했다. 주변은 온통 관심을 가져야 할 것들, 사랑해야 할 것들로 가득했다.

국장은 무슨 일을 하는가. 국장은 조직의 목표 달성을 위해 일한다. 국의 비전을 세운다. 방향을 설정하고 제시한다. 정책을 개발한다. 직원들이 열심히 일할 수 있도록 조력자(때로 선도적) 역할을 한다. 직원들의 잠재력을 일깨워주고 역량이 강화될 수 있도록 힘쓴다. 직원들이 소속감, 안정감을 갖도록 노력한다. 직원들의 사기를 높여주며, 직원들과 소통한다. 국을 대표해 외부인과 적극 교류하며 조직을 발전시키는 데 앞장선다. 매사를 공명정대하게 대하고, 청렴하게 처신한다. 직원을 인정하고 존중한다. 직원의 미래를 위하고 능력을 키워준다. 직원의 미래를 진심으로 걱정해주고 챙겨준다….

강형기 교수는 그의 저서 『논어의 자치학』에서 리더는 시스템을 조율하는 시스템 조율사며 다스리되 군림하지 않는 사람, 부하들이 효율적으로 일을 하도록 하기 위해서 일하는 사람, 부하가 자신감을 갖고 보람을 느끼면서 일하는 환경을 만들어주는 사람이라고 했다.

국장은 국의 직원들과 함께 조직이 정한 목표를 달성하는 사람이며, 직원들에게 일의 보람을 알게 해 주고, 직원들을 교육시키며, 직원들이 마음껏 일할 수 있도록 자리를 깔아주는 사람이다. 국장은 직원들이 일을 하다가 막히면 뚫어주고, 얽히면 풀어주는 사람이다. 직원들이 멈추지 않고 가도록 길을 열어주는 사람이며, 직원들이 멈칫거릴 때 앞장서는 사람이다. 그리고 성과의 공을 직원들에게 돌리고, 자신은 한발 물러나서 기쁨으로 박수를 쳐주는 사람이다.

나는 직원들을 알고자 했다. 언제 들어왔으며 언제 진급했으며 어떤 업무를 담당하고 있는지를 숙지했다. 각 부서의 직원 좌석배치도 파일을 스마트폰에 저장해놓고 얼굴과 이름을 익혔다. 국 직원 이름 전부를 알고 있는 국장이 되고자 했다. 얼굴뿐 아니라 이름을 아는 것은 직원에게 관심을 갖고 직원을 존중하는 것이라 생각했다.

어렵고 과중한 일을 하는 직원이나 중요한 업무를 성공적으로 수행한 직원에 대해서는 격려를 아끼지 않았다. 메일을 보내거나 전화를 걸거나 직원을 부르거나 아니면 직원이 일하는 사무실에 찾아가 수고했음을, 수고하고 있음을 격려했다. 우회적이 아닌 직접적인 방법을 택했다. 다음으로 미루지 않고 바로 표현을 했다. 시간이 허락하는 한 주저하지 않았다. 나는 동행하는 자로 함께하고 싶었고, 기억되고 싶었다.

　기관, 단체의 사람들과의 소통에도 게을리하지 않았다. 사회복지 시설 및 복지관 관계자들, 장애인단체와 장애인복지회관 관계자들, 노인 시설 및 복지관 관계자들, 보훈단체 관계자들, 어린이집 관계자들, 육아·아동·여성·다문화가족 관계자들, 청소년 시설 관계자들, 학교와 교육 관계자들, 도서관 관계자들, 청소 관련 관계자들과의 교류와 소통에 노력했다. 말하기보다 듣고자 했다.

　특히 사회적 약자인 장애인단체 사람들과의 관계에 소홀하지 않으려고 했다. 언제나 그들의 의견을 귀 세워 들었다. 시간을 내어 장애인단체 사무실을 방문하여 애로사항을 듣고 그들의 권익이 신장될 수 있도록 힘을 쏟았다. 차별을 없애기 위해, 권익을 좀 더 강화하기 위해 찾아오는 장애인단체 관계자들을 마다하지 않았다. 무릎을 맞대고 이야기를 나눴다. 들어주고 또 들어주었다. 발달장애인 관련 회의에 참석해서는 그들의 처지를 대하고 가슴이 먹먹해지고 눈시울이 뜨거워져 말을 하는데 말이 안 나와 쩔쩔매기도 했다. 농아인들 행사에 참석하여 '사랑합니다'를 나타내는 수화가 대단히 간단한 것임에도 그것을 모르고 살아왔다는 것에 부끄러움을 느꼈다. 간단한 수화 몇 개는 학교에서 학생들에게 가르쳐야 할 것이라는 생각을 했다. 수화 몇 개를 배운다는 것은 영어 단어 몇 개를 외우는 것보다 더 중요한, 인류에 대한 사랑을 익히는 것일 게다.

나는 새벽을 여는 사람들인 환경미화원들에게도 다가갔다. 나는 그들의 노동이 존엄하다고 생각했다. 가끔씩 환경미화원들과 청소차 운전기사들이 모여 생활하고 있는 곳을 격려차 찾아갔다. 같이 밥을 먹고 술잔도 부딪쳤다. 그리고 분리 배출과 수거가 잘 되는 도시, 깨끗한 도시를 함께 꿈꿨다.

국장이 되어서도 자잘한 청탁은 이어졌다. 입학철이 되면 유치원에 입학하는 것까지 부탁이 왔다. 유치원은 구 소관사항이 아닙니다, 라고 말해도 어떻게든지 힘을 쓸 수 있는 것 아니냐며 끈질기게 부탁을 했다. 외부의 부탁을 거절하면, '안 되는 일이구나'라고 이해해주면 좋겠는데, 도와주지 않는다고 힐난을 받을 수도 있다. 그러다 보니 이곳저곳에 전화를 걸어 알아보는 수고를 한다. 부탁한 것이 되면 좋고, 안 되더라도 (얄팍한 심사로) 나름 애썼다는 성의가 부탁을 한 상대방에게 전달되었으면 하는 것이다.

나는 외부 청탁을 경계했다. 부당한 압력이나 청탁이 나를 통해 조직에 흘러들어가지 않도록, 나로 인해 물이 흐려지지 않도록 각별히 유의했다. 설혹 '그 사람 참 빡빡하고 융통성이 없어'라는 소리를 들을지언정 엄격하기로 했다. 그럼에도 간혹 외부의 문의나 부탁에 호응해야 할 때가 있었다. 어떻게 하는지 잘 몰라(관공서 내부 사정을 잘 몰라) 부탁한 경우는 청탁이 아니기 때문에 기꺼이, 성심성의껏 도움을 주었다.

어쨌든 2016년 9월 28일 속칭 김영란법(부정청탁금지법)이 발효되었으니 후배들은 얼마나 다행인가. 부정청탁은 마땅히 거절해야 하지만,

거절하기가 정말 곤란한 경우 법을 대며 피할 수 있게 되었으니.

　국장이 되고 나서 바보 같은 짓도 했다. 뭐에 홀린 듯 특정인에게 개인정보를 건네주었다가 생각지도 않게 그것이 외부로 유출되어 곤혹을 치르기도 했다. 매사 심사숙고하며 행동해야 하는데 한순간의 방심으로 조직에 누를 끼치고 나 자신은 심히 피폐해지는 우를 범하기도 했다. 다행히 별일 없이 수습이 되었지만 뼈아픈 경험을 한 것이었다. 사람이란 언제 실수할지 모르는 법. 두 번 생각하고 세 번 생각하고 또 생각해야 한다는 것. 탑을 쌓기는 힘드나 무너지는 것은 한순간이라는 것. 누구나 실수를 하고 방심할 수 있다. 말단공무원이나 나라를 책임진 이나 언제든지 실수와 방심에 노출될 수 있다. 위기는 예고 없이 온다. 항상 철저해야 한다.

　또 어려운 시간은 일 년에 두 번 직원들을 평가할 때였다. 직원들의 간절한 눈빛이 나를 잠 못 들게 했다. 직원들을 줄 세운다는 것. 그때 나는 냉정해졌다. 직원들이 자신들의 신상에 대해 전전긍긍하며 애를 태울 때, 나 역시 함께 전전긍긍하며 애를 태웠다. 직원들을 평가하는 것은 나의 권한이었지만 또한 무한 책임이었다. 객관적으로 공정하게 평가한다 해도 섭섭해하는 직원은 있기 마련이다. 후유증을 최소화하기 위해 최선을 다했다. 사사로움에 흔들리지 않으려고 했다. 일한 것만큼 평가가 주어지도록 했다. 그래도 일 년에 두 번 근무평정은 어려웠다.

　국장 생활 1년 6개월은 기억해야 할 것들로 넘친다. 기억의 조각들은 파도와 같아 시간이라는 바위에 부딪치며 사라진다. 포말이 일었다가 잠잠해진다. 또 파도가 밀려오고 부딪친다. 쉼 없는 무한의 행위. 그 어디쯤에 나는 있다.

생계곤란자가 목숨을 끊어 신문에 나는 것은 아닌가. 어린이집 보육료 지원은 안정적인가. 어린이집 폭행사고는 잊을 만하면 발생하는가. 여러 돌발적인 사건 사고 앞에서 마음을 졸이기도 했다.

기억할 만한 일이 참 많았다. 2015년에 있었던 일을 먼저 떠올려 보자. 벚꽃이 흐드러졌던 4월 7일 국회에서 열린 '시민을 만나다! 희망을 말하다! 2015 다함께 정책엑스포'에 참가하여 '희망나눔 페스티벌, 재민아 사랑해' 사례를 발표했던 일. 5월 4일 월드컵공원 난지공원 잔디광장에서 열렸던 어린이축제. 5월 20일 월드컵공원 평화의 광장에서 중학생을 대상으로 개최한 진로박람회(2016년은 4월 26일 개최). 5월 28일 평화의광장에서 밤하늘의 별을 헤아렸던 별빛축제. 7월 29일에는 백제문화권으로 청소년 문화유적지 탐방 행사가 있었는데, 세월호 참사로 부모와 형제를 잃고 홀로 된 열 살 요셉 군이 함께 하여 마음을 아리게 만들었던 일. 세상의 비극이 멀리 있는 것이 아니라 나에게도 연결되어 있음을 인식하였다. 어린 요셉이 가족을 잃은 날, 나는 일기장에다 이렇게 썼다. '안 봐야 되겠다. 볼수록 나는 무너진다. 그쪽 바다 바람이 어찌나 센지 울음소리 통곡소리 단숨에 달려와 귓가에서 엉엉 원통하게 우는구나. 눈을 감고 귀를 막아야겠다. 대책 없이 나는 무너진다. 세상이 온통 핏빛 울음이다. 꽃들도 오늘은 주저앉아 통곡한다.' 9월 16일 나라를 위해 목숨을 걸고 싸웠던 노병들을 위한 6.25참전유공자회 위문행사. 10월 21일 숱한 우여곡절 끝에 마포중앙도서관 및 청소년교육센터의 첫 삽을 뜨는 기공식이 있었고, 경과보고를 하는 나의 목소리는 한없는 감회에 젖었었다. 10월 24일 구청 앞 광장에서 열린 책 축제. 6월 행사였지만 메르스 사태로 연기되어 11월 5일 서울시 서천연수원에서 개최된 사회복지종사자 워크숍. 그리고 2016년 4월 28일 푸르메재단 넥슨어린이재활병원 개원식.

일일이 열거할 수 없는 크고 작은 많은 행사가 있었다. 어느 것 하나 인상적이지 않은 것이 없었다. 내가 깊이 관여는 안 했지만 푸르메재단 넥슨어린이재활병원을 개원한 것은 놀랄 만한 일이다. 국가가 하지 못한 일, 국가에서 손을 놓고 있는 일을 한 것이다. 서울특별시 마포구 월드컵북로 494(상암동 1738)에 소재하고 있는 푸르메재단 넥슨어린이재활병원은 국내 유일의 어린이재활병원으로 1만 명의 시민과 500개 기업이 한마음으로 만든 기적의 병원이다. 어린이재활병원이 일본은 202개, 독일은 140개, 미국은 40개인 반면 한국은 푸르메재단 넥슨어린이재활병원 1곳이다. 어린이재활병원이 세워지기까지 푸르메재단 관계자들이 결정적이고 핵심적인 역할을 했고 수많은 사람들이 도움을 주었지만, 건립 부지를 흔쾌히 제공한 마포구의 기여(특히 박홍섭 마포구청장님의 결단)를 빼놓을 수 없다. 원활한 건립을 위해 헌신적으로 노력한 관계 공무원들의 공로 또한 기억해야 할 것이다.

그리고 마침내 때가 왔다. 나는 더 있고 싶어도 있을 수 없는 시간과 마주 섰다. 물러나야 하는 것이다. 오래전 첫 출근을 하던 날, 점심값을 아끼기 위해 도시락을 싸갔던 일. 찢어버린 첫 봉급명세서. 비탄에 젖어 썼으나 제출하지 못했던 사직서. 1988년 여름, 홀로 찾아갔던 전남 강진에 있는 정약용 선생의 유배지 다산초당. 그곳에서 다짐하고 맹세했던 것들. 부끄러움 없이 소임을 다했는가. 신목민심서를 쓰고 싶어 했던 뜨거웠던 공무원은 늙수그레한 퇴직자가 되어 빈손으로 털털거리며 떠나가는 것인가. 앞만 보고 달려온 공직의 길. 영광과 오욕의 날들. 이제 떠나야 하는 것이다. 눈 맑았던, 그러나 가난했던 청년은 어느덧 나이 들어 또 다른 세계로 떠나야 하는 것이다. 힘겨운 때도 많았지만, 보람찬 날들이었다고 중얼거리며.

직장을 떠나기 전 직원들이 깜짝 퇴임식을 마련해 주었다. 황송하고 뜻깊은 자리였다. 나는 인사말을 하는데 고개를 들지 못했다. 눈물이 터질 것 같아 직원들 얼굴을 바라볼 수 없었다. 그 자리에 함께한 직원들이 얼마나 고맙던지! 그 자리에서 직원들은 나에게 작은 패를 주었다.

패에 적힌 문장. 나라는 인간이 아닌 타인에게 가야 할 문장이 잘못 배달되어 온 것처럼 낯설기만 한데 읽어보니 눈물이다.

믿지 마. 패의 문장이 사실인 양 믿지 마. 그 문장은 떠나는 사람 예우 차원에서 섭섭하지 말라고 적당히 과장하고 미화해서 한 말일 뿐이야. 기분 좋으라고 한 의례적인 말일 뿐이야. 믿지 마. 그러나 그렇지 않은 것 같았다. 미화하고 의례적인 말이었으면 오히려 마음이 편할 텐데, 한 번 씩 웃으면 되는데, 그렇지 않은 것 같았다.

길에 떨어진 두툼한 지갑을 주워 주인을 찾아 돌려주려고 하는데,

그 지갑이 남의 것이 아니고 내 것이란다. 언제 내 지갑에 귀한 게 가득 들어 있었단 말인가. 나는 그렇게 살지 못했는데. 내 지갑은 빈 지갑인데. 나는 곤궁하게 살았는데. 언제 내 지갑에 귀한 것이 채워졌단 말인가. 나도 모르게 내가 그런 삶을 살았단 말인가. 아니다. 아닐 것이다.

그런데 패에 새겨진 문장을 외면할 수가 없다. 패에 새겨진 말은 직원들이 나에게 준 너무도 과분한 언어였다. 아냐. 나는 고개를 흔들었다. '그동안 수고 많았다'고 하면 될 것을 '닮아가겠다'고 하니 직원들이 나를 잘못 본 거야. 나는 이런 말을 들을 만한 자격이 없는 사람이야. 직원들이 나를 잘못 안 거야. 나같이 모자라고 부족한 사람, 나 같은 사람을 닮아서는 안 돼. 안 돼! 늘 뒤뚱거리고 허우적거리며 헤맨, 어리석었던 내가 직원들 눈에는 그렇게 비쳤단 말인가. 나는 직원들이 나에게 준 말을 뜨거운 눈물로 받았다. 목이 메었다. 나는 비틀거렸다. 나는 직원들 사랑 앞에서 속절없이 무너졌다. 정말 감당하기 힘든 언어였다. 내가 죽을 때까지 가슴에 품고 살아갈, 은혜롭고 감사한 최상의 말이 패에서 보석처럼 빛나고 있었다.

당신을 닮아가겠습니다

당신을 닮아가겠습니다

1984년 공직에 입문하여 33년… 묵묵히 한 길을 걸어온 당신께 뜨거운 박수를 보냅니다.

험난했던 당신의 여정 속에서도 당신은 '바위 위의 소나무'처럼 올곧음으로 지내오셨고, 당신의 현장은 항상 뜨거운 열정과 땀 흘림이 있었습니다. 이제 그러한 수고로움이 별이 되어 빛남을 보게 됩니다.

우리는 당신에게서 참된 리더십을 보았습니다. 우리가 방향을 잃었을 때 앞서서 길을 열어 기다려주셨고, 누가 알아주지 않는 작은 일에도 가치를 불어넣어 주셨으며, 때때로 지쳐가는 우리들에게 손을 내밀어 힘과 용기를 주셨습니다.

우리는 당신의 헌신을 사랑합니다. 우리는 당신의 소년 같은 순수하고 여린 마음이 세상에 대한 사랑이었음을 압니다. 우리는 당신의 열정과 겸손함과 배려심을 기억합니다.

이제 우리는 새로운 길을 나서는 당신을 보내드리면서 당신을 마음에 담고자 합니다. 당신의 마음과 행동을 닮아가겠습니다.

당신과 함께할 수 있어서 행복했습니다. 고맙습니다. 그리고 사랑합니다. (2016.6.23. 복지교육국 직원 일동)

25

33년 세월은
사랑이었다

S!

이제 마지막까지 왔다. 33년 전 거칠고 척박한 세계로 내던져졌던 한 인간의 이야기. 내 이야기는 유장한 강이었다.

S! 이야기를 쫓아오기가 쉽지 않았을 텐데 고맙구나. 몇 번이나 덮고 싶었겠지. 미안하구나. 흥미진진한 이야기가 아니어서.

이제 이야기의 끝을 찾아가야겠다. 어느덧 입술이 갈라지고 목이 마르는구나. 그러나 이 순간 나는 행복하다. 그대가 나의 이야기에 동행해 주었으니 나는 더 이상 무엇을 바란단 말인가.

나의 이야기는 특별하지 않다. 내 이야기는 한 인간이 걸어온 33년의 여정, 그 사소한 시간들에 대한 기록일 뿐이다.

나는 공무원이 되고 2년여 만에 한 조직의 서무(총무)를 맡게 되었다. 9급 신출내기가 얼마나 고민이 많았겠는가. 나는 힘과 용기를 달라고, 지혜를 달라고 간절히 갈구했다.

일찍이 이 나라의 참된 교육자셨던 오천석 선생께서 쓰신 '교사의 기도'에 있는 절절한 문장과 마음을 빌려 나는 '공직자의 기도'란 글을 써서 하늘로 쏘아 올렸다. 기도문을 읽고 출근을 했다. 그렇게까지 비장하게 공무원 생활을 했느냐고 웃을지 몰라도 나는 기도하는 마음으로 일을 하고자 했다. 이제 나는 공직을 떠났으므로 기도문도 나를 떠났다. 조용히 허공에 흩뿌려야 할 기도문. 그러나 지금 어느 곳에서 젊었을 때의 나처럼 고뇌하며 길을 찾는 이가 있다면, 기도문이 그의 어깨에 사뿐히 내려앉아 감싸주리라.

S! 내밀한 고백이고 시대에 맞지 않게 엄숙해서 웃음을 살지 모르지만, 공직을 떠나면서, 어느 공무원은 공직생활 내내 가슴에 이런 문장을 품고 일하며 살았음을 알려주고 싶다.

S!
해가 졌구나. 서쪽 하늘을 붉게 물들이던 노을이 사라지고 캄캄하구나. 이제 서둘러 길을 찾아 떠나야겠다. 밤하늘에는 별이 떴는데, 내가 가는 길에는 작은 등불 하나라도 밝혀질 것인지.

S!
부디 공무원을 하는 동안 행운과 기쁨이 늘 함께하기를 빌며 이만 붓을 놓는다. 하나둘 공무원 생활을 하면서 만났던 정겨운 얼굴들이 스쳐 지나가는 지금, 마지막으로 고백하노니, 33년의 세월 속에 있었던 모든 것은 사랑이었다.

공직자의 기도

공직자의 기도

주여 감사하나이다.

저로 하여금 이 세상의 하고많은 길 중에서 공직자의 길을 걷도록 빛을 밝혀주신 주의 은총에 감사하나이다. 이 길이 제가 걸을 수 있는 평생의 길임을 새삼 일깨워주신 주의 사랑에 감사하나이다.

주여!

그러나 제가 걸어가야 할 길이 끝없는 고난의 길임을 잘 알고 있나이다. 매일매일 제 자신과 싸워야 하는 노역勞役의 연속임을 잘 알고 있나이다. 비탄과 번뇌와 회의와 갈등이 저와 늘 가까이하려 하고 있음을 잘 알고 있나이다. 때로 어둔 길의 가로등을 붙잡고 남몰래 눈물을 흘려야 할 때도 있음을 잘 알고 있나이다. 이 길이 결코 세속적 영화나 물질적 풍요를 가져다주지 않으며 자칫 단조롭고도 지루한 길임을 잘 알고 있나이다. 그럼에도 불구하고 부족하기만 한 저를 착한 겨레와 사랑하는 이 땅을 위해 땀 흘려 일하는 성실하고 정직한 봉사자의 길로 인도하여 주신 주의 은총에 다시금 감사하나이다.

주여!

몸이 고단하다 하여 주어진 책무를 망각하거나 회피하지 않게 해주시고, 사회적 인식이 혹 낮다 하여 스스로를 위축시키는 어리석음을 범하지 않게 해 주시고, 제가 차지하고 있는 조그마한 자리의 힘을 이용하여 눈먼 짓을 하지 않도록 저를 늘 깨어있게 해 주소서. 때로 실의와 좌절의 가시밭길에서 몸과 마음이 찢기고 모진 비바람과 어두움 속에서 소명이 흔들리고 생명이 꺼져들려 할 때에도 참뜻을 포기하지 않게 해 주소서. 혹은 획일과 억압이, 불의와 유혹이, 제 양심을 유린하려 할 때에도 연약한 손으로 굳게 잡은 자유와 화합과 정의의 횃불을 놓지 않게 해 주소서.

주여!

저는 몹시도 무력하고 어리석사옵니다. 힘에 겨워 지쳐 쓰러질 때 저를 일으켜 세워주시고, 외로움으로 몸부림칠 때 저의 따뜻한 벗이 되어주시고, 휘몰아치는 폭풍우 속에서 갈 길을 몰라 방황할 때 총명과 예지를 주시어 광명의 들판으로 나아가게 해 주소서. 꺾이기 쉽고 쓰러지기 쉬운 나약한 저의 마음에 불굴의 의지와 신념의 불을 뜨겁게 불어넣어주소서.

주여!

그리고 늘 생각하고 연구하고 실천하고 창조하는 공직자가 되게 해 주소서. 공과 사의 생활에 분명한 선을 긋고 매사를 공명정대하게 임하도록 해 주소서. 산동네 허름한 길을 걷거나 고급 아파트촌을 돌거나 높은 빌딩숲과 대궐의 동네를 돌거나 논과 밭을 돌거나 가난한 자와 마주 앉거나 부자와 같이 걷거나 제 마음은 늘 하나이게 해 주소서. 어떠한 힘과 물질이 저를 유혹하고 옭아매려 할지라도 능히 이겨내고 뿌리칠 수 있는 용기와 지혜를 주소서. 강한 자에게는 약하고 약한 자에게는 강한 비열성을 경계하게 해 주시고, 아집에 사로잡히지 않도록 이해와 관용의 마음을 주시고, 가식과 위선으로 스스로를 기만하거나 자만과 오만으로 무례함을 행치 않도록 끝끝내 저를 진실의 포로로 남게 해 주시고, 겸허함이 저를 감싸게 해 주소서. 군림하는 자가 아닌 협조자로서 오로지 이 나라 이 겨레를 위해 온몸과 마음을 다 바쳐 일하는, 열과 성을 다해야 하는 공직자임을 늘 잊지 않게 해 주소서.

주여!

원하옵건대 항상 노력하며 최선을 다하는 인간이 되도록 해 주소서. 제가 걷고 있는 이 길이 저 혼자의 영달과 안일을 위한 길이 아니라 우리 사회, 이웃 형제들, 그리고 이 땅의 삶을 이어갈 후세들의 복된 미래를 위한 막중한 책무를 지닌 길임을 명심하게 해 주셔 하루하루가 보람과 기쁨과 희망으로 가득하게 해 주소서. 이 길이 마침내는 조국과 민족을 번영으로 이끄는 길임을 항시 일깨워주시고, 그리하여 매일매일 맡은 바 소박한 임무를 묵묵히 다함으로써, 언제까지나, 영광스러운 공직자의 길을 긍지와 자부심으로 자랑스럽게 걷도록 해 주소서.

(1986년 4월)

인터뷰
- S가 묻고 내가 답하다

S: 안녕하세요. 선배님 글 잘 읽었어요. 글을 읽으면서 궁금한 게 많았는데 이렇게 물어볼 수 있어서 좋아요. 글을 쓰게 된 배경이 무엇인가요.

구: 나도 반갑습니다. 말하기에 앞서 내 부족한 글을 읽어준 것에 감사를 드려요. 글을 쓰게 된 배경은 안 쓰면 안 될 것 같아서였어요. 하고 싶은 말이 넘쳤어요. 내 공무원 생활이 어떠했는가 살펴보고 싶었어요. 후배들에게 못다 한 이야기를 들려주고 싶었어요. 33년 공무원 생활, 의미가 있건 없건 내가 몸 바쳤고 사랑했던 곳을 떠나면서 아무런 것도 남기지 않는다면 안 된다는 생각을 했어요. 나의 기록이 혼자만의 것으로 끝나지 않고 내가 일했던 곳의 기록, 시대의 기록이 되었으면 싶었어요. 물론 내가 기록한 것은 일부에 불과하고 편견이 들어갈 수 있다는 것도 알아요. 그렇지만 기록되는 것만이 기억될 수 있다고 생각해요. 또 글을

쓰게 된 이유 중의 하나는 친구들 때문이었어요. 친구들이 물었어요. 공무원 생활을 하면서 무슨 일을 했느냐고. 내 답변은, 그냥 일했어, 공무원 일이 다 그렇지, 하는 싱거운 말이었어요. 내가 글을 쓴 것은 내가 어떤 일을 했는지 친구들에게 알려주고 싶은 마음도 어느 정도는 있었어요.

S: 어떤 마음으로 공무원 생활을 했나요.

구: 맡은 일에 정성을 다하자는 마음으로 했어요. 지나고 보니 더 많이 봉사하고 사랑했어야 했는데 아쉽다는 생각이 들어요. 아낌없이 불꽃을 태웠는지, 아니면 철밥통, 호구지책에 급급했던 삶은 아니었는지 여러 생각이 들어요. 시대에 의미 있는 점 하나를 찍고 싶었는데, 모르겠어요. 공무원 생활을 하면서 자존심을 버리고 비굴하게 고개를 숙여야 할 때는 거의 없었어요. 맹종하거나 마음에 없는 말로 상대방 비위를 맞추거나 아부를 한 적은 없었어요. 심성이 파괴되지 않고 일할 수 있었으니 정말 감사하지요.

S: 글을 쓰면서 어려웠던 점은 무엇이었나요.

구: 처음에는 공직생활을 정리해 두는 것이 우선일 것 같다는 생각이 들어 시작했지요. 보은報恩하는 의미로 나의 삶의 일부를 조직과 세상에 돌려주고 싶었어요. 시간이 지나면 못 쓸 것임을 알아 공로연수 기간 중 쓰자고 시작했지요. 그런데 쓰다 보니 '내가 지금 뭐하고 있는 거지?'라는 생각이 드는 거예요. 한 대단치 않은 사람의 이야기를 누가 읽어주겠냐는 생각. 읽을 것이 넘쳐나는 세

상에서 공무원 세계라는 특정 집단의 이야기가 의미가 있는 것인가. 삶에 대해 깊이 다룬 책들이 쌓여 있는데 한 직장인의 소소한 이야기가 무슨 의미가 있는 것인가 하는 생각. 자칫 조롱거리가 될지도 모른다는 생각. 혹 나를 자랑질하는 찌질한 짓으로 보일 수도 있겠다는 생각을 극복하는 것이 힘들었어요. 그리고 이야기의 무대가 '공무원', '마포'라는 공간이잖아요. 마포 공무원의 이야기인데, 범위가 좁으니 이야기도 좁을 수밖에 없지요. 이 좁은 세계에서 있었던 비망록 같은 이야기가 보편성과 확장성을 가질 수 있겠느냐 하는 문제로 고민했지요. 괜한 짓을 하고 있다는 생각에 글쓰기를 접을까 하는 생각을 여러 번 했지요. 그때마다 후배들의 목소리가 들려오는 거예요. '선배님의 지나온 길(역사)을 책으로 담아냈으면 합니다. 그러면 그 책을 보면서 제가 그 시대의 어느 한 귀퉁이에 있을 거라는 존재감을 느낄 수 있을 것 같습니다.' 또 이렇게도 말하는 거예요. '최일선에서 민의를 받들어 일하는 저희들에게 힘을 주는 삶의 소리를 듬뿍 담고 있는 선배님의 글을 어서 만나고 싶습니다.' 이런 후배들의 성원이 글쓰기를 포기하려는 나를 채찍질해 주었지요.

S: 글을 쓰면서 고민을 많이 했네요. 그런데 글을 통해 무엇을 얘기하고자 한 것인가요. 메시지가 무엇인가요.

구: 무슨 거창한 메시지가 있는 게 아닙니다. 그저 이야기예요. 한 공무원의 이야기. 한 지방공무원이 공직생활 동안 무슨 일을 하고, 어떤 마음으로 임해왔나 하는 이야기지요. 말이 30년이지 짧은

세월이 아니잖아요. 즐거움도 있었지만 아픔도 많았지요. 그 지나온 날들을 가감 없이 보여주고 싶었어요. 허물 많은 사람이지만 그래도 올바르게 공직의 길을 걸으려고 부단히 애쓴 한 인간의 흔적이라고 보시면 됩니다. 많이 못 배우고 우매한 자이지만 부끄러움 없는 공무원이 되고자 했던 자의 투쟁의 기록이기도 하지요. 우리 공무원들이 어떤 생각을 하고 무엇을 하며 시대를 거쳐왔는지 보여주고 싶었지요. 땀과 눈물의 기록이요, 보람의 기록이기도 하지요.

S: 공무원 생활을 하면서 인상적이었던 일과 잊지 못할 사람은 누구였는지요.

구: 하하. 그 많은 것들을 어찌 얘기할 수 있겠어요. 글에 더러더러 나와 있어요. 많은 일들이 인상적이었지요. 원래 공무원이란 존재가 공적인 일을 처리하다 보니 틀에 박혀 있고 무미건조한 존재로 인식되어 있잖아요. 저 사람 공무원이야 하면 말을 안 해도 다들 고개를 끄덕끄덕 하잖아요. 원칙적이고 딱딱하고… 그런데 그렇지가 않아요. 공무원 세계도 사람 사는 세상과 똑같다, 그런 이야기를 하고 싶었어요. 공무원 생활을 하면서 많은 인상적인 일들과 만났어요. 그런 만남 속에 함께 있었던 사람 모두가 잊지 못할 사람이지요. 인간성 좋은 이들과 함께할 수 있었던 것은 행운이었다고 생각해요. 나와 함께했던 이들의 이름을 일일이 밝히지 못한 것이 안타깝고 미안해요.

S: 공무원 생활을 하면서 어려웠던 때는 언제였나요.

구: 다행히 정년퇴직을 했지만 재직 중일 때는 공무원을 오래 하는 사람들이 대단하게 보였어요. 이 힘든 일을 어떻게 저리 오래 할까 하는 생각이 들었지요. 나는 자주 힘이 들어 털퍼덕 주저앉곤 했지요. 때로 자리를 걸고 위태롭게 일해야 할 때도 있었고, 끄떡도 않는 거대한 벽과 싸워야 할 때도 있었어요. 내가 너무 무력하다고 느낄 때가 많았어요. 그럴 때마다 지혜와 힘을 달라고 기도했어요. 하는 일이 어려웠을 때 선배들이, 동료가 도와주곤 했지요. 돌이켜보면 얼마나 감사한지! 세상은 혼자 사는 게 아니구나 하는 걸 느끼며 살았어요. 그러다 보니 30년이 훌쩍 지났네요.

S: 그럼 언제 기뻤고 보람되었어요.

구: 힘들고 어려운 때가 많았듯이 기쁘고 보람된 때도 많았어요. 이 책 속에 다 나와 있어요(웃음). 한둘이 아니지요. 사실 보람이 없으면 공무원 생활을 어떻게 해요. 작은 친절을 베풀어 민원인이 기뻐할 때, 내 조그마한 일이 어려움에 처해 있는 이의 삶에 도움이 되었을 때, 내가 하고 있는 일이 주민들의 삶을 복되게 한다고 느꼈을 때, 난관을 극복하고 성취했을 때, 직원들과 호흡을 맞추며 즐겁게 일했을 때, 직원들과 어울려 산에 갔을 때… 참 많아요.

S: 후회되는 일은 어떤 건가요.

구: 한두 개 콕 집어서 말할 수 없지요. 좀 더 잘했으면 하는 것 투성이지요. 퇴직인사 때 직원들에게 개인적인 시간을 많이 가지라고

말했어요. 조직에 너무 매몰되지 말라고. 일에 과다한 에너지를 쏟다 보면 가정에 소홀해질 수 있어요. 가족과 오붓한 시간을 자주 보내지 못한 것이 많이 아쉬워요.

S: 공무원이란 직업에 대해 말씀해 주세요.

구: 세상에는 수많은 직업이 있지요. 그런데 공무원은 어떤가요. 얼마 전 뉴스를 보니 선호하는 직업으로는 최상위인데, 직업 만족도는 높지 않다고 하더군요. 그런데 공무원은 다양한 것을 경험할 수 있어요. 특히 주민과 부대끼며 접촉하는 지방공무원이 그렇지요. 하기에 따라서는 역동적인 직업이에요. 사회를 위해 공헌하고 세상을 폭넓게 경험하며 깊이 이해할 수 있다는 면에서 가치 있는 직업이라고 생각해요.

S: 공직자란 어떠해야 한다고 생각하나요.

구: 내가 공직자란 어떠해야 한다고 말하는 것은 주제넘은 것이지요. 그것에 대해서는 학자들과 언론이 끝없이 얘기하고 있고, 공직자가 지켜야 할 규범으로써 '공무원 헌장'이 있지요. 동주민센터에서 근무하는 자나 청와대에서 근무하는 자나 마음과 자세는 같아야 한다고 봅니다. 즉 공익을 위하는 것이지요. 공직자가 할 일은 국민들이 즐겁게 일하고 편안하게 살도록 만드는 것이라고 봐요. 그러려면 무엇보다 헌신하고 봉사하려는 마음이 있어야겠지요. 공직자 중 왕왕 나는 돈을 한 푼도 안 받았으니 잘못한 게 없다고 말하는 이들이 있어요. 당연히 부정한 돈은 받지 말아야지요. 잘

못은 꼭 돈 문제에 국한되지 않아요. 열심히 일 안 하는 것, 사랑하지 않는 것도 잘못이지요. 일을 하라고 맡긴 자리에서 태만히 한 것, 일과 세상을 사랑하지 않은 것, 그것이 잘못이 아니면 무엇이 잘못인가요. 그리고 어느 순간에도 공무원이어서 미안하다, 부끄럽다, 공무원을 보면 화가 난다, 노여움이 인다, 이런 말이 생겨서는 안 되겠지요. 그러나 현실은 어떤지요. 공무원이어서 미안해하고 부끄러워하는 이들이 많고, 공무원을 보면 화가 나는 이들 또한 많은 것이 현실이지요. 공무원이란 말이 희망이란 말, 믿음, 신뢰란 말과 동의어가 되었으면 해요. 살기 힘들다고 아우성인 세상, 같이 가자고 따뜻이 손을 내밀며 위로와 용기, 희망을 주는 공직자가 되었으면 해요. 그리고 공직자 자신이 행복해야 해요. 먹고살 만하고, 문화적인 생활을 할 수 있어야지요.

S: 끝으로 하고 싶은 말이 있는지요.
구: 나는 30년 생활을 기록했지요. 30년 후 그 누군가가 30년 동안의 공무원 생활을 또 기록할 거예요. 그 기록은 한 지역의 이야기로 역사가 될 것입니다. 이야기는 연연히 이어질 것입니다. 한 개인, 지역에 대한 대단치 않은 기록이라서 부끄러움이 많아요. 그러나 한 공무원의 진솔한 이야기지요. 내가 사랑했던 지역과 일터, 함께했던 이들에게 바치는 헌사獻辭이므로, 이 글을 통해 선후배 동료들이 추억을 되살리고 경험을 나누는 그런 기회가 되었으면 해요. 그리고 뒤따라오는 그 누군가에게는 길을 비추는 작은 불빛이었으면 합니다.

자신의 길을 묵묵히 걸어가며
열심히 살아가는 모든 분들에게
행복한 에너지가 팡팡팡 샘솟으시기를 기원드립니다!

권선복
(도서출판 행복에너지 대표이사, 한국정책학회 운영이사)

하나의 길을 걷는 데 있어 흔들림 없이 묵묵히 걸어간다는 것은 참
으로 힘든 일입니다. 때로는 태풍처럼 강한 바람이 불어 우리를 마
구 뒤흔들기도 하며, 때로는 우리 스스로에 대한 믿음과 확신을 가지
지 못해 멈춰 서기도 합니다. 수많은 장해물이 우리의 앞을 가로막고
좌절하게 합니다. 인생에서 쉬운 일은 없다고들 하는 이유가 바로 이
때문일 것입니다. 흥망성쇠가 끊임없이 반복되어 돌아오는 것이 바
로 인생이기 때문입니다.

『공무원 33년의 이야기』는 많은 역경 속에서도 '공무원'이라는 한 길을 묵묵하게 걸어 온 한 공무원의 인생 이야기가 녹아들어 있는 책입니다. 저자는 33년이라는, 한 세대라고 일컬어지는 30년이 넘는 세월을 공무원으로 살아왔습니다. 인생에 있어 결코 짧지 않은 시간입니다. 그 시간 동안 물러서기보다는 부딪침을 택했던 저자의 강직함이 삶 속에 고스란히 배어 있어 보는 이의 가슴에 잔잔한 파문을 일게 해줍니다. 이 책이 더욱 특별한 이유는 단순히 공무원의 삶을 들여다보는 것에서 그치지 않고 한 시대를 살아가던 이들의 삶과 그들을 둘러싼 사회를 공유해볼 수 있기 때문입니다. 개인만의 이야기가 아니라 자신에게 가르침을 주고 도움을 준 수많은 사람들의 이야기가 함께 담긴 이 책이 더욱 따뜻하게 느껴지는 이유이기도 합니다.

점점 사회가 어수선해지고 취업난은 계속되는 등 불안 요소가 늘어만 가고 있는 것이 우리의 현실입니다. 하지만 그 속에서도 자신의 열정을 꽃피운 아름다운 사람들이 곳곳에 살아 숨 쉬고 있습니다. "지성이면 감천이다."라는 말처럼, 꾸준히 인내하고 최선을 다하여 걷다 보면 어느 날 우리가 소망했던 일이 모두 이루어질 것이라고 믿습니다. 이 책을 읽는 모든 분들의 삶에 행복과 긍정의 에너지가 팡팡팡 샘솟으시기를 기원드립니다.

하루 5분나를 바꾸는 긍정훈련

행복에너지

'긍정훈련'당신의 삶을
행복으로 인도할
최고의, 최후의'멘토'

'행복에너지
권선복 대표이사'가 전하는
행복과 긍정의 에너지,
그 삶의 이야기!

인터파크
자기계발 분야 주간
베스트 1위

권선복 지음 | 15,000원

권선복

도서출판 행복에너지 대표
지에스데이타(주) 대표이사
대통령직속 지역발전위원회
문화복지 전문위원
새마을문고 서울시 강서구 회장
전) 팔팔컴퓨터 전산학원장
전) 강서구의회(도시건설위원장)
아주대학교 공공정책대학원 졸업
충남 논산 출생

책 『하루 5분, 나를 바꾸는 긍정훈련 - 행복에너지』는 '긍정훈련' 과정을 통해 삶을 업그레이드하고 행복을 찾아 나설 것을 독자에게 독려한다.

긍정훈련 과정은[예행연습] [워밍업] [실전] [강화] [숨고르기] [마무리] 등 총 6단계로 나뉘어 각 단계별 사례를 바탕으로 독자 스스로가 느끼고 배운 것을 직접 실천할 수 있게 하는 데 그 목적을 두고 있다.

그동안 우리가 숱하게 '긍정하는 방법'에 대해 배워왔으면서도 정작 삶에 적용시키지 못했던 것은, 머리로만 이해하고 실천으로는 옮기지 않았기 때문이다. 이제 삶을 행복하고 아름답게 가꿀 긍정과의 여정, 그 시작을 책과 함께해 보자.

『하루 5분, 나를 바꾸는 긍정훈련 - 행복에너지』